Ein Starlit Publishing Buch

Herausgegeben von Starlit Publishing

69 Teslin Rd

Whitehorse, YT

Y1A 3M5

Canada

www.starlitpublishing.com

Ebook ISBN: 9781989994870

Broschiert ISBN: 9781989994887

# Bücher in der Serie Die Abenteuers in Brad

Das Geschenk eines Heilers

Das Herz eines Abenteurers

Die Seele eines Dungeons

Der Ruf der Arena

Die Bindung des Abenteurers

Die Stille des Waldes

# Das Herz eines Abenteurers

## Buch 2 der Abenteuer in Brad

von

# Tao Wong

Übersetzt von Tamara Peiter

# Copyright

Dies ist ein fiktionales Werk. Namen, Charaktere, Unternehmen, Orte, Ereignisse und Begebenheiten sind entweder Produkte der Fantasie des Autors oder werden in fiktiver Weise verwendet. Jede Ähnlichkeit mit tatsächlichen lebenden oder toten Personen oder tatsächlichen Ereignissen ist rein zufällig.

Dieses E-Book ist nur für den persönlichen Gebrauch lizenziert. Dieses E-Book darf nicht weiterverkauft oder an andere Personen weitergegeben werden. Wenn Sie dieses Buch mit einer anderen Person teilen möchten, erwerben Sie bitte für jeden Empfänger ein zusätzliches Exemplar. Wenn Sie dieses Buch lesen und es nicht gekauft haben, oder es nicht nur für Ihren Gebrauch gekauft wurde, gehen Sie bitte zu Ihrem bevorzugten E-Book-Händler und kaufen Sie Ihr eigenes Exemplar. Danke, dass Sie die harte Arbeit dieses Autors respektieren.

# Inhalt

# Kapitel 1

Die Sonne geht unter, als sich ein Paar Abenteurer den nördlichen Stadttoren von Karlak nähert. Die kleine Dungeonstadt ist geteilt von einem Fluss, überragt von sanften Hügeln und umgeben von hölzernen Mauern. Die Stadt erstreckt sich strahlenförmig um ihre Haupteinnahmequelle, einen Anfängerdungeon. Die Gebäude, die dem Dungeon und dem Stadtzentrum am nächsten sind, sind aus Stein, die weiter entfernten aus billigeren Materialien wie Holz und Lehm. Als die beiden sich den Mauern nähern, entspannen sich die Wachen, denn die beiden sind gut bekannt und ihre Anwesenheit kaum vermisst. Immerhin sind die beiden Abenteurer erst vor zwei Tagen aufgebrochen.

Der Größere der beiden ist nur einen Meter siebzig groß, ein freundliches Lächeln ziert sein Gesicht, als er den Wachen zunickt. Der freundliche Abenteurer ist breit und stämmig, sein muskulöser Körper wird derzeit von einer großen Tasche belastet, die über seiner Schulter hängt. Die Zweite ist eine kleinere Catkin-Frau mit schwarzem Fell und wirkt bestialisch, Katzenmerkmale zieren ihre schlanke Statur. Sie ist gekleidet in einem Wams und Hemd, wobei sie einen schmutzigen, ehemals dunkelblauen Mantel hinter sich herzieht. Quer über ihren Oberkörper liegt ein Tragband mit Wurfdolchen, ein weiteres größeres Paar ruht auf ihren Hüften, als sie neben ihrem Partner hergeht.

„Matthew, Jason!", ruft der menschliche Abenteurer, winkt zur Begrüßung und schiebt die Tasche wieder hinter sich.

„Daniel, Asin. Eine erfolgreiche Reise, nehme ich an?" Die beiden Wachen grinsen, blicken auf die Tasche und die dunkle Fellrolle, die obenauf geschnallt liegt.

„Ja!", antwortet Daniel mit Stolz in seiner Stimme.

„Gut, kommt am besten rein. Wir werden die Tore bald schließen." Die Wachen winken die Abenteurer in die Stadt, und Daniel nickt zum Dank. Asin grüßt ebenfalls und die Wachen werfen der Beastkin einen kurzen Blick zu, bevor sie zur Seite gehen.

Sie gehen ein Stück weiter, bevor Asin näher an ihren Freund heranrückt und leise brummt: „Sie mögen dich. Die Wachen."

Daniel nickt und lächelt leicht, während er sich die Nase reibt und versucht, sich wieder an den ungewaschenen, fauligen Gestank der Stadt zu gewöhnen: „Ja. Sie sind größtenteils ein anständiger Haufen."

Asin schüttelt wieder den Kopf über Daniel, ohne ihm jedoch direkt zu widersprechen. Seine und ihre Erfahrungen unterschieden sich stark, denn die Beastkin waren in Brad noch immer eine unerwünschte, kaum geduldete Minderheit. Wäre sie allein angekommen, wusste Asin, dass sie für die Einreise den Wegzoll hätte zahlen müssen und für die Ausreise schikaniert worden wäre, obwohl sie wie er ein registrierter Abenteurer war. Daniel jedoch hat es geschafft, sich einen guten Ruf in der Stadt aufzubauen — seine Arbeit in der Klinik als Heiler und seine Zeit, die er mit den Wachen verbrachte, kamen ihm zugute. Seine Anwesenheit schirmte sie und die, die bei ihm waren, ab, auch wenn er es selbst nie merkte.

Die beiden gehen tiefer in die Stadt hinein, umgehen die Gassen, die sie in die verschiedenen Einkaufsviertel führen würden, und gehen direkt zur Abenteurergilde. Die Gilde ist eines der wenigen Gebäude in der Stadt, das sich die Manasteine leisten kann, die benötigt werden, um das Gebäude die ganze Nacht über zu beleuchten, und das tut es auch, denn es ist rund um die Uhr geöffnet. Die Gilde kann sich das leisten, sie ist der exklusive Käufer von Manasteinen von den Abenteurern, die sich in den Dungeon wagen, da ihr Monopol durch das

Gesetz des Königreichs garantiert ist. Es ist auch die Gilde, wo die beiden erwarten, ihre erfolgreiche Quest abzugeben.

Es ist für keinen der Abenteurer eine Überraschung, dass Liev, der rothaarige Senior-Gildenaufseher, immer noch im Dienst ist. Er verlässt das Gebäude nur selten und arbeitet oft bis spät in die Nacht, wenn die Abenteurer von ihren Erkundungen im Dungeon zurückkehrten. Als die beiden das Gebäude betreten und Liev sie sieht, lächelt er und richtet sich für einen Moment aus seiner üblichen geduckten Haltung auf, bevor wieder sein gewohntes teilnahmsloses Verhalten zurückkehrt.

„Asin, Daniel. Schon zurück?", sagt er zu ihnen, als das Duo endlich sein Fenster erreicht.

„Ja!" Daniel nimmt seine Tasche ab, bindet das Fell los und lässt es als Beweis für ihre erfolgreiche Jagd auf den Tresen fallen.

Liev benötigt nur einen kurzen Check, um die Tötung zu bestätigen, dann übergibt er ihnen ihre Belohnung, stolze 75 Silber, und ihre Kaution. Ein einziges Silber könnte einen sparsamen Tagelöhner ein Jahr lang ernähren, weshalb die eben verdiente Summe sowohl Asin als auch Daniel immer noch zum Grinsen bringt. Schließlich ist es erst ein knappes Dreivierteljahr her, dass sie mit diesem Abenteuer begonnen haben. Durch das Scheitern anderer Abenteurer kam die enorme Summe für die Quest zustande. Wie es Brauch war, erhöhte die Stadt das Kopfgeld nach jedem Fehlschlag und verwendete einen Teil der verlorenen Kaution der gescheiterten Abenteurer, um es zu bezahlen.

Einen kurzen Moment später erhalten beide Abenteurer eine Benachrichtigung, glühende schwarze Linien schweben in ihr Blickfeld, bevor sie wieder verschwinden.

***Quest abgeschlossen!***

*+5.000 XP*

Die beiden Abenteurer nehmen schnell ihre Münzen an sich und bedanken sich bei Liev, bevor sie sich auf den Weg machen, um ihre nächsten Besorgungen zu erledigen. Asin hat einen zusätzlichen Handel mit einer Metzgerei organisiert und führt Daniel zu ihrer Metzgerei, um ihr Einkommen aufzubessern. Schattenkatzenfleisch war ein seltener Leckerbissen und bei einer bestimmten Kundschaft sehr begehrt. Der Metzger war bereit, sehr gut zu bezahlen. Wieder einmal gluckst Asin vor Freude bei dem Gedanken an das Geld, das sie bald verdienen werden, und die Tatsache, dass ihr Gruppenmitglied die meiste harte Arbeit beim Transport des Fleisches zurück in die Stadt geleistet hat. In Wahrheit war die Arbeit zwar hart gewesen, aber Daniel wusste, dass das zusätzliche Geld ihnen helfen würde, ihre angehäuften Schulden zu begleichen.

Abwesend streicht Asin über ihre passenden verzauberten Armschienen. Obwohl sie ihnen in ihren Kämpfen sehr helfen, waren verzauberte Waffen extrem teuer und haben sie beide tief in die Schulden getrieben. Selbst mit ihrem jüngsten Geldsegen wären sie nicht in der Lage gewesen, die Armschienen zu bezahlen, wenn Tharuk, der Zauberer, nicht großzügig zugestimmt hätte, sie das zahlen zu lassen, was sie konnten und wann sie es konnten. Asin war es jedoch unangenehm, jemandem etwas zu schulden, insbesondere einem Zwerg.

Nachdem das Fleisch abgeliefert und die Bezahlung erfolgt ist, trennen sich die Wege der beiden Abenteurer. Asin geht los, um ihre Familie zu treffen, und Daniel geht zum Spinning Top, das Gasthaus, in dem er wohnt. Im Gasthaus begrüßt er Elise, die Wirtin und

Besitzerin, bevor er darum bittet, dass ihm das Essen auf sein Zimmer gebracht wird. Er nimmt sich die Zeit, sich am bereitgestellten Waschbecken zu waschen. Erschöpft von einem harten Arbeitstag legt sich Daniel in die sauberen Laken und schläft ein, wobei er das bestellte Abendessen völlig vergisst.

***

In seinem Schlaf beginnt sein verzauberter Ring der Erfahrung die gespeicherten Erinnerungen aus seinem Stein zu ziehen und sie in Blitzen durch seinen Geist und Körper wiederzugeben. Es ist eine seltsame Erfahrung, weil die Erinnerungen und Erfahrungen, die durch seinen Geist fließen, immer etwas verstreut sind.

*Am Morgen bereitet Asin das Frühstück zu, streut Kräuter auf das Omelett und bewegt die Pfanne mit* kleinen Handgriffen. Sie verwendet Pilze, Feldzwiebeln und mehr.

„Igitt, keine Pilze!" Daniel beschwert sich und Asin schnuppert, ignoriert seine ständigen Beschwerden über die köstlichen Pilze. „Ich koche meine!"

Als Asin fertig ist, übernimmt Daniel. Er leiht sich die Pfanne und schlägt die Eier mit professioneller Leichtigkeit auf. Anstatt sich jedoch an ihren Kräutern zu bedienen, zieht er seine eigenen aus seinem Rucksack, trennt jeden Beutel und fügt die Kräuter mit geübten Handgriffen hinzu. Asin schnuppert, während sie zusieht, obwohl sie bei seiner letzten Zugabe eine Augenbraue hochzieht.

„Papricha", knirscht Asin.

„Ja, Paprika. Liebe ich", grinst Daniel und macht sein Omelett fertig, kippt es auf seinen Teller und holt auch etwas Brot zum Toasten heraus. „Willst du was?"

Asin hält inne, ihre Nase rümpft sich und die Schnurrhaare zittern in der stillen Luft, bevor sie den Kopf neigt und ihren Schwanz träge hinter sich hin und her bewegt.

Die Schattenkatze sitzt auf Daniel und knurrt den am Boden liegenden Abenteurer an. Er stöhnt und stemmt sich gegen das Monster, aber es springt bereits weg, als er weiter versucht, es von sich wegzudrücken. Am Boden sammelt sich Blut von der Attacke der Katze an. Als sie wegspringt, wird die Schattenkatze von einem Messer erwischt. Asins Durchbohrender Schuss gräbt sich in den Körper der Kreatur, das Messer verdreht sich und dringt tiefer ein. Am Messer ist eine lange Eisenkette befestigt, deren Ende um Asins Torso gewickelt ist.

Der Sprung der Kreatur zieht die Kette straff, wodurch das Monster ruckartig zum Stillstand kommt und mit einem unbeholfenen Aufprall zu Boden fällt. Die leichtere Asin wird von den Füßen gerissen und fällt auf ihr Hinterteil. Das Knurren von Schmerz und Bestürzung der beiden Katzen klingt für Daniel unheimlich ähnlich, der sich wieder auf die Beine kämpft.

Daniel ist wieder auf den Beinen, springt auf das Monster zu und lässt den Streitkolben mit voller Wucht auf die liegende Katze niedersausen. Er erwischt das Hinterbein der Kreatur, quetscht und zerreißt Muskeln, während die Katze vergeblich versucht, wieder aufzustehen. Asin rollt sich um, ergreift die Kette und reißt kräftig daran, um die Kreatur aus dem Gleichgewicht zu bringen und sie von den Schatten fernzuhalten.

Daniel holt erneut aus, der Schlag erwischt die Katze an der Stirn und betäubt sie, dann kickt er sie weg von den naheliegenden Schatten in die Mitte des Weges. Als er das tut, löst sich schließlich das Messer, und Asin stolpert durch die plötzliche Befreiung. Sie fängt sich schnell genug ab, um ein weiteres Messer zu ziehen und auf die Katze zu werfen, auch wenn das Monster bei einem weiteren Fluchtversuch wieder auf die Beine kommt.

Sie gehen zurück in die Stadt, Daniels Rücken ist gebeugt, während er das portionierte Fleisch trägt. Er *fragt: „Wo hast du gelernt, so zu häuten und zu schlachten?"*

*„Vater. Traditionell", schnauft Asin, wedelt mit einer Hand herum und macht sich dann wieder daran, ihre Krallen zu säubern, um das angesammelte Blut und den Dreck zu entfernen.*

*„Ah", nickt Daniel leicht, seine Lippen zucken leicht. Er hat seinen Vater nie kennengelernt, ein paar Jahre nach seiner Geburt ist er in den Minen verunglückt. Seine Mutter ist bei der Geburt gestorben, weshalb er bei seinem Großvater aufwuchs. Seltsam, dass das nach all diesen Jahren immer noch schmerzt.*

Morgen. Daniel wird von den Glocken geweckt und schält sich schweißgebadet aus der Decke. Er seufzt und schüttelt den Kopf über die Erinnerungen und unangenehmen Erfahrungen, die er durchgemacht hat. Manchmal schien es, als seien die geringen Erfahrungszuwächse, die er durch die Steine erhielt, die Mühe nicht wert.

# Kapitel 2

„Oger, Oger, Oger. Kommt heraus!“, ruft Daniel spöttisch und schwingt seinen Streitkolben, während er in der massiven Kaverne herumläuft, die den Eingang zur siebten Ebene des Dungeons in Karlak bildet. Die leuchtenden Steine an der Decke sind so hell, dass in der Höhle üppiges Gras und kleine Bäume wachsen, was eine enorme Veränderung zu den beengten, höhlenartigen Stockwerken darüber ist.

Während sie auf der Suche sind, wedelt Asin amüsiert mit ihrem Schwanz und trottet neben Daniel her. Sein lauter Gang lockt nicht nur einen, sondern gleich zwei Oger zu ihnen, und sie wirft ihrem Begleiter einen verärgerten Blick zu. Die Kreaturen sind eher klein, kaum drei Meter fünfzig groß, gekleidet in ihren traditionellen Lendenschurz und Lumpen, und jeder trägt eine grobe Holzkeule in der Hand. Klein oder nicht, Asin hätte es vorgezogen, den

Tag etwas einfacher zu beginnen. Als die Oger die Eindringlinge entdecken, brüllen sie und greifen die beiden an.

Asin holt ein Paar Wurfmesser aus ihrem Tragegurt und zielt mit einem auf das rechte Auge des anführenden Ogers. Er brüllt und hebt eine Hand, um das Messer abzublocken, und kann dadurch nicht sehen, wie der mit *Durchbohrendem Schuss* geladene Folgewurf durch die Luft in seine Brust und Lunge schneidet. Unter Schmerz und wütend darüber, ausgetrickst worden zu sein, stürzt sich der Oger nach vorne, um die kleinere Abenteurerin zu erschlagen, aber Asin weicht mit Leichtigkeit aus. Hinterhältig wirft sie dabei ein weiteres Messerpaar, diesmal ist der Oger so nah, dass der Blitz aus Asins aufgeladener Aura auch das Monster trifft.

An ihrer Seite stürmt Daniel auf Asins Gegner zu, benutzt seinen Schild, um das Monster zu rammen, und zwingt es mit einem

Schildschlag noch weiter zurück. Der Oger stolpert, fängt jedoch sein Gleichgewicht und Daniel lässt seinen Streitkolben gegen sein Knie krachen. Er tritt zurück, um nicht umzingelt zu werden, als der zweite Oger schließlich eintrifft.

Daniel weicht zur Seite aus, als ihn der zweite Oger angreift, und stellt sich dem anderen Oger in den Weg, was den anderen dazu zwingt, seinen Angriff abzubrechen. Asin bleibt dicht hinter Daniel und tut das Gleiche. Sie bewirft den ersten Oger jedes Mal mit einem Messer, wenn er versucht, seine Hand von seinem Gesicht wegzubewegen. Asin bewegt sich geschmeidig, zieht zusätzliche Messer aus ihrer Tasche und wenn sie kann, gibt sie sie an ihre Haupthand weiter. Unfähig, richtig zu sehen, was er tut, schwingt der Oger wild mit seiner Keule, was Daniel erlaubt, sich wegzuducken und sein Knie anzugreifen, indem er wieder und wieder auf das geprellte Glied schlägt, bis es knackt und nachgibt.

Sobald der erste Oger bewegungsunfähig ist, wenden die beiden Abenteurer ihre Aufmerksamkeit dem zweiten zu. Ihre Zeit bei der Armee hat ihnen neue Ideen und Konzepte gegeben, mit denen sie arbeiten können, und sie setzen diese sofort in die Tat um. Anstatt sich zurückzuhalten und Feuerschutz zu geben, stürmt Asin nach vorne, um sich direkt in den Kampf mit dem Oger zu stürzen. Der zweite Oger ist gezwungen, mit zwei Gegnern gleichzeitig fertig zu werden. Daniel geht zur Seite mit der Keule und wehrt alle Angriffe der Kreatur ab, während Asin mit ihren langen Messern in den Körper schneidet, der wild um sich schlagenden Faust des Monsters ausweicht und zusticht, wann immer sie ihr nahe kommt.

Als der Oger einen Überhand-Schlag ausführt, tritt Daniel schnell zur Seite und schlägt zweimal auf den entblößten Arm ein, wobei er den Daumenknochen bricht und den Oger dazu zwingt, seine Keule loszulassen.

Noch während es den Schmerz verarbeitet, duckt sich Asin und stößt ihre Messer in die Leber, wodurch das Monster auf die Knie fällt, bevor es letztendlich zusammenbricht. Ohne Pause bewegen sich die Abenteurer auf den anderen Oger zu, dessen Versuch, zu ihnen zu kriechen, zu langsam war. Daniel zerbricht zügig einen Ellbogen, damit Asin ihr Messer in den Hinterkopf der Kreatur stoßen kann. Als es schließlich stirbt, zerfällt es in blaue Lichtelemente und hinterlässt den Manakristall, aus dem sie erschaffen war.

Asin stößt ein kleines, glückliches Miauen aus und sammelt die Kristalle tanzend ein, um sie zu überprüfen. Die Monster wurden von der Göttin Erlis in Dungeons aus Mana erschaffen, um den Fluch zu entfernen, den ihr Erzfeind Ba'al ständig in die Manaflüsse der Welt brachte. Es ist die Aufgabe der Abenteurer, in die Dungeons zu reisen und die Monster zu besiegen, um den Fluch zu beseitigen — und natürlich, um ihren Lebensunterhalt zu verdienen, indem sie die Manakristalle an die Gilde verkaufen. Diese Manakristalle werden dann für eine Vielzahl von Zwecken verwendet: als Lichtquellen, magische Zutaten für mächtige Zaubersprüche und sogar als Dünger auf Farmen.

„Nur noch drei Ebenen, Asin“, grinst Daniel und dreht den Streitkolben gedankenverloren in seiner Hand, während sie sich auf den Weg zur nächsten Höhle machen. „Dann sind wir hier fertig.“

Asin nickt, hüpft flink vor ihrem Begleiter her und überprüft den Boden auf mögliche Fallen. Als sie sich dem Ausgang nähern, hebt sie eine Hand, und Daniel bleibt stehen und wartet, während sie den Boden weiter anstarrt. Nach einem Moment kramt sie ihr Messer hervor und ritzt leicht in die Erde, die mit Leichtigkeit nachgibt und eine einfache Fallgrube offenbart, die mit Rasenstücken und Gras bedeckt ist. Sie steht auf, beäugt die Falle und führt Daniel um sie herum, ohne sich die Mühe zu machen, die Falle auszulösen. Der Dungeon würde sie früh genug wiederherstellen, wenn sie es täten.

„Dungeon-Boss, schwer", sagt Asin, und Daniel zieht eine Grimasse und nickt zustimmend. „Neue Skills."

„Stimmt. Wir werden sicher mehr Skills brauchen. Aber wir lernen schon ganz gut, gemeinsam zu kämpfen", betont Daniel, während er darauf wartet, dass sie den Durchgang freigibt.

Asin schnaubt nur zustimmend und bewegt sich flink durch den kleineren Gang, der zur nächsten Höhle führt. Sie scheinen wirklich gelernt zu haben, mit zwei Ogern fertig zu werden. Vielleicht war ihre Zeit bei der Armee, in der sie Gesprächen gehört und die Kämpfe beobachtet haben, keine völlige Verschwendung gewesen.

***

„Guten Abend, Asin, Daniel. Siebte Ebene?", fragt Liev, der mit geübter Leichtigkeit die Manasteine sortiert und aus ihrer Qualität und Quantität seinen Rückschluss zieht. Asin nickt zustimmend, ihre Augen verfolgen die Bewegung seiner Hände mit großer Aufmerksamkeit. „Ihr solltet euch wirklich eine bessere Rüstung zulegen, wenn ihr auf dieser Ebene arbeitet, ihr beiden."

„Schön wär's!", murmelt Daniel kopfschüttelnd. „Ich schulde Tharuk noch ein Gold für die Armschienen, und dann muss ich noch für die Rüstung selbst sparen!"

„Hmm ... und du kaufst bei Maxwell, richtig?", fragt Liev, und Daniel nickt. „Und du, Asin?"

Asin zuckt mit den Achseln und wedelt ein wenig mit den Händen, das schwarze Fell sauber geleckt.

„Ah, keine Loyalität. Nicht überraschend, nehme ich an. Die meisten Waffenschmiede fertigen nicht wirklich etwas für Catkin an." Liev beendet seine Berechnungen und schiebt das Dokument vor, um ihnen zu zeigen, wie viel sie heute verdient haben. Daniel liest das Dokument durch und verkündet die Summe für Asin, die zustimmend nickt. Schnell teilen sie den Verdienst auf und schieben die Münzen in ihre Beutel, während Liev leicht lächelt. „Gut, dann würde ich auf der Questtafel nachsehen. Ich glaube, Maxwell hat dort kürzlich einen Job ausgeschrieben."

„Danke, Liev!" Daniel und Asin eilen herbei und scannen die Tafel, bevor sie endlich das finden, von dem Liev gesprochen hat.

### Quest: Das Meisterwerk eines Waffenschmieds

*Dies ist eine mehrstufige Quest, die ein flexibles und engagiertes Team erfordert, um sie zu beenden.*

*Interessierte Parteien sollten direkt mit Maxwell dem Waffenmeister sprechen.*

*Belohnungen: 1 kompletter Satz Eisenrüstungen nach Abschluss der Questreihe.*

„Oooh …" Daniel starrt und sabbert beinahe bei dem Gedanken an einen kompletten Satz Eisenrüstung. Die Kosten für seine Lederrüstung waren schwindelerregend, besonders für jemanden, der bis vor Kurzem nur ein Bergmann gewesen ist. Der Gedanke an eine Questreihe, die ihm ein komplettes Set einbringen würde, ließ ihn breit grinsen. Dann hält er inne, als ihm klar wird, dass es nur ein einziges Set ist. Er schaut zu Asin hinüber, die ihn ansieht und ebenfalls ein Gesicht macht.

„Nur eine", knurrt Asin und kratzt sich am Ohr.

„Ja, ich schätze, das wird nicht funktionieren", seufzt Daniel und schüttelt den Kopf. Kein Wunder, dass andere Gruppen noch nicht darauf angesprungen waren. Zu entscheiden, wer das Set bekam, wäre mühsam, zumal die meisten Gruppen größer waren als ihr Paar.

„Teilen. Ich drei Viertel." Asin zeigt auf sich selbst und deutet dann auf die Quest.

„Was? Nein, das wird nicht funktionieren. Wir sind nicht einmal gleich groß!", protestiert Daniel und ihr Schwanz peitscht verärgert.

„Nein. Dungeonverdienst. Drei Viertel." Asin zeigt wieder auf sich und hofft, dass er es versteht.

„Oh …" Daniel nickt langsam, dann wird ihm etwas klar. „Für wie lange?"

„Abbezahlt. Dann die Hälfte." Asin zuckt mit den Schultern und Daniel nickt, rechnet im Kopf nach. Bei ihrem derzeitigen Verdienst wäre das mindestens ein weiteres halbes Jahr, wenn nicht sogar ein ganzes. Dungeonerkundungen auf der siebten Ebene brachten gutes Geld, aber so gut nun auch wieder nicht. Obwohl sie vielleicht auch mehr verdienen könnten, wenn sie tiefer hineingingen.

Nachdem er seine Berechnungen beendet hat, nickt Daniel und zieht den Questmarker herunter, wobei er Asin ein dankbares Lächeln zuwirft. Er geht schnell zu Liev hinüber und bezahlt die erstattungsfähige Kaution, die für die Quest erforderlich ist. Da es sich um eine Questreihe handelt, ist eine erstattungsfähige Kaution festgelegt, damit Abenteurer von der Quest zurücktreten können, sobald sie alle Details von Maxwell erhalten haben. Die beiden Abenteurer bedanken sich bei Liev und planen, Maxwells Laden am nächsten Morgen zu besuchen. Nachdem das erledigt ist, macht sich Asin auf den Weg ins Viertel der Beastkin und trottet in gleichmäßigem Tempo los, während Daniel sich auf den Weg macht, um die Klinik zu besuchen.

Die Klinik, wie sie in Karlak genannt wird, liegt in einem ärmlicheren Viertel der Stadt in der

Nähe der Mauern. Die aus Holz und Lehm errichtete Klinik erstreckt sich über zwei ganze Gebäude mit nur wenigen Räumen für die ambulante Behandlung, wobei die meisten anderen Räume mit Patienten gefüllt sind, die eine kontinuierliche Betreuung benötigen. Als kostenlose Einrichtung, die von Khy'ra und anderen Freiwilligen betrieben wird, ist das Gebäude immer überfüllt mit Menschen, die Heilung brauchen. Schließlich ist gute medizinische Versorgung sowohl schwer zu finden als auch teuer, insbesondere Heilzauber.

Als Daniel eintritt, winken, rufen und nicken die Bewohner der Stadt dem jungen Abenteurer zur Begrüßung zu. Er lächelt sie alle an und überprüft im Geiste seinen eigenen Manapool, bevor er weitergeht. Er hält nur lange genug inne, um Khy'ra seine Anwesenheit mit einem Kuss und einer Umarmung anzukündigen, bevor er sein Zimmer betritt. Es dauert nur einen kurzen Moment, bis sich der erste Patient zu ihm gesellt, der sogar trotz seines üblen Husten weiterredet.

Stunden später werden die Türen der Klinik endgültig geschlossen und die ambulanten Patienten sind gezwungen, bis zum nächsten Tag nach Hause zu gehen. Daniel stöhnt und schüttelt den Kopf, da sein Mana vollständig aufgebraucht ist und ihn mit leichten Kopfschmerzen und müden Muskeln zurücklässt. Arme legen sich um ihn, der beruhigende Geruch seiner Freundin kitzelt ihn in der Nase. Einen Moment lang fragt sich Daniel, wie die kurvige, blonde Elfe selbst inmitten einer Stadt nach Bäumen und feuchter Erde riechen kann, bevor er die Umarmung einfach genießt. Sie drückt ihn wieder, dann dreht er sich um und sucht ihre Lippen.

„Hallo, du." Khy'ra lacht, als sie sich von dem Kuss löst, sich aber immer noch an ihm festhält.

„Hallo." Er küsst sie erneut hungrig, hebt sie hoch und setzt sie auf der Holzplatte ab, die sie als Inspektionsbett benutzen.

„Ah, das machen wir jetzt also, was?", neckt sie ihn und hält ihn nicht auf, als seine Hände zur Rückseite ihres Kleides wandern.

„Ja!", knurrt er, und die ältere Elfe lacht wieder und hilft ihm, sich auszuziehen. Junge, Menschenmänner waren immer so energisch!

***

„Maxwell." Daniel grüßt den stämmigen Schmied, als er aus dem hinteren Teil seiner Schmiede kommt und sich den Schweiß von der Stirn wischt.

„Daniel. Asin." Maxwell nickt zur Begrüßung. Sein Blick fällt automatisch auf ihre Waffen, als er sie begutachtet. „Weitere Reparaturen?"

„Eigentlich nicht. Wir sind wegen der Quest hier." Daniel tritt vor und hält ihm das Blatt hin, um zu zeigen, dass sie offiziell mit der Quest beauftragt wurden.

„Oh!" Maxwell lehnt sich ein wenig zurück und mustert die beiden. „Gut, ich schätze …"

Asins Augen verengen sich angesichts der wenig enthusiastischen Antwort und auch Daniel scheint ein wenig aus der Fassung gebracht. Als er ihre Reaktion sieht, fügt Maxwell schnell hinzu: „Es ist nichts gegen euch beide. Es ist nur, na ja, die meisten Leute haben mich abgewiesen, nachdem sie die Details gehört haben."

„Nun, du kannst es uns genauso gut erzählen", meint Daniel, und Maxwell nickt, obwohl er erst einmal innehält, um sich noch etwas Wasser zu holen. Erst als er mit seinem eigenen Glas zurückkommt, erinnert er sich daran, seinen Gästen etwas anzubieten, was beide hastig ablehnen, ungeduldig, etwas über die Quest zu erfahren.

„Also gut. Es gibt mehrere Teile dieser Quest, und wenn ihr einmal angefangen habt, erwarte ich, dass ihr sie zu Ende bringt. Ich werde eure Rüstung bauen, während ihr jeden Abschnitt beendet, obwohl ich die letzten Anpassungen nicht vor dem Ende vornehmen werde. Wenn ihr also aufgeben wollt, kann ich sie später immer noch verkaufen. Und ich werde die Anfertigung nicht aufteilen – sie wird nur für eine Person gemacht!", warnt Maxwell und beide Abenteurer nicken zustimmend. Als sie nicht weitersprechen, schnauft Maxwell und fährt fort. „Richtig, die Quest besteht aus drei Teilen, und für mindestens zwei Teile werdet ihr reisen müssen. Es wird euch für mindestens drei Monate vom Dungeon wegbringen."

Maxwell hält dann inne und wartet nur darauf, dass die Abenteurer ablehnen. Stattdessen runzeln die beiden gleichzeitig die

Stirn, bevor Daniel das Wort ergreift: „Ähm …
Vielleicht kannst du uns ein bisschen mehr
erklären, was wir machen werden?"

„Ich bin bereit, an meinem Meisterstück zu
arbeiten, um die Meisterbezeichnung zu
erhalten." Maxwell streckt unbewusst die Hand
aus und berührt die Silberkette hinter seiner
Tunika. „Allerdings brauche ich bestimmte
Materialien für das, was ich vorhabe, und das
meiste davon ist in dieser Stadt nicht erhältlich.
Die Dinge, die ich brauche, sind teuer, und
keiner der Verkäufer ist bereit, mir die Lieferung
zu garantieren. Da kommt ihr ins Spiel. Der erste
Teil ist, die Materialien hierherzubekommen. Ich
habe die Einkäufe bereits getätigt, aber sie
warten alle auf Abholung in Silverstone. Eure
Aufgabe ist es, dorthin zu reisen und dann meine
Einkäufe auf der nächsten Händlerkarawane zu
sichern, die zurück nach Karlak kommt", fährt
Maxwell fort.

„Danach müsst ihr ein halbes Dutzend Manasteine des Typs III der Klasse B mitbringen. Ich muss die Schmiede drei Tage lang mit Energie versorgen, und alles, was schwächer als Klasse B ist, wird nicht genug Hitze liefern. Wenn ihr keinen Typ III bekommen könnt, reichen auch kleinere Steine der Klasse B, aber ihr müsst dann mehr davon besorgen“, erklärt Maxwell und mustert die beiden. Das Letzte, was er gehört hatte, war, dass die beiden nur in der siebten Ebene waren, die keine Steine des Typs III hergab, auch nicht aus der Truhe.

„Als Letztes müsst ihr mir drei intakte Beutel mit Gift von den Querk-Spinnen bringen, die in den Perlenwäldern leben. Das muss als Letztes erledigt werden, denn das Gift hält sich nur eine Woche und ihr braucht mindestens zwei Tage, um wieder hierherzukommen. Also, seid ihr noch interessiert?“

Daniel und Asin wechseln einen Blick, dann fragt Daniel zögernd: „Also, Silverstone ist die größte Reise, richtig? Das sind fast drei Wochen von hier. Können wir auf dem Weg dorthin als Wachen oder so arbeiten? Dieser Teil ist doch zeitlich nicht so wichtig, oder?"

Maxwell räuspert sich kurz und zuckt dann mit den Schultern: „Nein. Ich dachte, ihr Abenteurer würdet eure Reise dorthin mit einer der Karawanen abstimmen. Es ist mir egal, wie ihr dorthin kommt, aber wenn ihr zurückkommt, ist eure erste und wichtigste Aufgabe, meine Waren zu sichern."

Daniel schaut zu Asin, die seinen Blick erwidert und ihren Kopf leicht neigt. Daniel lächelt, wendet sich an Max und sagt: „Dann nehmen wir an."

Maxwell grinst und streckt seine Hand aus. „Wirklich? Seid ihr euch sicher?"

Daniel nickt und schüttelt lächelnd die Hand des Schmieds. „Wir sind uns sicher. Wir fahren zurück zur Gilde, um sofort Bescheid zu geben, und arbeiten dann einen Zeitplan aus, wann wir losgehen und wieder zurückkommen können. Das mit den Steinen könnte eine Weile dauern, aber wir schaffen das schon."

Asin gibt ein leises, zustimmendes Schnurren von sich, als die beiden den lächelnden Waffenschmied zurücklassen. Das wird interessant werden – Asin ist noch nie in eine andere Stadt gereist, also wird die Reise an sich eine neue Erfahrung für sie sein. Als Wache zu reisen, wird langweilig sein, wenn es ähnlich ist wie die Zeit in der Armee, aber damit kann sie leben.

***

In der Abenteurergilde gehen Daniel und Asin zum nächstbesten freien Aufseher und bestätigen schnell die Annahme der Quest und den Zeitplan für die nächsten Karawanen, die nach Silverstone reisen.

„Schau, Asin, es gibt eine Karawane, die in drei Tagen loszieht. Sie heuern sogar an, also sollten wir in der Lage sein, für die Reise bezahlt zu werden. Leider müssen wir vielleicht ein bisschen auf die nächste Rückreise warten: Es sieht so aus, als gäbe es eine, die eine Woche vor unserer geplanten Ankunft abfährt, und keine weitere für mindestens drei Wochen danach. Wir werden dann wahrscheinlich unterwegs sein für …“ Daniel runzelt die Stirn und versucht, in seinem Kopf zu rechnen.

„Zwei Monate“, sagt Asin schmunzelnd.

„Richtig, zwei Monate. Gut, nicht so schlimm wie die drei, die er erwähnt hat, aber es wird eine Weile dauern. Ich frage mich, ob wir auf der Rückreise als zusätzliche Wachen oder so eingesetzt werden können …“ Daniel runzelt die Stirn und kratzt sich am Kinn. Drei Wochen ohne Bezahlung waren sicher machbar, aber angenehm würde es nicht sein. Asin zuckt nur mit den Schultern, tippt auf den ersten Fahrplan und deutet auf den Aufseher. „Richtig, richtig. Lass uns erst einmal unterschreiben.“

Sobald das erledigt ist, schaut Daniel zu Asin, die auf den Dungeon zeigt. „Dann machen wir uns besser an die Arbeit. Ich habe noch eine Menge Schulden zu begleichen!“

Asin gibt ein leises Schnurren von sich, nickt aggressiv und winkt ihn zu sich. Vielleicht könnten sie heute sogar die Truhe ausfindig machen – obwohl sie sich nicht ganz sicher sind, ob es Sinn ergibt, danach zu suchen. Dennoch könnten sie zumindest die Gefahr überprüfen.

# Kapitel 3

„Bereit?", erkundigt sich Daniel und lächelt Asin leicht an, die zurück nickt. Daniel wendet sich wieder Khy'ra zu, die über Nacht geblieben ist, und zieht sie an sich, um ihr einen letzten Kuss zu geben, bevor sie lacht und ihn wegstößt. Er wird sie vermissen.

„Daniel!", ruft Elise, als die beiden beginnen, aus dem Gasthaus zu gehen, und er dreht sich um und nimmt den Korb mit dem Essen von der Gastwirtin dankbar an. „Ihr kommt zurück, okay? Alle beide."

„Es ist doch nur eine Abhol-Quest, Elise!", sagt Daniel verärgert und schüttelt den Kopf.

Khy'ra nickt ebenfalls und fügt hinzu: „Es sind nur zwei Monate. Die Zeit wird wie im Flug vergehen, warte nur ab."

Als die beiden Abenteurer weggehen, murmelt Elise zu ihrer Freundin: „Nicht alle von uns leben Hunderte von Jahren, weißt du."

***

Die Karawane ist im Händlerviertel angekommen, ein gutes Dutzend Wagen und ein paar gut ausgestattete Kutschen sind vor ihnen aufgebaut. Die Fuhrleute bewegen sich hin und her, überprüfen die Ladung und ihre Wagen, nehmen letzte Anpassungen vor, während sie sich unter dem wachsamen Auge der beständigen Karawanenwächter auf den langen Weg vorbereiten. Eine kleinere Gruppe ärmerer Reisender versammelt sich am Ende der Karawane auf Maultieren und Pferden und in einigen Fällen auch zu Fuß. Diese Reisenden haben eine kleine Summe bezahlt, um mit der Karawane mitzukommen, und genießen den zusätzlichen Schutz, den das Reisen in Gruppen bietet. Der Schutz ist jedoch minimal, da die Karawanenwächter die Aufgabe haben, die Waren zu schützen, nicht die Menschen.

Dennoch stellt es sicher, dass die meisten wilden Tiere sie nicht belästigen werden, und für diejenigen, die arm und verzweifelt genug sind, bezahlten die Willigen für das Privileg, sich der Karawane anzuschließen.

Gemeinsam gehen Asin und Daniel vorbei an mürrischen Fuhrleuten und Fußpassagieren in fadenscheiniger Kleidung. Als sie am vorderen Teil der Karawane ankommen, sehen sie eine kleine Gruppe anderer Abenteurer, die auf das Eintreffen des Karawanenmeisters warten.

Die anderen vier Abenteurer sind alle Menschen, alle gekleidet in einer Mischung aus Platten- und Lederrüstungen, außer dem Priester, der sein blaues Priestergewand trägt. Daniel nimmt Notiz von ihm, er ist immer froh, einen weiteren potenziellen Heiler in einer Gruppe zu sehen. Asin wiederum mustert die Nahkämpfer und rümpft die Nase, als sie sich nähern. Offensichtlich hat diese Gruppe jüngst zu wenig Zeit in den Badehäusern verbracht.

Schließlich stapft der Karawanenmeister auf sie zu. Ein blasierter, blondhaariger und übergewichtiger Mann mittleren Alters. Er schnauft und atmet tief durch, als er die Gruppe sieht: „Karlak. Ich hasse Karlak-Abenteurer. Nicht ein einziger verdammter Bogenschütze unter euch.“

Daniel öffnet den Mund, um zu protestieren, schließt ihn jedoch mit einem Schnalzen. Der Mann hat recht, und wenn man bedenkt, wie schrecklich Daniel mit der Armbrust schießen kann, hält er es für besser, zu schweigen.

„Also gut. Ihr dürft mit meinen Fuhrleuten reiten. Haltet Ausschau nach Monstern und Banditen, bekämpft sie, wenn nötig. Ihr erhaltet einen Tageslohn für die Zeit, die ihr mit uns verbringt, aber nur, wenn ihr die Reise beendet.

Ihr erhaltet keinen Lohn, wenn ihr vor dem vereinbarten Ort abreist.

Die Verpflegung ist inbegriffen, aber ihr solltet euren eigenen Schlafsack und ein Zelt haben. Eure Aufgabe ist es, die Wagen, meine Waren und meine Leute in genau dieser Reihenfolge zu bewachen. Die Passagiere in diesen Wagen", der Karawanenmeister gestikuliert mit der Hand zu den beiden Wagen, „gelten als Ware, also bewacht ihr sie mit eurem Leben. Ansonsten behaltet ihr eure Hände bei euch. Noch Fragen? Dann fragt meinen leitenden Fuhrmann, Chip." Eine letzte Geste deutet auf einen ergrauten, verhutzelten Mann, der auf dem vorderen Wagen sitzt. Sein Gesicht ist versteckt im Schatten eines breitkrempigen grauen Hutes, der so alt und mitgenommen aussieht wie er selbst. „Sprecht nicht mehr mit mir, es sei denn, es gibt einen Angriff."

Nach seiner Rede stapft der Karawanenmeister davon und lässt die Gruppe etwas überrascht zurück. Nach einem Moment zucken Daniel und Asin mit den Schultern und gehen hinüber zu Chip, dicht gefolgt von der anderen Gruppe. Noch bevor sie den alten Wagenführer erreichen können, winkt sie ein anderer Fuhrmann heran.

„Gut, ihr zwei könnt mit mir fahren. Ich bin der Dritte in der Reihe, und ihr könnt eure Taschen einfach in meinen Wagen packen." Mit einem breiten Lächeln streckt er eine Hand aus, die er erst Asin und dann Daniel anbietet. „Ich bin Gabriel, und ich muss sagen, dass mir euer Aussehen gefällt."

„Ähh … Danke. Ich bin Daniel, das ist Asin." Daniel schüttelt die Hand, blickt auf den Wagen und dann zu Chip, der nur leicht nickt. Gabriels Fahrzeug war ein Planwagen, und nach kurzem Überlegen zuckt Daniel mit den Schultern, wirft seine Tasche hinein und hilft Asin, ihre hineinzubringen. Asin krabbelt dann in den Wagen, stützt ihren Fuß auf eine Kiste in der Nähe und nickt Daniel zu, der sich auf den Vordersitz setzt.

„Also, was hat dir gefallen?", erkundigt sich Daniel, nachdem Gabriel das Gewusel beendet hat und neben ihm aufsteigt.

„Ihr seid eine kleine Gruppe. Das ist immer gut. Große Gruppen kommen durch, weil es viele von ihnen gibt. Eine kleine Gruppe wie ihr, ihr seid entweder sehr neu oder sehr gut", erklärt Gabriel und nickt dann zu Daniels Armen. „Und ich habe noch nicht viele neue Abenteurer mit verzauberten Armschienen gesehen."

„Ich schätze, in diesem Job trifft man viele Abenteurer", sagt Daniel, leicht beeindruckt davon, wie schnell Gabriel die beiden eingeschätzt hat. Während sie sich durch die Straßen von Karlak bewegen, lässt Daniel seinen Blick über die vertrauten Straßen schweifen.

„Klar, viele. Aber trotzdem nur Leute. Nichts für ungut, aber wir fahren den Rundkurs – von der Hauptstadt zu den Grauen Bergen nach Silverstone und zurück nach Warmount“, sagt Gabriel und lächelt. „Nach einer Weile verschmelzt ihr miteinander. Ich kann euch sogar sagen, wo die andere Gruppe hingeht.“

„Oh?“ Daniel zieht eine Augenbraue hoch.

„Peel. Es ist etwa anderthalb Wochen entfernt und unser erster großer Halt. Sie haben einen eigenen Dungeon, einen für Anfänger wie in Karlak, aber kleiner. Es hat allerdings stärkere Monster, deshalb gehen die meisten Abenteurer aus Karlak dorthin, wenn sie hier fertig sind. Ein gutes Trainingsgelände, wenn man sich noch nicht ganz sicher ist, ob man einen Gesellen-Dungeon ausprobieren möchte.“

Mit einem verständnisvollen Nicken speichert Daniel die Informationen ab und beobachtet, wie sie langsam weiterfahren.

„Nicht, dass ich etwas dagegen hätte, wenn deine Freundin dort hinten herumlungert, aber sobald wir aus der Stadt heraus sind, wird der Karawanenmeister sie raus haben wollen“, fügt

Gabriel hinzu, und Daniel nickt und wendet sich wieder Asin zu. Sie nickt ihm nur zu, ihr sensibles Gehör hat die warnenden Worte schon aufgeschnappt.

„Weißt du, diese Gruppe erinnert mich an diese andere Gruppe, die wir mal in Karlak aufgegabelt haben. Gut, diese Gruppe hatte keinen Priester, nur einen anderen Kämpfer. Das, woran ich mich bei diesem Kämpfer erinnere, war seine grüne Lederrüstung – grün! Warum …“, beginnt Gabriel und genießt offensichtlich die Gelegenheit, einem neuen Publikum eine Geschichte zu erzählen.

Daniel nickt zustimmend, neugierig, was Gabriel zu sagen hat. Sicherlich muss der Fuhrmann eine andere Perspektive haben als die Abenteurer selbst.

***

Die Karawane braucht fast einen halben Tag, um aus der Stadt herauszukommen. Sie schlängelt sich durch überfüllte Straßen und wird dann von den Wachen kontrolliert und auf den Weg geschickt. Während dieser Zeit hört Gabriel nicht auf, eine Geschichte nach der anderen zu erzählen, und hält nur lange genug inne, um einen Schluck Wasser aus seinem Wasserschlauch zu nehmen. Neben ihm hört Daniel höflich zu und zerrt leicht an seiner Lederrüstung, als ihm die Mittagshitze zu schaffen macht.

„Ich habe nie verstanden, warum ihr Abenteurer darauf besteht, diese Dinger zu tragen. Ich kannte einen Abenteurer, der jeden Morgen ein komplettes Kettenhemd trug …“, beginnt Gabriel, und Daniel verstummt schließlich und nippt an seinem Wasserschlauch, während er auf die sanften Hügel starrt, die Karlak umgeben. Seltsam, wenn man bedenkt, dass er erst vor neun Monaten selbst auf einem anderen Wagen über diese Straßen in die Stadt gekommen war, um seine Reise als Abenteurer zu beginnen.

Er beäugt die sanften Hügel, sein Magen knurrt und er schaut nach oben und bemerkt, wie die Sonne den Zenit überschritten hat. „Halten wir nicht zum Mittagessen an?"

„Keine Chance. Quidley hasst es, Zeit zu verschwenden, und wir sind bereits hinter dem Zeitplan, um aus der Stadt zu kommen. Wir werden jetzt den ganzen Tag unterwegs sein, um zu seinem Lieblingszeltplatz zu kommen. So wie es aussieht, werden wir wahrscheinlich spät am Tag ankommen. Obwohl, es erinnert mich an die Zeit, als wir Pilak verlassen haben …", sagt Gabriel und beginnt mit einer weiteren Geschichte.

„Weißt du was, Gabriel? Ich denke, Asin sollte eine Weile meinen Platz einnehmen. Ich werde ein wenig gehen, wenn es dir nichts ausmacht", unterbricht Daniel den Mann und steht auf. „Ich bin diese Sitze nicht gewohnt."

„Nein, ist schon gut. Ich beende diese Geschichte später." Gabriel lächelt und beobachtet, wie Daniel absteigt und Asin widerwillig nach vorne zerrt. Er geht neben dem Wagen her und lässt seinen Blick über die Landschaft schweifen. Das würde eine lange Reise werden.

***

Redselig wie Gabriel war, hatte er recht und es war schon spät am Abend, als sie endlich ihren Ruheplatz erreicht haben. Daniel sieht sich den Zeltplatz an und ist im Stillen zufrieden. Er hat wenig, was ihn von anderen Plätzen für Ungeübte unterscheidet, aber er hat ein paar gute Seiten. Es gibt einen kleinen Bach in der Nähe, der das Lager mit einfachem Zugang zu Wasser versorgen würde. Das Gebiet um den Lagerplatz ist relativ flach, was bedeutet, dass es einfach sein würde, Zelte aufzustellen, und noch einfacher, nach Bedrohungen Ausschau zu halten. Da nur ein kleiner Baumbestand in geringer Entfernung die Sicht versperrt, würde es schwer sein, hier eine Falle zu stellen oder sich an die Karawane heranzuschleichen.

Das hält Chip jedoch nicht davon ab, die verschiedenen Wagen in einen lockeren Kreis um das Lager zu lenken. Sobald die Wagen zur Zufriedenheit des alten Fuhrmanns stehen, beginnen die anderen Fuhrleute, die Pferde abzuspannen und vorsichtig zum Bach zu führen. Daniel schaut einen Moment lang mit Asin zu, unsicher, was sie tun sollen. Die beiden sind nicht die einzigen verlorenen Seelen, und sie und die anderen Gäste werden schnell von Chip zum Handeln angehalten, der ihnen sagt, wo sie schlafen sollen und wo das Kochfeuer sein soll.

„Hallo, ich bin Daniel, und das ist Asin." Daniel reicht den anderen vier Abenteurern die

Hand, als sie sich alle am Feuer versammeln, welches Asin mit geübter Leichtigkeit anzündet.

„Wir haben uns gefragt, wie wir die Aufgaben im Lager bewältigen sollen. Asin und ich sind beide gute Köche, also dachten wir, wir könnten das übernehmen?"

„Ich bin Marco, das sind Delia, Dale und Palmer", sagt der Größte der Gruppe, der zu seinem Schwert und Schild noch einen Dolch hinzugefügt hat, und nimmt Daniels Hand und schüttelt sie. „Und wir kommen auf dein Angebot zurück. Könnt ihr euch auch um das Abendessen kümmern?"

Asin nickt entschlossen, das Feuer ist angezündet, also schlendert sie davon, um mit Chip darüber zu sprechen, wo sie ihren Teil des Abendessens bekommen. Daniel beobachtet glucksend die Bewegungen seiner Freundin und bemerkt den interessierten Blick von Dale. „Asin redet nicht viel. Aber ich denke, das ist mein Stichwort, um das Wasser zu holen."

„Gut, dann machen wir uns mal an die Latrine", sagt Marco und winkt seine Freunde weg. Die Lagerarbeiten, um die sie sich kümmern müssen, sind aufgeteilt und schnell erledigt, als Chip vorbeikommt, um Wachen für die Gruppe einzuteilen.

Während Asin das Wasser erwärmt und eine Pfanne herauszieht, um die Fleischscheiben zu kochen und ihr Brot aus den Vorräten aufzuwärmen, sieht Daniel Palmer, der an der Seite steht, umgeben von verschiedenen Fuhrleuten, und seine heilende Magie auf ihre verschiedenen Beschwerden anwendet. Als Daniel zuschaut, werden Münzen weitergereicht, und er wendet sich ab, wobei sich seine Lippen verziehen. Einen Moment lang überlegt Daniel, ob er helfen soll, aber er verwirft den Gedanken als zu kleinlich. Nur weil der Priester bereit ist, Geld zu nehmen, heißt das nicht, dass sein Handeln ungerechtfertigt ist. Stattdessen steht er auf, um die Umgebung zu durchstreifen.

Im Süden, wo sie herkamen, findet er die Gruppe der ärmeren Reisenden, die sich zum Rasten bereit machen. Er beobachtet sie eine kurze Zeit lang und bemerkt, wie einige mit den einfachsten Lageraufgaben wie dem Aufstellen der Zelte oder dem Entfachen eines Feuers zu kämpfen haben, und er seufzt im Geiste über die Stadtmenschen. Als ein besonders stämmiger und gut gekleideter Mann versucht, einen dicht belaubten, frisch geschnittenen Ast ins Feuer zu legen, eilt er zu Hilfe herbei.

Erst als Delia vorbeikommt und erwähnt, dass das Abendessen fertig ist, merkt Daniel, wie lange er schon ausgeholfen hat. Ein paar letzte Ratschläge werden schnell zu einer weiteren Viertelstunde, und als er zurückkommt, ist sein Essen schon kalt. Als Daniel mit seinem kalten Essen dasitzt, macht er sich eine mentale Notiz, dass er schnell zurückgehen muss, wenn er fertig ist — es gab ein paar Verletzungen und Krankheiten in der Gruppe, die von einem schnellen Heilungszauber profitieren könnten. Immerhin, so rechtfertigt sich Daniel vor sich selbst, hat er heute Abend keine Verwendung für sein Mana. Es hat nichts damit zu tun, dass eine besonders hübsche junge Dame ihn anlächelt.

# Kapitel 4

Eineinhalb Wochen lang reist das Duo mit der Karawane und besucht unterwegs ein paar Dörfer. Sie halten selten länger als ein oder zwei Stunden in diesen Dörfern, lange genug für verschiedene Fuhrleute, um ihre Waren zu kaufen und zu verkaufen, bevor sie weiterziehen und den Dorfbewohnern die Münzen aus der Tasche ziehen. Diese Dörfer zählen zu den glücklichen – sie liegen an Hauptverkehrsstraßen und werden relativ regelmäßig von Karawanen besucht, die sie mit dringend benötigten Rohstoffen und Waren versorgen können. Andere Dörfer, die weiter draußen oder an weniger gut befahrenen Wegen liegen, müssen sich mit gelegentlichen Händlern begnügen. Die Dorfbewohner, die es nicht abwarten können, müssen eine Reise zu den glücklichen Durchgangsdörfern unternehmen, um die Karawanen auf ihren geplanten Fahrten anzutreffen. Das ist der Grund, warum Quidley die Karawane jeden Tag antreibt und sein Bestes gibt, um den vorgegebenen Zeitplan einzuhalten. Schließlich hat eine pünktliche Karawane die meisten Kunden.

Peel ist eine kleine Stadt, sogar kleiner als Karlak, obwohl sie eine Steinmauer hat – oder zumindest Teile einer solchen. Die Mauer wurde so gebaut, dass die untere Hälfte aus Stein bestand und Holzpfosten zwischen der Steinaußenseite eingeklemmt waren. Als Geldmittel und Materialien zur Verfügung standen, wurde die nächste Steinschicht auf die Mauern aufgetragen und die gesamte Konstruktion verstärkt. Anstatt mit der gesamten Karawane in die kleine Stadt einzufahren, weist Quidley viele an, außerhalb zu parken, während nur einige wenige Wagen, die in der Stadt zu tun haben, diese betreten. Auf diese Weise umgehen die Fuhrleute die Eintrittsgebühr und parken die Wagen auf einer nahegelegenen Lichtung außerhalb der

Stadtmauern. Als sie für die Nacht einfahren, hat Chip vier kleine Beutel in der Hand und winkt die Abenteurer heran.

„Gut, ihr vier, das ist euer Lohn. Quidley wird die Gilde wissen lassen, dass ihr eure Quest wie vereinbart erfüllt habt", sagt Chip, während er die Beutel an die andere Abenteurergruppe übergibt, bevor er sich zu Asin und Daniel umdreht und mit ihnen spricht. „Es steht euch beiden frei, die Stadt zu besuchen, wenn ihr wollt. Wir werden den Rest des Tages und morgen hier sein. Wenn ihr mit abreisen wollt, müsst ihr in zwei Tagen gleich morgen früh wieder hier sein."

„Okay", sagt Daniel und schaut dann zu Asin hinüber, die sofort den Kopf in Richtung Stadt schüttelt. Ja, es ist definitiv an der Zeit, eine neue Stadt zu erkunden. Chip schnaubt nur, ihre Antwort liegt ganz in seiner Erwartung. Gemeinsam stapfen die beiden in Richtung Stadt, nachdem sie sich hastig verabschiedet haben. Am Tor bezahlen sie den Eintritt und gehen ohne Diskussion sofort in Richtung Stadtzentrum. Dort befindet sich die Abenteurergilde, der Dungeon und Gasthäuser, die auf Abenteurer eingestellt waren. Die Gasthäuser, die näher am Stadteingang lagen, waren hauptsächlich für die Kaufleute gedacht, also für diejenigen, die keine Lust hatten, die Stadt selbst zu erkunden. Nicht, dass einer von ihnen vorhatte, die Stadt an sich zu erkunden, ihre Herzen und Gedanken waren auf den neuen Dungeon gerichtet.

„Die Abenteurergilde zuerst?", erkundigt sich Daniel, Asin nickt. Im Inneren der Gilde verspürt Daniel ein großes Déjà-vu, so ähnlich ist sie dem Layout der Gilde in Karlak. Er erwartet schon fast, dass hinter dem Tresen ein rothaariger, gelehrter Aufseher arbeitet. Stattdessen sitzt eine stämmige ältere Frau da und blättert gelangweilt in einem Buch.

„Guten Tag", sagt Daniel, als er mit Asin im Schlepptau auf sie zugeht. „Wir sind gerade angekommen und haben gehofft, du könntest uns ein wenig über den Dungeon erzählen."

„Ihr kommt aus Karlak, richtig? Fünf Ebenen, nur eine Art von Monster. Alle unsere Level sind Volllevel, keine Truhen auf jeder Ebene, aber jede Ebene hat ihren eigenen Champion. In Peel sind deine gegnerischen Monster Echsenmenschen – du triffst Arbeiter, Späher, Jäger, Krieger, Champions, Häuptlinge und Hexenmeister, in dieser Reihenfolge der Schwierigkeit. Welches Level seid ihr?", fragt die Frau, ohne von ihrem Buch aufzuschauen.

„Ähh … sechs", antwortet Daniel schnell, und Asin fügt hinzu: „Acht", woraufhin Daniel zusammenzuckt und seine Begleiterin anschaut. Er wusste, dass er ein Level verloren hatte, aber war sie schon immer ein Level höher gewesen als er?

„Also gut, ihr solltet nicht weiter als bis zur dritten Ebene gehen, und die dritte Ebene ist schon sehr anstrengend. Wir haben breitere Korridore, also rechnet mit Fernkampfwaffen", sagt die Frau. „Außerdem schließen wir um acht."

Daniel und Asin teilen ein verwirrtes Lächeln, bevor sie gemeinsam fragen: „Fallen?"

„Fallgruben, Falltüren, Pfeile und Giftgas in den untersten Leveln. Die erste Ebene hat Fallgruben, jede Ebene danach fügt der Reihe nach einen weiteren Typ hinzu", sagt die Aufseherin.

„Hmm … Wie sieht es mit Manakristallen aus? Größe und Typ?", fragt Daniel.

„Klasse D, Level 8 für den Anfang", erklärt sie, seufzt und schaut endlich auf. „Das ist alles, was ich euch sagen kann. Den Rest müssen ihr selbst herausfinden."

Daniel und Asin tauschen einen weiteren Blick aus, ein wenig verärgert über die unhöfliche und schroffe Aufseherin. Aber sie hat recht – viel mehr fällt den beiden nicht ein, um zu fragen. Die Abenteurer wünschen ihr alles Gute und machen sich auf den Weg zum Eingang des Dungeons, nicken den Wachen zu und melden sich an, bevor sie eintreten. Beide spüren einen leichten Schauer der Vorfreude und grinsen aufgeregt. Immerhin ist das ihr zweiter Dungeon.

***

„Runter", ruft Asin und Daniel duckt sich. Ein Paar Wurfmesser rauscht an seinem Kopf vorbei, um sich in der Brust des Echsenmenschen zu vergraben. Daniel geht sofort in die Knie, fängt den Speerstoß mit seinem Schild ab und tritt vor, um mit dem Monster fertig zu werden. Leider geht der Echsenmensch wieder zurück, sticht mit seinem rostigen Speer zu und zwingt Daniel, sich zu schützen. Er atmet hastig aus und holt tief Luft, während er erneut nach vorne tritt und versucht, das Monster zurückzudrängen, wobei seine Frustration überhandnimmt und seine Kontrolle nachlässt.

Das war der dritte Echsenmensch, dem sie begegnet sind. In beiden anderen Fällen haben die viel breiteren und höheren grauen Steinkorridore des Peel-Dungeons es den beiden Abenteurern ermöglicht, die Kreaturen zu flankieren, wodurch die Speere der Monster weniger effektiv waren. Unglücklicherweise hatten sie das große Pech, dieser speziellen Kreatur in einem kleineren, engeren Dienstkorridor zu begegnen, und waren gezwungen, im Einzelkampf gegen sie zu kämpfen. Da sie nicht in der Lage sind, das Monster zu flankieren, müssen die beiden es Schritt für Schritt schwächen.

Daniel hat die Kreatur drei Viertel des Weges zurückgedrängt und dabei nur eine leichte Wunde am Arm erlitten, aber der längere Speer der Kreatur hat dafür gesorgt, dass er nicht näher herankommen und das Monster erledigen kann. Jedes Mal, wenn er es versucht, weicht das Monster zurück. Asin sitzt hinter ihm fest und kann nicht effektiv angreifen, weshalb sie dazu gezwungen ist, nur gelegentlich zu attackieren.

Das sollte sich jedoch ändern, als der Echsenmensch-Arbeiter merkte, dass er nun fast bis zum Ausgang zurückgedrängt worden ist. Er zischt, das Stechen des Speers wird immer unruhiger, während er versucht, Daniel fernzuhalten. Das ist ein Fehler, denn Daniel holt mit der Kante seines Schildes zu einem besonders weiten Schlag aus und stößt gegen den Schaft des Speers, um ihn gegen die Wand zu drücken. Das gibt ihm Zeit, einzugreifen und mit seinem Streitkolben zuzuschlagen, wobei ihm der Schweiß von der Stirn tropft, während er sich dreht. Der Streitkolben schwingt nach oben, bohrt sich in den Körper des

Echsenmenschen und schleudert ihn nach hinten. Asin springt vorwärts und überholt Daniel in der kleinen entstandenen Lücke, springt direkt auf den Körper des Monsters und sticht ihre Messer in seine liegende Gestalt, wobei sie ihre Messer verdreht, um den Schaden zu vergrößern. Asin knurrt leicht, die etwas zu glatte Haut der Kreatur stört unter ihren behaarten Knien. Als das Monster stirbt, umgibt ein kurzes Lichtaufflackern den Körper und löst sich dann auf, wobei es seinen Manakristall zurücklässt.

Daniel atmet tief durch, beäugt den groben Holzspeer mit Abscheu und lässt ihn zu Boden fallen. Wieder einmal wünscht er sich, er hätte Zugriff auf die Abenteurer-Skillfertigkeit Level 10 – Inventar. Ohne sie kann keiner von ihnen den Speer für den Wiederverkauf sicher aufbewahren und so müssen sie ihn beiseitelegen und sich mit ihrem Verdienst an Manasteinen zufriedengeben.

Sobald Daniel wieder zu Atem gekommen ist, gehen die beiden tiefer in den Dungeon, um den Champion des Levels zu finden. Wenn der Kampf gut verläuft, hoffen sie, heute auch die zweite Ebene in Angriff nehmen zu können, obwohl es wirklich davon abhängt, wie schnell sie diese Ebene beenden können. Die beiden Abenteurer bewegen sich zügig durch die breiten Steinkorridore. Asins schnelle Augen haben Daniel schon früh darauf aufmerksam gemacht, dass die Fallgruben aus leicht verfärbten Steinen bestehen. Jetzt kann sogar Daniel sie mit relativer Regelmäßigkeit erkennen, was es den beiden ermöglicht, schneller voranzukommen.

***

Die Unterschiede im Peel-Dungeon endeten nicht bei den steinernen Korridoren und den Echsenmenschen-Monstern, denn schon die erste Ebene war viel größer und weitläufiger als ihre eigene. Beim Durchqueren der Korridore müssen die beiden mehrmals kämpfen, bevor sie nach stundenlanger Erkundung endlich über den Standort des Champions stolpern. Gemeinsam ziehen die beiden Abenteurer ihre Köpfe von der Tür zurück, die in den Raum führt, nachdem sie den Echsenmenschen-Champion und einen weiteren Arbeiter schnell ausgekundschaftet haben. Die beiden Abenteurer sehen sich an, bevor Daniel als Erster spricht: „Der Champion gehört mir, Fräulein Level 8."

Er grinst sie an und Asin rollt mit den Augen, nickt aber und nimmt ein Wurfmesser in ihre linke Hand und eines ihrer längeren Messer in die rechte. Sie wartet, bis Daniel sich bereit macht, dann rennen sie gemeinsam um die Ecke. Asin aktiviert ihren *Durchbohrenden Schuss* und wirft ihn auf den Echsenmenschen-Arbeiter, bevor sie rübersprintet, ihr anderes langes Messer zieht und die Kreatur im Nahkampf angreift. Ihr erster Wurf bohrt sich in die

Schulter des Arbeiters und lässt ihn vor Wut zischen.

Daniel stürmt allein auf den Champion zu und nimmt sich die wenigen Augenblicke, die er braucht, um die Distanz zu überbrücken, um das Monster weiter zu beobachten. Der Echsenmenschen-Champion schwingt einen hochwertigeren Speer und ist fast einen Meter achtzig groß, sodass er den kleineren Abenteurer überragt. Er ist mit dunkelgrünen Schuppen bedeckt und trägt eine zerrissene rote Tunika über seinem Oberkörper und seinen Beinen. Der Champion stößt den Speer in Richtung Daniel, um ihn fernzuhalten. Anstatt den Speer mit seinem Schild abzufangen, schlägt er die Speerspitze mit seinem Streitkolben zur linken Seite und verringert den Abstand. Der Speer ist nun nicht mehr richtig ausgerichtet, Daniel stößt seinen Schild schräg nach außen und drückt den Speerschaft nach unten, noch während der Champion versucht seinen Schlag zurückzunehmen. Sobald er festen Kontakt hat, grinst Daniel und setzt den Schildschlag ein, wodurch der Speer noch weiter aus der Bahn gerät und der Champion darum kämpfen muss, seine Waffe zu halten. Leider leitet der Speer die Blitze, die auf seinem Schild tanzen, nicht zu dem Monster weiter, aber sein Hauptziel – den Rest der Strecke unbeschadet zu überbrücken – gelingt ihm trotzdem.

Daniel ist jetzt in Reichweite und löst sofort seine Fähigkeit *Doppelschlag* aus, um seinen Streitkolben noch einmal auf den Kopf und die Schultern des Champions zu schleudern. Die Schläge werden nur teilweise von einer erhobenen Klaue geblockt, die ihren Griff um den Speer gelöst hat. Die Klaue wird zerschmettert und das Monster lässt seinen nun nutzlosen Speer zur Seite fallen, da die größere Länge der Waffe im Einhand- und Nahkampf schwer zu handhaben ist. Stattdessen versucht der Champion, mit seinen Klauen nach Daniel zu krallen. Daniel duckt sich zur Seite, dann tritt er der Kreatur in die Beine, wodurch sie weiter aus dem Gleichgewicht gerät, bevor er erneut mit seinem Streitkolben auf sie einschlägt. Er hält den Druck aufrecht und schlägt immer wieder mit dem Streitkolben auf den Champion ein, bevor die Kreatur tot umfällt.

Leicht außer Atem grinst Daniel und blickt zu Asin hinüber, die ebenfalls ihr Ungetüm zur Strecke gebracht hat. Die Treppe nach unten liegt direkt vor ihnen, aber es ist schon spät. Nach einer kurzen Diskussion einigen sie sich darauf, morgen die nächste Ebene auszuprobieren. Sie gehen die Treppe hinunter, aktivieren die Dungeon-Glyphe und kehren dann zum Gasthaus zurück. Es ist besser, ihr Geld dafür auszugeben und eine gute Nacht zu schlafen.

***

Früh am Morgen treffen sich Daniel und Asin zu einem schnellen Frühstück, das sie kaum schmecken, als sie sich das Essen in den Mund stopfen. Ohne ein Wort zu verlieren, schnappen sie sich die vorbereiteten Lunchpakete, die sie im Gasthaus bestellt haben, und machen sich mit schwungvollen Schritten auf den Weg. Tag zwei in einem neuen Dungeon und ein neues Level obendrein. Was könnte besser sein?

Die zweite Ebene ähnelt der ersten, ihre breiten grauen Steinkorridore werden durch das sanfte Glühen des mit Mana durchtränkten Steins um sie herum beleuchtet. Wenn sie darauf achteten, konnten sie eine leichte Brise spüren, die einen trockenen, leicht sauren Geruch durch die Ebene trug. Die Korridore verwandeln sich in Räume, in denen Echsenmenschen in Zweier- oder Dreiergruppen warten, ein Spiel mit Stöcken spielen, trainieren, essen und bei einer Gelegenheit ein Nickerchen machen.

Nach dem sechsten Raum wendet sich Daniel an Asin und murmelt: „Das ist so seltsam. Es fühlt sich weniger wie ein Dungeon an und mehr wie, nun ja, als wäre es ihr Zuhause."

Asin nickt daraufhin und kratzt sich an der Wange. Es fühlte sich wirklich so an, als wären sie in das Haus der Echsenmenschen eingedrungen und wären ungehobelte und gewalttätige Gäste, die sich ihren Weg durch ihre ahnungslosen Gastgeber mordeten. Es fühlte sich falsch an, auch wenn sie beide wussten, dass das ein Dungeon war. Die Echsenmenschen waren nicht real; sie hinterließen keine Leichen, wenn sie getötet wurden, und doch konnten sie das Gefühl nicht abschütteln.

Eine Zeit lang starren sich die beiden an und kämpfen gegen die Seltsamkeit des Ganzen an. Schließlich zucken sie mit den Schultern und konzentrieren sich, denn sie wissen, dass die Echsenmenschen, so seltsam das auch ist, getötet werden müssen. Wenn man sie zu lange allein lässt, würden sie aus dem Dungeon in die Stadt strömen, und die von Ba'al verursachte Korruption hätte die Chance, sich auszubreiten. Schließlich könnte ein solcher Dungeon der Beginn eines neuen Brandes sein, wenn er zu lange unkontrolliert bleibt. Bevor das geschah, war es ihre Aufgabe, diese Echsenmenschen zu töten, so seltsam es auch schien.

Sie gehen weiter, drängen sich durch den Dungeon und seine Monster, ihre Gesichter sind ernst und der Schwung in ihren Schritten verschwunden. Erfahrene Abenteurer hatten ein Sprichwort – dass jedes neue Level eine andere Lektion lehrt, jeder Dungeon eine andere Erfahrung. In Peel schien die Lektion zu sein, dass sie, egal was sie fühlten, egal was sie glaubten, immer noch einen Job zu erledigen hatten.

Konzentriert arbeiten sich die beiden nun durch den Dungeon, wobei Asin nach Fallen sucht und Daniel nach Echsenmenschen-

Spähern Ausschau hält. Die Späher waren lästig, denn die Hälfte von ihnen war mit Armbrüsten bewaffnet und konnte auf Distanz angreifen. Das zwang beide Abenteurer sich langsam zu bewegen, besonders nach der ersten Fallgrube, in die Daniel beim Versuch, einen Späher zu verfolgen, gestürzt war. Nur durch Glück und die Anwendung von Heilmagie konnte er heute weitergehen, obwohl das Erlebnis sie zu einer deutlichen Verlangsamung zwang.

Der einzige wirklich schwierige Kampf kommt nach dreiviertel des Tages, als sie sich in einem Raum für eine kurze Pause ausruhen. Während sie sich ausruhen, lehnt sich der Echsenmann-Späher-Champion von der Tür her in den Raum, zielt und feuert einen Schuss auf Asin. Nur ihre Vorsicht und Asins schnelle Reflexe erlauben es ihr, sich aus dem Weg zu rollen, mit einem langen Kratzer als einzige Verletzung. Daniel kämpft sich schnell auf die Beine, positioniert seinen Schild vor sich und die beiden folgen vorsichtig der sich schnell zurückziehenden Gestalt des Champions. Verärgert und wütend erinnern sich die beiden immer noch an die Lektionen des Tages und stellen sicher, dass sie jeden Durchgang nach Fallen und Verstecken absuchen, auch wenn sie dem Champion langsam verfolgen. Es dauert Stunden, bis sie sich an den Champion herangearbeitet haben. Daniel blockt die abgefeuerten Bolzen ab und Asin wirft ihre Messer, um den Champion zu zermürben, wann immer er anhält, um sie anzugreifen.

Am Ende kann der Champion nur noch weghumpeln, seine Tricks waren aufgebraucht. Er hat sie in andere Räume geschleppt, in denen Echsenmenschen warten, durch mit Fallen gefüllte Korridore und auf eine lange Verfolgungsjagd durch eine Reihe von verwinkelten Gängen, um zu entkommen, aber jetzt wird er endlich zur Strecke gebracht. Es hat keine Bolzen und keine Tricks mehr und fällt in kürzester Zeit unter Daniels Keule.

Inzwischen ist es spät geworden und die beiden Abenteurer sind erschöpft. Sie machen sich auf den Weg in die Stadt, um ihre Manasteine zu verkaufen; eine weitere Lektion, die sie an diesem langen Tag voll Blut und Frustration gelernt haben. Bevor sie gehen, blättert Daniel sein Geld für eine neue leichte Armbrust mit Bolzen hin. Es ist an der Zeit, das Schießen zu lernen. Asin kommt mit einem Trio von Kettenkugeln zurück und säuselt fröhlich vor sich hin, während sie sie herumwirbelt.

***

Das Abendessen ist eine ruhige Angelegenheit; die beiden Abenteurer sind erschöpft von der tagelangen Arbeit im neuen Dungeon. Sie haben sich sehr angestrengt, um so viel wie möglich zu schaffen, aber ihr Mangel an Ausrüstung und

Vorbereitung hat sie daran gehindert, wirklich voranzukommen. Dennoch sind sie relativ unverletzt, leben und haben, wenn auch etwas ärmer, zumindest neue Waffen.

Daniel lächelt seine Freundin an und hebt sein Glas Wein zu ihr, sie schnurrt und nippt an ihrem. Wenigstens hat dieses Gasthaus eine gute Weinauswahl. Sie sitzen allein, die anderen Gäste meiden ihren Tisch in der Ecke und beäugen Asin ängstlich. Es scheint, dass es in Peel noch weniger Beastkin gibt als in Karlak, und obwohl die meisten Gäste Abenteurer sind, hat keiner Lust, sich unter die Beastkin zu mischen.

Als sie ihr Abendessen beenden, wandern zwei bekannte Gesichter in die Taverne, die sehr mitgenommen wirken. Die schwarzhaarige Delia, ihr Schwert in der Scheide, aber ohne Schild, und Palmer, humpelnd und seine Seite um seine grüne Robe haltend, stolpern herein und finden einen Platz an einem freien Tisch. Abenteurer drehen sich um, beäugen die beiden und wenden sich dann wieder ab, wobei ihre Verletzungen und ihre zerknirschten Gesichtsausdrücke für sich sprechen.

Asin dreht sich zu Daniel um, der seufzt und nickt, und beide nähern sich dem Tisch, während sie die letzten Schlucke aus ihren Bechern nehmen. Daniel übernimmt die Führung und murmelt: „Abend."

Es dauert ein paar stille Momente, bis Delia aufblickt und Daniel mit leeren Augen anstarrt, bevor ein Funke Interesse aufflammt: „Daniel. Und die Katze. Ihr seht gut aus. Ich schätze, ihr habt die Dungeons nicht gemacht …"

„Hm …" Daniel hält inne und beobachtet, wie Palmer zusammenzuckt und erfolglos an seinem Verband zerrt. „Hier, lass mich das machen." Palmer knirscht mit den Zähnen, als der Verband fest um seinen Körper gezogen und dann befestigt wird. Kurz überlegt Daniel, ob er seine Gabe einsetzen soll, nachdem er sein ganzes Mana in dem Moment verbraucht hatte, als sie den Dungeon verlassen haben, um seine und Asins kleinere Wunden zu heilen. Kurzzeitig, denn keine ihrer Wunden war lebensbedrohlich, nur schmerzhaft.

„Wie weit seid ihr gekommen?", fragt Daniel.

„Wir haben es heute bis zur Vierten geschafft. Die ersten paar Ebenen waren nicht schwer, also haben wir sie schnell durchlaufen. Die dritte Ebene war hart, aber die Echsenmänner kämpften weiter. Aber der Champion der vierten Ebene hatte diese Späher dabei. Sie schossen immer wieder auf uns, wir konnten nicht entkommen, konnten nicht weglaufen …", sagt Delia und schüttelt den Kopf. „Ich sagte ihm, er solle warten, wir sollten uns Zeit lassen. Marco sagte, wir könnten es trotzdem schaffen, sagte, wir würden es schaffen. Er weinte, als sie ihm den Arm abschnitten …"

„Es tut mir leid." Daniel setzt sich neben sie und bietet ihr den Trost seiner Anwesenheit an. Asin geht und kommt ein paar Minuten später mit Bier für die Gruppe zurück, das von den beiden geschlagenen Abenteurern gierig genommen und getrunken wird. Kurze Zeit später kommt eine Kellnerin vorbei und bringt die Spezialität des Abends.

„Ich habe es ihm gesagt", sagt Delia und stochert in ihrem Essen herum. Palmer weicht ihren Blicken aus, arbeitet fleißig daran sein Essen zu verschlingen, seine Hände zittern gelegentlich, bevor er sie unter Kontrolle bringt. Nach einiger Zeit stehen Daniel und Asin auf und murmeln einen Abschiedsgruß. Als sie gehen, fragt sich Daniel, ob die beiden sich jetzt mit anderen zusammentun werden, vielleicht mit jemandem, der Fernkampfwaffen hat. Der Tod als Abenteurer war ein Teil des Lebens, egal wie erfahren man war. Einen Freund zu verlieren, war jedoch nie einfach, egal wie sehr man an die

Realitäten der Welt gewöhnt war, die man
gewählt hat.

# Kapitel 5

Am nächsten Morgen stehen sowohl Asin als auch Daniel in aller Herrgottsfrühe neben der Karawane. Da keiner von ihnen eine genaue Abfahrtszeit erfahren hatte, beschlossen sie stattdessen, früher zu kommen. Gabriel winkt den beiden in dem Moment zu, in dem er sie sieht, und gibt ihnen ein Zeichen, zu seinem Wagen zu kommen.

In einer Ecke des Zeltplatzes begrüßt der Karawanenmeister wie üblich eine neue Gruppe von Abenteurern aus Peel. Asin beobachtet die Gruppe aufmerksam. Sie besteht aus einem großen gelbfelligen Catkin und zwei menschlichen Abenteurern. Der erste menschliche Abenteurer führt ein Schwert und einen Schild, der zweite scheint eine Kombination aus Kurzschwert und Bogen zu bevorzugen und trägt einen braun-grün gesprenkelten Umhang. Alle drei Abenteurer sind in einer Mischung aus Platten- und

Kettenrüstung gekleidet, die zwar abgenutzt, aber noch brauchbar ist. Selbst für die unerfahrenen Abenteurer ist erkennbar, dass die Waffen und Rüstungen ein paar Qualitätsstufen höher sind als ihre eigenen. Asin stupst Daniel an, um seine Aufmerksamkeit zu bekommen, und nickt zur Gruppe, bevor sie schnurrt: „Ranger."

Daniel blickt hinüber und entdeckt den Ranger und nickt leicht im Gegenzug. Der Ranger war ein seltener Anblick, denn die bekanntlich wortkargen und unabhängigen Abenteurer hielten sich an den Grenzen von Brad auf. Andererseits waren sie auch für ihre Fähigkeiten mit dem Bogen bekannt, und Daniel reibt sich am Kinn und überlegt, wie er ihn um Hilfe bitten kann.

„Nun, es ist gut, dass ihr zurückgekehrt seid. Ich war mir nicht sicher, ob ihr zurückkehren würdet – wir verlieren ungefähr die Hälfte unserer Wachen, die zu uns nach Peel zurückkehren sollten", murrt Gabriel, als er auf den Wagen springt, nachdem er die Pferde angespannt hat. „Dieses eine Mal hatten wir diese blonde, dralle, junge Abenteurerin, ganz in Schild gekleidet, die uns nach Silverstone begleiten sollte. Als sie in Peel ankam, traf sie sich mit einem Zauberer und einem Priester und sie gingen im Dungeon auf Abenteuertour. Sie hat sich nie wieder mit uns zusammengetan. Das war sehr schade, sie war wirklich hübsch. Trotzdem dachte ich mir, wenn ich die Chance hätte, mit einem Zauberer und einem Priester zu arbeiten, würde ich mich ihnen anschließen. Zumal ich gehört habe, dass sie alle Frauen waren."

In dem Moment, in dem Gabriel zu sprechen beginnt, blinzelt Asin Daniel grinsend an und klettert auf ihren gewohnten Platz auf dem Dach des Wagens, wobei ihr Schwanz träge an der Plane entlang schweift, während sie ihre Krallen bearbeitet. Daniel funkelt die Verräterin an, bevor er sich wieder Gabriel und seinen nicht enden wollenden Geschichten zuwendet und versucht, einen möglichst interessierten Eindruck zu machen.

***

Als sie am Abend zum Halt kommen, geht Daniel an den Wagen vorbei zum nahe gelegenen Fluss, um sich zu waschen. Bis auf seine Unterwäsche entkleidet, vollendet Daniel das Ritual zügig, denn er fröstelt im kalten smaragdgrünen Gletscherwasser des Flusses und legt die dicke Seifenblättermatte beiseite. Er klettert aus dem Wasser und schüttelt seinen kräftigen Körper, um das überschüssige Wasser loszuwerden, bevor er in die Hocke geht und beginnt, seine Kleidung zu waschen.

Beim Knacken eines Zweigs wirbelt Daniel herum und greift nach seiner Keule. Die junge Frau, die ihn überrascht hat, lässt mit einem

Aufschrei ihren Waschkorb inklusive Wäsche fallen, bevor sie angesichts seines halbnackten Zustands stark errötet. Als er erkennt, dass es sich nur um eine der Mitläuferinnen handelt, lächelt Daniel sie an und lässt den Streitkolben an seine Seite sinken. „Ist schon okay."

Die junge Brünette mit der süßen, kecken Nase schüttelt den Kopf und hebt hastig die Wäsche auf. „Nein, nein. Es tut mir leid."

„Yvette, stimmt's?", sagt Daniel und lächelt der Frau zu, während er nach der mitgebrachten Hose greift und sie anzieht. Sie nickt ruckartig, begegnet seinem Blick jedoch immer noch nicht. „Ich wasche gerade meine Wäsche; du kannst dich mir gerne anschließen."

Sie errötet wieder und nickt, kommt herüber und hockt sich in geringem Abstand zu ihm. Sie nimmt ihre mitgebrachte Kleidung heraus und konzentriert sich darauf. Daniel widmet sich wieder seiner Arbeit und bemerkt die Seitenblicke, die ihm die junge Frau gelegentlich zuwirft. Ein Teil von ihm freut sich über die Aufmerksamkeit, ein kleines Lächeln zaubert sich unbewusst auf sein Gesicht. Als er die ziemlich große Menge an Kleidung bemerkt, die sie wäscht, sagt Daniel: „Wäschst du das für andere, Yvette?"

Yvette nickt ruckartig und errötet erneut, bevor sie Daniels Hantieren mit seiner Kleidung betrachtet. Zögernd und schüchtern meldet sie sich zu Wort: „Ich könnte deine auch waschen. Umsonst."

„Oh, das könnte ich nicht von dir verlangen", antwortet Daniel sofort, schüttelt seine Kleidung und zieht eine Grimasse über das entdeckte Loch darin.

„Nein, ist schon gut. Das könnte ich auch flicken", sagt sie etwas lauter und nickt. „Ich kann gut haushalten und nähen, und du warst so nett und hast uns geheilt. Bitte?"

Daniel blinzelt und denkt über ihr Angebot nach. Er war wirklich miserabel im Nähen – sein letzter Versuch war schon wieder zerrissen, und obwohl er als Abenteurer mehr verdiente, bereitet ihm das Bezahlen neuer Kleidung ständig Kopfzerbrechen, weil sie so oft beschädigt wurde. Außerdem hat er durch seine Arbeit in der Klinik gemerkt, dass es sich auch für andere besser anfühlt, wenn sie ihm im Gegenzug halfen oder ihn bezahlten. Das war ein Grund, warum Khy'ra in der Klinik Wert auf eine flexible Zahlungspolitik legt. „Wenn du meinst. Ich danke dir.“

Yvette lächelt, steht schnell auf und geht hinüber, um ihm seine Kleidung abzunehmen. Dabei streift ihre Hand seine und sie errötet. Sie weicht schnell zurück und duckt den Kopf, verlegen über ihre schwieligen und rauen Finger. „Ich … ich bringe es dir morgen gleich zurück, wenn es fertig ist. Wenn das okay ist?“

Daniel nickt ihr zu und steht einen Moment lang unsicher da. „Also, ähm … Wohin reist du?“

„Silverstone“, antwortet sie prompt. „Mein Vater ist Maurermeister. Ihm wurde ein Job in dem neuen Tempel angeboten, den sie bauen.“

„Ein Maurermeister? Das ist beeindruckend.“ Daniel spiegelt ihre Stimme wider, sein Blick ruht auf der kleinen, kecken Gestalt vor ihm. Seine Augen verfolgen die Art, wie sich die Kleidung an ihren Körper presst. „Und du?“

„Ich bin … nun, ich bin nur im Moment bei ihm. Meine Mutter ist vor einer Weile gestorben, und ich helfe meinem Vater dabei, den Haushalt zu führen, während er arbeitet.“ Wieder errötet Yvette. „Er sagt, na ja, ich werde eines Tages eine gute Hausfrau sein. Und du? Du bist ein Abenteurer?“ Als sie merkt, wie dumm sich das anhört, versteckt Yvette ihr Gesicht wieder in der Wäsche und wagt es nicht, Daniel anzuschauen.

„Ja. Seit knapp einem Jahr“, antwortet Daniel und streckt langsam einen Arm aus, während er mit ihr spricht. Yvette schaut bei einem Grunzen über ihre Schulter und bemerkt, dass Daniel den Arm über den Kopf gestreckt hat. Ihr Blick wandert über seine muskulöse, haarlose Brust. Die Augen bleiben auf einer pockennarbigen Einstichwunde direkt unter einer Rippe hängen, und Daniel antwortet auf die nicht gestellte Frage. „Crawler in Karlak. Sie haben diese großen Beißzangen und dieser hier hat sich direkt durch meine Rüstung gebissen. Hat höllisch wehgetan und die Heilung, na ja, die hat das hinterlassen."

Natürlich hätte er es vollständig heilen und die Narbe entfernen können, aber Daniel hat schon vor langer Zeit beschlossen, solche Heilungen zu vermeiden. Es stellte eine erhebliche Belastung für seine Gabe dar und war die Mühe nicht wert. Solange er sich ohne Schmerzen bewegen und kämpfen konnte, war alles andere unnötig. Es hielt auch jegliche

Anfragen für kosmetische Heilungen ab, mit denen er sich wirklich nicht beschäftigen wollte.

„Oh, du bist so mutig", sagt Yvette und schaut auf ihre Hände hinunter. „Ich könnte das nie tun."

„Na ja, es ist nicht für jeden etwas", antwortet Daniel und schüttelt den Kopf. „Aber ich denke nicht, dass es mutig ist, nicht wirklich. Es ist ja nicht so, dass Bauern oder Bergleute außerhalb der Dungeons nicht in Gefahr sind, und wir tragen wenigstens Waffen."

Yvette nickt stumm zu Daniels Worten, legt das letzte Hemd beiseite und wendet sich dem nächsten zu. Unsicher, was er noch sagen soll, sagt Daniel schließlich: „Ich sollte zurückgehen. Ich muss mich um das Abendessen kümmern."

„Wir sehen uns", flüstert Yvette, und als Daniel gegangen ist, umarmt sie schnell das Hemd, erstaunt darüber, wie mutig sie war.

***

Als Daniel wieder im Lager ankommt, ist er überrascht, Asin beim Kochen und im Gespräch mit dem Catkin vorzufinden, wobei die beiden leise Schnurren und Knurrgeräusche austauschen. Er blinzelt einen Moment lang, bevor er den Kopf schüttelt und sich daran macht, seine Reinigungsutensilien wegzuräumen. In seiner Tasche starrt er auf seine neu erworbene Waffe hinunter und nimmt die Armbrust und die Bolzen heraus, bevor er die Gegend nach einem geeigneten Platz absucht.

In geringem Abstand zu den anderen, wo ein kleiner Hügel und ein umgestürzter Baum ihm ein Ziel bieten, stellt er sich auf. Daniel grunzt und spannt die Armbrust. Er passt seine Haltung an, atmet tief ein und aus und konzentriert sich auf die halb vorhandenen Lektionen, die er erhielt, als sie bei der Armee waren. Als er ausatmet, lässt Daniel den Bolzen los und sieht zu, wie er davonfliegt und sich eineinhalb Meter vor dem Ziel in den Boden gräbt. Er schiebt seine aufsteigende Verärgerung beiseite und spannt die Armbrust erneut. Übung. Er braucht einfach Übung.

Dreißig Minuten später, nachdem er all seine Bolzen zweimal durchgeschossen hat, schwitzt und flucht Daniel. Das Ziel war nur sechsunddreißig Meter entfernt, und er hat es immer noch nicht geschafft, es auch nur einmal zu treffen.

„Du. Das. Das ist peinlich." Der Ranger kommt auf Daniel zu, schüttelt den Kopf und kann den jungen Mann nicht weiter beim Üben beobachten. Der Ranger ist in seinen gesprenkelten grün-braunen Umhang gekleidet, doch ohne die Kapuze kann Daniel das junge, faltenlose Gesicht und die freundlichen braunen Augen erkennen. „Lass mich dir helfen, sonst werden die Wachen uns Abenteurern das ewig vor die Nase halten."

Bei der Erwähnung der Wachen blickt Daniel zurück zum Lager, da er beim Üben alle anderen vergessen hat. Er bemerkt, dass mehr als ein paar Wachen ihn beobachtet haben, ein paar lachen offen über seine mangelnden Fortschritte. Peinlich berührt wendet Daniel sich schnell ab und sieht den Ranger flehend an. „Bitte!"

„Also gut, fangen wir mit deiner Haltung an", sagt der Ranger, geht auf Daniel zu und korrigiert ihn. Daniel nickt und konzentriert sich auf das, was der Ranger sagt. Er muss sich auf jeden Fall verbessern.

***

„Gut, das ist … besser?" Iyas, der Ranger, spricht mit resigniertem Ton. Der Abend ist so weit fortgeschritten, dass sie ihr Training trotz der langen Sommertage beenden müssen.

„Sammle die Bolzen ein und ich zeige dir, wie man sie und die Armbrust pflegt.“

Daniel nickt und starrt auf sein Ziel. Gut, er hat den Baum endlich getroffen. Der zusätzliche Druck hat seine ersten paar Versuche nach Iyas Ankunft noch schlimmer gemacht als zuvor, aber jetzt, jetzt fängt er an, es zu verstehen. Daniel eilt nach vorne, um seine Bolzen einzusammeln, und verzieht angewidert die Lippen, als er einen zerbrochenen Bolzen bemerkt. Als er von seiner Aufgabe zurückeilt, sieht er Asin, die immer noch in ihr Gespräch mit ihrem Catkin-Freund vertieft ist, eine Hand im Schoß des anderen Abenteurers. Als er zum Lager hinübereilt, knurrt sein Magen und er merkt, dass er noch nichts gegessen hat. Als er zu Iyas hinüberschaut, zeigt er auf den Kochtopf und der andere Abenteurer nickt.

Nachdem er sein leicht verbranntes Abendessen hinuntergeschlürft hat, kehrt Daniel zum Ranger zurück, der ihm zeigt, wie man die

Bolzen pflegt, die Befiederung ersetzt und sicherstellt, dass die Bolzen noch gerade sind. Er holt sogar einen Stock heraus, um Daniel zu zeigen, wie er sich selbst einen machen kann, wenn er möchte, obwohl er darauf hinweist, dass Daniel dafür ein Schnitzmesser braucht. Daniel schaut intensiv zu, legt bald selbst Hand an und prüft seine Bolzen, während Iyas schnitzt.

„Du und deine Catkin-Freundin, ihr seid beide ein bisschen jung, um Karlak zu verlassen, nicht wahr?", sagt Iyas, während er sich weiter auf seine Schnitzerei konzentriert.

„Vermutlich? Wir sind eigentlich auf einer Abhol-Quest, nach Silverstone und zurück", erklärt Daniel, die Zunge zwischen den Zähnen steckend, während er an einer neuen Feder arbeitet.

„Ah! An die erinnere ich mich. Bevor ich mich Niko und Tevfik angeschlossen habe, habe ich einige von ihnen geleitet", sagt Iyas lächelnd. „Ich kann nicht sagen, dass ich sie überhaupt vermisse. Gut bezahlt, vor allem in den Grenzlanden, aber ziemlich langweilig."

Daniel zuckt mit den Schultern und hält den Bolzen zur Kontrolle hoch. Iyas schaut auf, schüttelt den Kopf und Daniel seufzt und versucht es erneut. „Es ist unsere erste. Wir haben ein paar ‚Jagen und Sammeln'-Quests gemacht, während wir in Karlak waren, aber das ist unsere erste."

„Gut, Ranger sind dafür besser geeignet", wendet Iyas ein und fügt dann hinzu: „Es ist gut, mal rauszukommen, ein bisschen die Welt zu sehen. Zu viele neue Abenteurer verfallen einfach in die Routine, nur in den Dungeons zu arbeiten."

Daniel lächelt und sonnt sich ein wenig in dem Lob des erfahreneren Abenteurers. „Warum warst du in Peel? Ihr drei scheint nicht das richtige Level zu haben."

Iyas lacht. „Ja. Wir sind zwar keine Anfänger mehr, aber ist dir bewusst, dass du für jeden

Dungeon, den du reinigst, einen kleinen Erfahrungsschub bekommst?" Daniel schüttelt den Kopf und Iyas fährt fort: „Das tut ihr. Das ist der Grund, warum selbst erfahrene Abenteurer Anfänger-Dungeons reinigen. Natürlich hilft es auch, Ba'als Einfluss kleinzuhalten."

Daniel nickt, denkt darüber nach, was Iyas gesagt hat, und hält dann den nächsten Bolzen hoch. Als er die Bestätigung von Iyas erhält, lächelt er und wendet sich dem nächsten zu.

***

„Guten Morgen, Asin, du bist heute bei mir, oder?" Gabriel plaudert mit Asin, während er auf den Wagen klettert, und schnalzt gleich danach mit der Zunge, um die Pferde in Bewegung zu setzen. „Es ist immer schön, wenn du auf bist, auch wenn du nicht gerade eine gute Gesprächspartnerin bist. Aber das ist okay, meine Ma hat immer gesagt, ich könnte genug für zwei reden, und mit dir muss ich das auch!

Gut, wir sind auf dem Weg zum Dorf Stolin. Ich wette, du hast noch nie von Stolin gehört, oder? Ein kleines Dorf, normalerweise würden wir dort nicht einmal anhalten, aber es ist für gut vier Tage das einzige Dorf diesseits der Grenze. Mitten in der Ebene mit all den Weizenfeldern, durch die wir eine Weile fahren werden. Außer dem Himmel und dem Weizen gibt es eigentlich nicht viel zu sehen, jedenfalls nicht für ein paar Tage. Der Anblick von Weizen ist so langweilig, dass man weinen möchte. Erinnert mich an das eine Mal, als Pini auf seinem Wagen einnickte und er direkt in den Graben fuhr. Nun, du kennst Pini, er trägt ...“

Vollkommen zufrieden mit sich selbst, wird Daniel langsamer, um den Wagen an sich vorbeiziehen zu lassen, als er die Straße entlangläuft. Er grinste leicht, einfach froh, auf den Beinen und weg von der Plaudertasche zu sein. Er würde am liebsten ausschließlich zu Fuß gehen, aber da er dafür bezahlt wird, die Karawane zu bewachen, muss Daniel ausgeruht genug sein, um mit Problemen fertig zu werden, wenn sie auftauchen. Nicht, dass bisher irgendetwas Großes passiert wäre. Das Schlimmste war ein gestolpertes Pferd, das sich den Fuß gebrochen hat, als es eine Schlange sah.

Ganz nach Gabriels Worten wandern sie in den nächsten Stunden durch Ebenen mit hellgrünem Gras und Feldern mit frisch gesprossenem Weizen. Das Land um sie herum wechselt langsam von den hügeligen, mit Baumbeständen durchsetzten Ebenen zu flachem Land, das in vereinzelte bewirtschaftete Farmparzellen unterteilt ist. Ein starker Wind weht unablässig, der gleichermaßen an Zeltträgern und Kleidung zerrt und die Gras- und Weizenhalme durcheinanderbringt. Der Wind trägt einen Hauch von Morgenkälte mit sich, zusammen mit dem Geruch von frisch gepflügter Erde, frischem Gras und dem kurzen Regenschauer des letzten Abends. Über ihnen zieht sich der Himmel fast unendlich in die Länge, bis er schließlich zwischen den fernen Bergen im Norden verschwindet.

Beim Gehen unter dem Himmel krümmt sich Daniel leicht; er ist es nicht gewohnt, so einen Himmel zu sehen. In den Ausläufern der Berge im Norden geboren, fühlte er sich im Wald oder unter der Erde immer wohler. Dennoch haben die Ebenen zumindest den Vorteil, dass sie das Reisen sicher machen — es wäre unmöglich für Banditen und Monster, sich zu verstecken. Müde vom Laufen beeilt sich Daniel, auf die Ladefläche des Wagens zu springen, schwingt seine Füße hoch und lässt sich vom Knarren der Wagenräder und das Dröhnen von Gabriels unaufhörlichem Gerede berieseln.

Ein Schrei reißt Daniel aus seiner Träumerei, das Geräusch hat seinen Ursprung hinter der Karawane. Er springt von seinem Sitz herunter, schnappt sich seinen Streitkolben und geht an den Straßenrand, während er nach Gefahren Ausschau hält. Zwei Wagen hinter ihm ist Iyas auf ein Wagendach geklettert und scannt den Horizont, bevor er die Spannung in seinem Bogen löst und den Kopf schüttelt. Die Fuhrleute entspannen sich, als der erfahrene Abenteurer Entwarnung gibt, ebenso wie die Wachen. Als er sieht, wie sich alle entspannen, beschließt Daniel, nach hinten zu den Fußpassagieren zu eilen.

Als er sich an der Menge vorbeidrängt, findet Daniel einen jungen Mann, der weinend sein gebrochenes Bein hält. Ein anderer hilfsbereiter Bürger hat versucht, es zu richten, schlecht, und Daniel zischt frustriert. Er schiebt den Mann beiseite und grunzt eine kurze Warnung, bevor er nach vorne greift und die Knochen neu ausrichtet. Danach leitet er eine *Kleine Heilung* hindurch. Die Schwellung beginnt zurückzugehen, zerrissenes Fleisch und Knochen fügen sich vor ihren Augen zusammen.

„Was ist passiert?", fragt Daniel und tastet die Kanten des ursprünglichen Bruchs ab. Glücklicherweise ist der Knochen nicht gesplittert, weshalb die Heilung eine einfache Angelegenheit war, die nur einen einzigen Zauberspruch erforderte. „Kann jemand ein paar gerade Stöcke auftreiben? Wir müssen dem Bein etwas Halt geben."

„Basher-Kaninchen", kommt die Antwort hinter Daniel, die Stimme überraschend hoch. Daniel schaut hinüber und blinzelt, als er den dritten Abenteurer der Gruppe, den Schwertkämpfer, dort stehen sieht. Der Schwertkämpfer ist groß, vielleicht dreißig Zentimeter größer als Daniel, und hat eine leichte Narbe am Augenwinkel. „Wahrscheinlich wurde es erschreckt und hat angegriffen."

Daniel nickt und führt eine letzte *Kleine Heilung* durch, bevor er das Bein schnell an den Stöcken befestigt. „Das Bein wird in den nächsten Wochen empfindlich sein. Du solltest es nicht zu sehr belasten, aber …" Daniel nickt in Richtung der Karawane, die schon ein Stück entfernt ist. „Komm einfach heute Abend zu mir, und ich werde sehen, was ich tun kann."

Der Bauer nimmt Daniels Hand in seine und murmelt ein Dankeschön, bevor er mithilfe seiner Freunde aufsteht. Daniel seufzt und lächelt Yvette an, die bei ihrem Vater steht, bevor er sich dem Abenteurer zuwendet, der ihn immer noch beobachtet.

„Du bist also ein Heiler, was?", sagt der Schwertkämpfer, die Hand lässig auf dem Knauf seines Handschwertes ruhend.

„In gewisser Weise." Daniel wirft einen Blick auf die Gruppe, die sich in Bewegung setzt, und beginnt ebenfalls weiterzugehen, wobei er sich beeilt, mit dem Schwertkämpfer an seiner Seite zurück zu den Wagen zu gelangen.

„Interessant. Ich bin Niko", stellt sich der Schwertkämpfer vor, als er sich zu Daniel gesellt.

„Daniel."

„Die meisten Abenteurer nehmen sich nicht die Zeit, genug Heilung zu lernen, um den Zauber *Kleine Heilung* zu beherrschen", fügt Niko hinzu und sieht Daniel aus dem Augenwinkel an, während er weitergeht. „Du bist eigentlich ziemlich ungewöhnlich."

„Ich verstehe aber nicht wirklich, warum", gibt Daniel nach einem Moment zu. „Es ist so nützlich."

„Ah, es ist eine Frage der Zeit und der Gelegenheit. Nur wenige Heiler sind bereit, ihre Zeit damit zu verbringen, diejenigen zu unterrichten, die keine Heiler werden wollen, da es so zeitintensiv ist. Und für diejenigen, die einen Lehrer finden, dauert es immer noch sehr lange, bis sie das erforderliche Skill-Level erreichen. So wie ich es verstehe, braucht man etwa fünf Level in der Heilkunst, um überhaupt anzufangen", erklärt Niko. „Die meisten Abenteurer halten es für einfacher, ihre primären Skills zu trainieren und darin besser zu werden, obwohl wir natürlich alle irgendwann ein oder zwei Level in der Heilung aufsteigen."

Daniel nickt und reibt sich das Kinn. Seine Gabe hat es ihm ermöglicht, einen Großteil der anfänglichen Lernphasen zu umgehen und ihm Aspekte des Körpers und seiner Funktionsweise auf einer fast intuitiven Ebene beizubringen. Er erinnert sich daran, wie überrascht der Heiler, der ihn in der Mine besuchte, über sein Wissen war. Während seiner kurzen Besuche hat der Heiler immer sein Bestes getan, um Daniel zu lehren und zu überzeugen, selbst einer zu werden, was ihm letztendlich nicht gelang. Jetzt, für einen Moment, fühlt sich Daniel schuldig für die Zeit, die der alte Mann mit ihm verbracht hat, schuldig für seine Lebensentscheidung. Er hätte ein Heiler sein können, sein sollen. Und doch …

„Ihr zwei!" Chip schreit sie an und reißt Daniel aus seinen Gedanken. „Wer hat euch gesagt, ihr sollt die Karawane verlassen? Ihr werdet dafür bezahlt, sie zu bewachen!"

Daniel zuckt und reißt sich zusammen, als Chip sie weiter anschnauzt, weil sie ihre Pflichten vernachlässigt haben. Niko nickt nur mit dem Kopf und gibt gelegentlich eine verbale Bestätigung ab. Wenn der mürrische, faltige alte Mann nicht hinsieht, rollt er mit den Augen, um seine eigene Frustration auszudrücken. Daniel muss husten, um ein Kichern zu unterdrücken, und bemüht sich, eine ernste Miene zu bewahren, während Chip weiter mit ihnen schimpft.

Endlich entlassen, verabschieden sich die beiden Abenteurer voneinander und nehmen ihre Plätze in der Karawane ein, wobei Daniel vorne sitzt. Asin zwinkert ihm zu, als er an ihr vorbeigeht und auf der Scheibe getrockneter Wurst kaut.

***

Wie versprochen ist Stolin ein kleines Dorf, in dem eine Einraum-Taverne, ein Schmied und ein Kramladen den Ortskern dominieren. Neben der Taverne befindet sich ein großes, kahles Feld, auf dem die Wagen abgestellt werden, wobei der Karawanenmeister und einige wenige in der Taverne übernachten dürfen. Der Rest verteilt sich auf dem Boden rund um die Karawane selbst, während ein paar Wagen abbiegen und in Richtung der einsamen Mühle und der Getreideschuppen fahren.

Asin winkt Daniel zur Seite, während sie den Kochtopf und die leeren Wasserhäute holt; Tevfik schleicht sich mit den Vorräten seines Teams zu ihr an den Fluss. Daniel lächelt leicht, als er bemerkt, wie nahe sich die beiden schon sind, und geht auf den Holzstapel zu.

„Hi …" Die zögerliche, süße Stimme hinter ihm lässt Daniel vom Feuer abwenden, das er langsam zu entfachen versucht. Als er Yvette entdeckt, die seine gewaschene und geflickte Kleidung in ihren Armen hält, lächelt er. Sie errötet leicht bei seinem Lächeln und schiebt ihm den Stapel entgegen. In dem Moment, in dem er ihn nimmt, errötet sie wieder und huscht davon, Daniel sieht ihr nach. Er wendet sich jedoch schnell ab, als er den Blick ihres Vaters auffängt, und muss sich selbst daran erinnern, dass es nichts Schlimmes ist, nur zu gucken.

Leicht lächelnd beobachtet Daniel wieder das Feuer, während er auf die Rückkehr von Asin wartet. Und wartet. Und wartet. Knurrend vor Ungeduld steht er nach einer langen Stunde auf und schaut sich um, fragt sich, wo seine Freundin ist. Es sollte nicht so lange dauern, um Wasser zu holen! Gerade als er sich selbst auf den Weg zum Fluss machen will, sieht er sie zurückeilen, Fell und Kleidung zerzaust, mit dem vollen Kochtopf.

„Wo sind die Wasserhäute?", fragt Daniel, während er den Topf auf das Feuer stellt. Asin stößt einen überraschten Schrei aus, duckt dann ihren Kopf, dreht sich um und eilt wieder zum Fluss. Als Daniel ihr nachsieht, bemerkt er, dass Tevfik zurückschlendert wie eine Katze, die die ganze Sahne gefressen hat. Genau wie eine Katze …

Daniel gluckst vor sich hin und fragt sich, wie Khy'ra auf diese Nachricht reagieren würde. Bei dem Gedanken an die schöne blonde Elfe erinnert er sich an eine andere, viel greifbarere junge Frau und duckt verlegen den Kopf. Richtig, er hat so etwas wie eine Freundin.

***

„Deren Art bedienen wir nicht", schnauzt die ältere Hausmutter Daniel an. Hinter den Bierfässern sitzend, die ihr Mann für die durstigen Fuhrleute ausgerollt hat, zeigt sie auf Asin und Tevfik. „Nicht besser als Tiere sind die. Die junge Ingrid sagt, sie habe gesehen, wie die beiden sich am Fluss wälzten, jaulten und taten, was Tiere halt so machen. Ekelhaft!"

Daniel funkelt sie an und klopft mit seiner Münze auf den Tisch: „Na, ist mein Geld dann schlecht?"

„Nein", sagt die Frau des Tavernenwirts, während sie den Kopf schüttelt, um einige ihrer ergrauten blonden Haare aus den Augen zu schieben.

„Dann nehme ich drei", sagt Daniel.

Ihre Augen verengen sich und sie winkt ab. „Ich habe es mir anders überlegt. Du bist auch nicht willkommen."

„Du hast gerade gesagt, dass mein Geld gut ist", sagt Daniel und klopft die Münze wieder auf den Tisch.

„Nun, jetzt nicht mehr, Bestienliebhaber." Sie schnaubt und schaut zu der Person hinter ihm. „Willst du einen Drink?"

Daniel wechselt seine Position und stellt sich wieder in ihr Blickfeld. „Drei Becher."

„Geh weg, sonst rufe ich meinen Mann", schnauzt ihn die Frau an.

„Dann geh doch", fordert Daniel und spürt dann eine Hand auf seiner Schulter. Er dreht sich um und sieht Tevfik, der den Kopf schüttelt und ihn mit sich zieht. Daniel wehrt sich einen Moment lang, aber der andere Abenteurer ist stärker als er und er ist gezwungen mitzugehen. Die Frau des Tavernenwirts kichert sogar, als sie den nächsten Drink einschenkt.

„Warum hast du das getan?"

„Das ist es nicht wert, Junge. Sie werden weder dir noch uns dienen und darauf zu bestehen, dass sie es tun, wird nur Ärger verursachen. Wir wollen nicht vom Karawanenmeister zurückgelassen werden", sagt Tevfik und lässt Daniel endlich los, jetzt, wo sie von der Taverne weg sind. „Komm, wir haben zu trinken."

„Der Wagenmeister würde nicht …", beginnt Daniel und schließt den Mund, als Asin ihm nur einen ungläubigen Blick zuwirft. Seine Lippen verziehen sich und er knurrt, weil er weiß, dass sie recht haben. Sie waren nur Abenteurer – das Dorf hingegen war der Lebensunterhalt des Karawanenmeisters. Es würde nicht wirklich zur Wahl stehen.

„Ich bin froh, dass du dich euch um uns sorgst, aber wir sind solche Dinge gewohnt", sagt Tevfik, als sie sich zum Feuer gesellen, wo die anderen Abenteurer sitzen. Er verschwindet im Wagen, holt einen Weinschlauch aus seiner Tasche und reicht ihn weiter.

„Das ist trotzdem nicht richtig", brummt Daniel und die anderen lachen über die Naivität des jungen Mannes. Daniel starrt sie nur an, bevor er aus dem Weinschlauch trinkt. Er hustet über das scharfe Brennen des unerwartet süßen, aber starken Getränks darin. Das war kein Wein. Es war Sabu, das bevorzugte alkoholische Getränk der Beastkin.

„Richtig oder nicht, es ist, wie es ist. Es wird viele Jahre dauern, bis sie uns akzeptieren." Tevfik zuckt mit den Schultern, nimmt den Weinschlauch aus Daniels Händen und reicht ihn Asin, deren Nase schon bei dem stechenden Geruch zuckt. „Nun komm! Erzähl uns von dir. Asin sagt, du warst Teil der Armee, die die kürzlichen Orküberfälle zerschlug. Wir waren zu spät dran, um daran teilzunehmen."

Etwas besänftigt durch den besseren Alkohol, erzählt Daniel die Geschichte seinen Zuhörern zögerlich, die ihrerseits einige Geschichten von ihren eigenen Abenteuern zum

Besten geben. Schließlich gesellt sich eine kleine Schar dazu und lauscht den Geschichten, die zwischen den Abenteurern hin- und hergereicht werden, während der Weinschlauch langsam leer wird.

# Kapitel 6

Daniel zuckt im grellen Morgenlicht zusammen, und stößt ein kleines Stöhnen aus, als er versucht, sich unter dem Wagen hervorzurollen, unter den er zum Schlafen gekrochen ist. Er blinzelt und starrt die junge Frau an, die seinen Arm einklemmt. Daniel erinnert sich langsam an den Abend zuvor und stöhnt. Er hat ein bisschen zu viel getrunken, und Yvette war da, redete mit ihm und dann … Daniel stöhnt wieder.

Beim zweiten Stöhnen wacht Yvette auf und sieht Daniel. Sie gibt einen kleinen verlegenen Schrei von sich, bedeckt ihr Gesicht mit den Händen und krabbelt dann, nachdem sie bemerkt hat, dass sie immer noch größtenteils angezogen ist, davon. Daniel lacht leicht und zieht seinen Arm zurück, als er sich daran erinnert, wie die schüchterne junge Dame letzte Nacht nach ein paar Drinks viel weniger schüchtern war. Das Lachen lässt ihn wieder zusammenzucken, als sich die zugezogenen Kopfschmerzen erneut bemerkbar machen. Anstatt den Kater zu ertragen, konzentriert sich Daniel für einen Moment und wendet eine *Kleine Heilung* auf sich selbst an.

Er krabbelt unter dem Wagen hervor und die Karawane erwacht langsam. Er geht hinüber zum Feuer, stochert darin herum, um ein paar Kohlen zu finden, und fügt etwas von dem vorbereiteten Anzündholz hinzu, während er das Feuer wieder zum Leben erweckt. Asin kommt zu ihm gekrochen und stupst ihn mit einem Krallenfinger an, bis Daniel nachgibt und auch ihr eine kurze *Kleine Heilung* zukommen lässt.

Nach dem Frühstück rollt die Karawane aus der Stadt. Asin stupst ihn wieder mit einer Klaue an und zeigt mit dem Kopf zur Straßenseite. Daniel seufzt und schließt sich ihr an, während sie neben der Karawane hergehen.

„Yvette." Sie zeigt auf ihn und Daniel zieht eine Grimasse und nickt. Dann zeigt sie auf sich und sagt: „Tevfik."

„Ja, das habe ich verstanden." Daniels Augen funkeln leicht, und Asin stupst ihn erneut an.

„Sag nichts." Asin starrt Daniel an, er nickt.

„Natürlich. Das werde ich nicht. Obwohl …" Daniel schiebt sich unbehaglich hin und her, blickt auf das sich wiegende Gras an diesem hellen, klaren Morgen. „Gut, ich könnte es Khy'ra selbst sagen." Er hört, wie Asin daraufhin den Kopf schüttelt, und Daniel zuckt mit den Schultern. „Wir sind einander nicht versprochen, aber, na ja, ich würde mich schlecht fühlen. Glaube ich."

„Immer schlecht", sagt Asin, bevor sie mit den Schultern zuckt und zurückgeht, um den Wagen vollständig einzuholen. Überraschenderweise nimmt sie den Sitzplatz neben Gabriel ohne Aufforderung ein.

Der Rest des Tages fällt in eine vertraute, betäubende Routine, während die beiden dasitzen und den Boden an sich vorbeiziehen sehen, gelegentlich miteinander, Gabriel und den vorbeigehenden Wachen plaudern. An diesem Abend wird Daniel von Iyas beiseite genommen, um sein Training mit der Armbrust fortzusetzen, wobei er geringfügige Verbesserungen bei der Genauigkeit und Ladezeit erzielt.

Als Daniel am Morgen aufwacht, wird er von einer Benachrichtigung begrüßt.

**Skill gewonnen!**

*Bogenschießen: Level 1 (03/100) +3*

Er kann nicht anders, als zu lächeln. Der unruhige Schlaf vom Vorabend hat sich gelohnt, um endlich, endlich die Skillmeldung zu erhalten. Es hat Stunden des Übens gebraucht, aber wenigstens hat er endlich diesen Skill. Als der Lärm um das Lager herum zunimmt, schaltet er die Benachrichtigung aus. Zeit, an die Arbeit zu gehen.

***

„Was ist das?" Daniel runzelt die Stirn und deutet auf eine wachsende Staubwolke in der Ferne, nur Stunden, nachdem sie sich auf den Weg gemacht haben.

Gabriel runzelt ebenfalls die Stirn und steht für einen kurzen Moment auf, bevor er sich unbesorgt hinsetzt. „Steppennomaden. Sie halten sich in den unbesiedelten Gebieten zwischen den Dörfern in Brad und der Grenze auf. Normalerweise sind sie friedlich."

Daniel nickt und beobachtet, wie andere Wachen die wachsende Staubwolke zur Kenntnis nehmen. Nach kurzem Überlegen hebt er seine Armbrust auf, spannt sie und schiebt einen Bolzen hinein. Auf Gabriels hochgezogene Augenbraue hin zuckt Daniel mit den Schultern, während er die geladene Armbrust in Griffweite neben sich abstellt. Besser vorsichtig und bereit sein als unvorsichtig und tot.

Daniels Kinnlade fällt leicht herunter, als die Nomaden ankommen. Gekleidet in einer Mischung aus Wolle und Leinen mit gelegentlichen Stücken von ungekochtem Leder, sitzen die Nomaden auf kleinen, zähen Steppenpferden mit einem Zug von mindestens zwei zusätzlichen Pferden hinter jedem von ihnen. Die Nomaden tragen jeweils einen kurzen, gekrümmten Bogen und ein Paar gefüllte Köcher bei sich. Was Daniel jedoch wirklich überrascht, ist die Tatsache, dass die Nomaden Halblinge sind. Die etwa ein Meter großen Humanoiden plaudern aufgeregt mit den Wagenmeistern, ihre Pferde halten problemlos mit der Karawane Schritt. Der Anführer der Halblingsnomaden ist eine Frau, die sich angeregt mit dem Karawanenmeister unterhält, bevor Münzen ausgetauscht werden. Der Karawanenmeister brüllt zu den anderen Wagen, diese rufen die gekauften Waren aus, während sich die anderen Nomaden auf die Wagen verteilen, nachdem ihre Anführerin ihr Gespräch beendet hat. Sie halten bei jedem Wagen an und sprechen kurz mit dem Besitzer, bevor sie weiterziehen, wobei sie nur innehalten, wenn sie etwas finden, das sie kaufen möchten.

Als einer der Halblinge an ihm vorbeireitet, rümpft Daniel seine Nase über den stechenden Geruch. Gabriel gluckst über Daniels Reaktion, während Asin über ihnen würgt. „Pferdefett. Sie reiben es über ihren Körper, um sich zu reinigen und warmzuhalten. Ich habe gehört, dass die Nomaden glauben, es bringe Unglück, in Flüssen und Seen zu baden. Irgendwas von wegen es soll das Glück wegspülen."

Daniel hustet, reibt sich die Nase und ist froh, als die Halblinge direkt an ihrem Wagen vorbei zu den anderen weiter hinten reiten.

Trotzdem kann er nicht anders, als die erfahrenen Reiter zu beobachten und zu bewundern, wie sie ihre Tiere nur mit den Füßen lenken. Bald ist die Begegnung vorbei, die Nomaden brechen auf und reiten zurück in die Ebene; die Karawane kann aufatmen.

„Gabriel, ist es immer so still?", fragt Daniel, während er seine Armbrust entspannt und den Bolzen in den Köcher zurücklegt.

„Natürlich." Der Fuhrmann lacht.

„Dann …" Daniel schaut sich bei den vielen Wachen und Abenteurern um, aus denen die Karawane besteht, und Gabriel lacht wieder.

„Die Wachen und ihr Abenteurer sind eine Machtdemonstration. Banditen und Monster halten sich von einer so großen, gut bewaffneten Gruppe fern. Wenn wir euch nicht hätten, würden wir mehr angegriffen werden, aber mit so vielen Wachen braucht es eine große oder besonders verzweifelte Banditengruppe, um uns anzugreifen", erklärt Gabriel. „Das ist der

Grund, warum Ios euch Abenteurer nicht mag. Er muss euch bezahlen, um die Banditen fernzuhalten, aber weil er euch bezahlt, kommt er nie auf seine Kosten. So sieht er es jedenfalls.“

Daniel nickt als Dank für die Erklärung, seufzt und lehnt sich zurück, um seine Augen abzuschirmen. Es war anständiges Geld, aber es war langweilig.

***

Tage vergehen, Dörfer gehen ineinander über. Es dauert eine weitere Woche, bis sie in Silverstone ankommen, und in dieser Woche gab es aus Daniels Sicht nur drei aufregende Ereignisse. Das erste kam ein paar Tage, nachdem sie Stolin verlassen hatten.

„Du, Abenteurer! Bleib weg von meiner Tochter!“, schrie der wütende Vater, der mit einem Finger vor Daniels Gesicht fuchtelte und damit die Aufmerksamkeit der gesamten

Karawane auf sich zog. Dahinter klammerte sich eine verlegene Yvettte an ihre Röcke und errötete, während Daniel den Mund öffnete und ihn dann wieder schloss. „Ihr verdammten Abenteurer, schlaft mit jedem jungen Ding. Meine Tochter ist zu gut für euresgleichen!“

„Unseresgleichen?“, antwortete Daniel dümmlich und erhielt einen weiteren vernichtenden Blick.

„Abenteurer“, zischte der Vater knurrend. „Ihr denkt, nur weil ihr herumreist, in Dungeons gegen Monster kämpft und auflevelt, seid ihr besser als der Rest von uns. Tja, das bist du nicht. Du lässt die Finger von meiner Tochter oder ich kümmere mich um dich!“

„Ich bin … Das werde ich“, sagte Daniel und änderte seine Meinung darüber, sich zu entschuldigen. Dieser Abend war äußerst angenehm gewesen, und sie waren beide einwilligende Erwachsene, auch wenn die junge Dame ein bisschen jung war.

Der Vater warf Daniel einen letzten vernichtenden Blick zu, stapfte davon, packte seine Tochter am Arm, zerrte sie weg und murmelte: „Verdammte Abenteurer! Und du, du dummes Mädchen. Was wirst du tun, wenn du schwanger bist? Es ist ja nicht so, dass er dich heiraten wird."

Daniel öffnete den Mund und schloss ihn wieder. Er beschloss, nicht zu erklären, dass er durch seine Gabe dafür gesorgt hatte, dass eine solche Schwangerschaft nicht möglich war. Es hatte ja nur die geringsten Berührungen mit seiner Gabe an ihm selbst dafür gebraucht. Augenzwinkernd ging Niko auf Daniel zu, klopfte ihm auf die Schulter und führte den Jungen weg, indem er murmelte: „Also dann, lass uns über Diskretion reden, ja?"

Der zweite Vorfall ereignete sich zwei Tage, bevor sie in Silverstone ankommen sollten. Sie hatten die Ebenen hinter sich gelassen und kehrten zu den bewaldeten, sanften Hügeln und kühleren Temperaturen zurück, aus denen Brad hauptsächlich bestand. Auf einem der Waldwege kam es jedoch zu ihrer ersten aggressiven Begegnung. Ein Steinbärenjunges war allein auf den Pfad gewandert und hatte sich von den Wagen erschrecken lassen. Es rief nach seiner Mutter und zog sich in eine Ecke zurück, während der Fuhrmann seinen Wagen ruckartig zum Stehen brachte. Die Mutter des Jungtiers, die sich in der Nähe aufhielt, stürzte sich wütend auf ihr Jungtier, um es zu beschützen, und schlug auf den Wagen und seinen Wächter ein. Der Wächter war tot nach einem einzigen Schlag, mit gebrochenem Genick und aufgerissener Brust, und fiel zu Boden, während die Steinbärenmutter die unglückliche Gruppe trotzig anbrüllte.

Daniel stand auf seinem Wagensitz und hatte schnell daran gearbeitet, seine Armbrust zu laden, obwohl er sich nicht sicher war, wie effektiv diese Waffe sein würde. Iyas sprang von seinem Hochsitz auf dem Wagen und bewegte sich schnell und ohne Angst auf die Bärenmutter zu. Der Ranger sprach mit der Bärenmutter, seine Stimme war leise und besänftigend, als er versuchte, sie zu beruhigen. Er zog einen Beutel mit Beeren aus seiner Tasche und bot der Bärenmutter einige davon an, bevor er die Steinbärin und ihr Junges von der Straße wegführte, eine Hand auf dem rauen, groben grauen Fell. Gabriel atmete erleichtert auf, als das Tier wegging, und Daniel ebenso. Zu wissen, dass man gewinnen konnte, war nicht gleichbedeutend mit dem Bedürfnis zu kämpfen, besonders nicht gegen ein so mächtiges Monster.

Das letzte Ereignis passierte in der Nacht, bevor sie in Silverstone ankamen. Die drei älteren Abenteurer fanden die beiden Novizen spätabends an ihrem Kochfeuer, wobei Niko das Gespräch führte. „Wir werden bald in Silverstone ankommen."

„Ja", sagte Daniel.

„Wir haben uns gedacht, da ihr ja Abenteurer seid und so. Würdet ihr gerne sehen, wie ein fortgeschrittener Dungeon ist?", sagte Niko.

Daniel blinzelte und schaute zu Asin, teils aufgeregt, teils verängstigt. Als er zögerte, fügte Niko hinzu: „Wir werden nicht über die erste Stufe hinausgehen. Und wir würden den Verdienst in vier Teile aufteilen, wobei ihr beide den vierten nehmen würdet. Es wäre eine gute Erfahrung für euch beide, und es wäre gut, wieder einen Heiler in der Gruppe zu haben, auch wenn es nur kurz ist."

Tevfik fügte seine eigenen knurrenden Punkte direkt an Asin gewandt hinzu und versuchte, sie zu überzeugen. Sie jaulte ein wenig und stieß mit ihrem Arm spielerisch gegen den anderen Catkin, bevor sie zu Daniel schaute und leicht nickte.

„Gut, okay. Nur die erste Ebene, richtig?",
fügte Daniel hinzu. Das Trio nickte, und Iyas
klopfte Daniel auf die Schulter. Nachdem sie die
Zustimmung der beiden Abenteurer-Neulinge
erhalten hatten, wandte sich das Gespräch dem
zu, was sie in dem Dungeon, den sie betreten
wollten, erwarten würde. Sie sprachen über
Monster und Gefahren sowie die erforderliche
Ausrüstung. Das meiste der Ausrüstung war
alltäglich, Dinge, die sie bereits besaßen, aber
einige waren umfangreicher.

Es gab keine weiteren größeren
Zwischenfälle, bis sie schließlich in Silverstone
ankamen und die Bögen der hohen Gebäude,
aus denen die Stadt besteht, zu sehen waren.

Daniel lächelt, als sie endlich ankommen.
Als sie den Hügel erklimmen, breitet sich die
Stadt in der Ferne unter ihnen aus. Dreimal so
groß wie Karlak ist Silverstone ein wichtiger
Handelsknotenpunkt und die zweitgrößte Stadt
diesseits des Landes, da sie an einem

Kreuzungspunkt von drei Hauptstraßen und dem Fluss Arq liegt, der aus den Bergen im Norden fließt. Am wichtigsten für Daniel und Asin ist, dass sich hier auch zwei fortgeschrittene Dungeons befinden, die einen beträchtlichen Teil des Reichtums der Stadt ausmachen.

Wie der Name schon verrät, glänzt Silverstone in der Abendsonne, da die weißen Wände der Häuser und die Dächer das Sonnenlicht reflektieren und sogar ein wenig glitzern, wenn man sie ansieht. Das Weiß der Stadt ist in Wirklichkeit kein Stein, sondern aus einem einzigartigen regionalen Lehm, der beim Auftragen hilft, die Häuser zu isolieren und der Stadt ihr unverwechselbares Aussehen zu verleihen.

Daniel lächelt, als sie den Abstieg in die Stadt beginnen, und ruft für einen Moment seinen Charakterbogen hervor. Sie sind fast da!

Name: Daniel Chai
Gruppe: Level 5 Abenteurer (6 %)
Untergruppe: Level 7 (Bergmann) (14 %)
Mensch (männlich)

**Statistiken**
Leben: 215
Ausdauer: 215
Mana: 160

**Attribute**
Kraft: 20
Beweglichkeit: 20
Verfassung: 28
Intelligenz: 16
Willenskraft: 18
Glück: 13

**Skills**
Waffenloser Kampf: Level 3 (17/100)
Keulen: Level 8 (84/100)
Bogenschießen: Level 1 (18/100_)
Schild: Level 7 (04/100)
Ausweichen: Level 4 (98/100)
Kampf-Sinn: Level 5 (78/100)
Wahrnehmung: Level 5 (66/100)
Bergbau: Level 7 (78/100)
Heilung: Level 8 (87/100)
Kräuterkunde: Level 3 (31/100)

List: Level 2 (14/100)
Kochen: Level 3 (21/100)
Singen: Level 2 (14/100)

**Skillfertigkeiten**
Doppelschlag
Schildschlag
Kartografie (II)

**Zaubersprüche**
Kleine Heilung (I)

**Gaben**
Berührung des Märtyrers – Der Zaubernde kann sich selbst oder andere durch Berührung und Konzentration heilen und opfert dafür einen Teil seines Lebens. Die Kosten variieren je nach Ausmaß der geheilten Verletzungen.

# Kapitel 7

„Also gut, ihr alle", bellt der dürre alte Mann die Abenteurer an und wartet, bis sie sich versammelt haben, bevor Chip kleine Beutel mit ihrem Lohn herumreicht. Die Wagen sind endlich in der Stadt angekommen, und der Karawanenmeister hat die Münzbeutel an Chip weitergegeben, der nun die Verteilung vornimmt. Drei kleinere Beutel für die erfahrenen Abenteurer und zwei größere Beutel für Asin und Daniel für ihre längere Reise. Die Abenteurer stecken ihren Lohn in ihre jeweiligen Gürteltaschen und nehmen ihre Entlassung außerhalb der Mauern von Silverstone gnädig an.

„Denkt an das Wandering Rooster in zwei Tagen!" Niko wedelt mit dem Finger vor den beiden Novizen, die schnell nicken. Das Rooster befand sich in der Nähe des Stadtzentrums, neben der Abenteurergilde und fast direkt zwischen den beiden Dungeons. Es war perfekt gelegen und dafür bekannt, gutes Essen, bequeme und saubere Betten zu bieten, und kostet daher deutlich mehr, als sich die beiden Abenteurer-Novizen leisten könnten. Sie würden daher billigere Zimmer in Unterkünften nahe der Außenmauern beziehen. Zwar liegen viele andere Gasthäuser und Gebäude außerhalb der Stadtmauern, doch waren diese oft eher heruntergekommen und deutlich weniger komfortabel.

Die Gruppe hat sich bereits darauf geeinigt, dass sie sich in zwei Tagen treffen würden, um den fortgeschrittenen Dungeon durchzuführen. Asin und Daniel mussten zuerst Vorkehrungen für ihre Abhol-Quest treffen sowie einige der empfohlenen Gegenstände finden und kaufen. Das würde den beiden auch Zeit geben, die Stadt selbst zu besichtigen, unverletzt.

Der Eintritt in die Stadt war eine einfache Angelegenheit. Die beiden müssen nur ihre Abenteurersiegel vorzeigen, um eingelassen zu werden, ohne den Eintritt in die Stadt zu bezahlen. Daniel und Asin seufzten und wünschten sich, dass diese Höflichkeit ihnen überall sonst zuteilwürde. Natürlich war das eine Taktik, die die Stadt Silverstone anwendet, um Abenteurer anzulocken und zu ermutigen, ihre Stadt vor anderen zu besuchen. Nachdem sie ihre Taschen in einem von Gabriel empfohlenen Gasthaus abgestellt haben, lassen sich die beiden Abenteurer vom Gastwirt den Weg zu dem Händler zeigen, den sie für Max treffen mussten.

Die beiden Abenteurer rücken unbewusst näher aneinander, während sie durch die Stadt gehen, denn sie sind die Menschenmassen nicht gewohnt. Asin rümpft ständig die Nase; der nicht enden wollende Gestank der Zivilisation drückt auf ihre erweiterten Sinne, während die ständigen Rufe, das Rumpeln der vorbeifahrenden Wagen und auch nur das Getrappel der Füße ihre Ohren attackieren. Daniel wiederum empfindet den Anblick so vieler Einwohner als leicht nervtötend, und er hält unbewusst eine Hand griffbereit bei seinem Streitkolben. Er ist froh, dass er Gabriels früheren Rat befolgt hat, den Großteil seiner Münzen in einem Beutel aufzubewahren, der in seinem Hemd versteckt ist.

Die meisten Einwohner von Silverstone waren wie die in Karlak gekleidet und trugen einfache Tuniken und Hosen. Allerdings fällt selbst Daniel auf, dass viele dieser Tuniken aus hochwertigerem Material gefertigt waren als die in Karlak. Asin stupst Daniel an, der ihrem Blick folgt, und sie gehen in ein nahe gelegenes Bekleidungsgeschäft, um ein paar schnelle Einkäufe zu tätigen. Sie verlassen den Laden nach kurzer Zeit, Daniel schleicht sich mit der ihm folgenden Asin hinaus. Die beiden knurren leise, als der Besitzer sich weigert, die Catkin zu bedienen. Trotzdem macht Daniel eine mentale Notiz, für sich und Khy'ra einkaufen zu gehen, bevor er geht, vorzugsweise in einem Geschäft, das Einkäufe von einer Vielfalt an Kunden unterstützt.

Als er wütend nach vorne stürmt, muss Asin an Daniels Arm zerren, um ihn in die richtige Richtung zu bringen. Er schafft eine Kurve nicht richtig, sodass der Schwanz der kleinen Catkin hinter ihr hervorschnellt. Glücklicherweise erzeugt ein zorniger Abenteurer, der so breit ist wie Daniel, eine beachtliche Menge an Raum um sich herum, weshalb keiner der beiden Abenteurer mit weiteren zufälligen Zusammenstößen rechnen muss.

Sie brauchen fast eineinhalb Stunden, um das richtige Gebäude zu finden. Nach dem Weg zu fragen, führte oft zu verwirrenden und manchmal widersprüchlichen Anweisungen — die weitläufigen, verwinkelten Straßen und zahlreichen Gassen bedeuteten, dass der „schnellste" Weg zu einem Ort je nach Fußgänger unterschiedlich war. Endlich am Ziel angekommen, starren die beiden zu dem großen

Lagerhaus hinauf. Vor der Tür befindet sich ein Seil, an dem sie ziehen, und sie lauschen dem Läuten der Glocke im Inneren, während sie darauf warten, eingelassen zu werden. Als sich die Tür öffnet, werden sie von einem großen, tätowierten Mann mit Glatze begrüßt, dessen Haut fast so dunkel ist wie Asins Fell. „Was?"

Daniel fischt das Einführungsschreiben heraus und gibt es dem Mann: „Wir sind Abenteurer, die eine Quest erfüllen."

Der tätowierte Mann grunzt, schließt die Tür vor den beiden Abenteurern und lässt sie auf der Straße stehen. Daniel und Asin schauen sich an, zucken mit den Schultern und warten auf der belebten Straße. Zehn Minuten später öffnet sich die Tür und der Türsteher winkt sie herein, wobei er an ihnen vorbeischaut, um sicherzugehen, dass keine anderen folgen. Nachdem er die Tür wieder verriegelt hat, führt er die beiden Abenteurer durch das Lagerhaus, das überraschenderweise nur spärlich mit sorgfältig aufgereihten Holzkisten gefüllt ist. Keiner der beiden Abenteurer bemerkt den Zustand des Lagerhauses, da keiner von ihnen jemals zuvor in einem gewesen ist, weshalb sie nicht erkennen, dass die akribische und makellose Natur des Lagerhauses ungewöhnlich war.

An einem Büro im hinteren Bereich klopft ihr Führer, öffnet dann die Tür und winkt sie herein. Der dunkle Riese tritt kurz nach den beiden ein und stellt sich hinter ihnen auf. Asin rückt automatisch zur Seite, sodass sie den größeren Hüter beobachten kann, weshalb sie ihre Augen zusammenkneift. Daniel jedoch tritt vor, sein Blick ist auf den Händler vor ihnen gerichtet. Im ersten Moment nimmt er an, dass es sich aufgrund der zarten Gesichtszüge und der Schminke um eine Frau handelt, doch nach einem Moment wird ihm klar, dass er sich geirrt hat. Der Herr vor ihm trägt Rouge auf den Wangen, die Augen sind getuscht und die langen, zarten Finger lackiert, es ist aber dennoch ein Mann. Sanft gleiten die Finger über die Ränder des Briefes, fahren die Worte zart nach, bevor ihr Besitzer sich endlich dazu herablässt, ihre Anwesenheit zu würdigen.

„Abenteurer Chai und Asin, nehme ich an?" Als beide nicken, lächelt er, deutet ihnen an, Platz zu nehmen, und schenkt ihnen Gläser mit Tee ein. „Kommt, kommt. Trinkt mit mir. Bitte."

Daniel nickt und setzt sich, während Asin den Kopf schüttelt und lieber steht und den tätowierten Mann beobachtet. Der Riese zwinkert ihr mit einem Grinsen zu und bekommt eines zurück, während der Händler das Schauspiel mit einem resignierten Ausdruck betrachtet.

„Ich bin Leonard Regus. Bitte, entspannt euch und trinkt. Ihr seid hier Gäste, und geehrte Gäste noch dazu", sagt Leonard.

Daniel nimmt das Glas in die Hand, nippt an dem Tee und ist angenehm überrascht von dem leichten und fruchtigen Geschmack.

„Er ist gut, nicht wahr? Es ist eine von uns importierte Mischung. Wenn ich das selbst sagen darf, sie ist sehr gut. Wenn du willst, verkaufe ich dir am Ende einen Beutel voll. Seid ihr gerade aus Karlak gekommen?"

„Ja, das sind wir", antwortet Daniel. Leonard fährt fort, Fragen über ihre Reise zu stellen, und tarnt seine Suche nach Informationen über den Zustand der Straßen in müßigem Geplauder. Daniel antwortet, genießt den Tee und nach einer Weile entspannt sich sogar Asin und schließt sich ihm an, nippt an dem Getränk und nascht von den teuren und seltenen Leckereien, die Leonard anbietet. Erst nach einer Viertelstunde wendet sich das Gespräch wieder dem ursprünglichen Grund ihres Kommens zu, da Leonard den beiden genügend Informationen entlockt hat, um zufrieden zu sein.

„Nun, ihr zwei wart eine Freude, eine wahre Freude. Die Einkäufe eures Arbeitgebers, sie sind alle hier. Würdet ihr sie gerne inspizieren?", fragt Leonard, und auf ihr bestätigendes Nicken hin steht er auf und stolziert zur Tür, um sie zu der entsprechenden Kiste zu führen. Seine Wache nimmt die Kiste aus dem Regal und stellt sie auf den Boden, damit die beiden Abenteurer die darin befindlichen Gegenstände anhand der Liste, die ihnen zur Verfügung gestellt wurde, überprüfen können. Zufrieden nicken die beiden Leonard und dem Wächter zu, der die Gegenstände wieder auf das Regal stellt.

„Wie ich höre, müsst ihr diese nach Karlak transportieren?" Daniel und Asin nicken wieder und Leonard schenkt ihnen ein bedauerndes Lächeln: „Wie bedauerlich, wie bedauerlich. Es gibt für ein paar Wochen keine abfahrende Karawane, was wirklich schade ist, aber ich muss auch sagen, dass ihr zuerst nach Kyris reisen müsst, wenn ihr die nächste Karawane nehmt. Wie ihr sicher wisst, wird sich eure Reise dadurch verlängern."

Als er die niedergeschlagenen Gesichter des Duos sieht, fährt Leonard fort: „Es gibt jedoch einen kleineren Händler, der in vier Tagen aufbrechen wird und direkt nach Karlak reist. Normalerweise nimmt er keine Passagiere mit, aber wenn ich euch bekannt machen würde …"

„Was würdest du dafür wollen?", fragt Daniel unverblümt und verengt die Augen. Das schien ein wenig zu einfach.

„Nicht viel, gar nichts. Nur ein kleiner Gefallen, der für ein paar junge, starke Abenteurer leicht zu erledigen wäre", antwortet Leonard sofort und lächelt. „Ich habe eine kleine Angelegenheit, ein kleines Problem, mit einem Konkurrenten, und es wäre ganz, ganz nützlich, wenn ihr vielleicht ein Wort mit ihm wechseln könntet. Nur eine kleine Sache, eine sehr kleine."

„Gilde“, meldet sich Asin zu Wort und deutet auf ihn.

„Mmm … Wie wundersam. Äußerst wundersam. Leider kann ich das nicht. Ich kann wirklich nicht mit der Gilde darüber sprechen. Das würde eine private Angelegenheit öffentlich machen. Das würde ich wirklich nicht wollen, und es ist so ein kleiner Gefallen.“ Daniel runzelt die Stirn und sieht Asin an, die den Kopf schüttelt. Daniel nickt ihr zu und dreht sich dann wieder zu Leonard um, wird aber von diesem unterbrochen. „Oh, das ist so schade. Gut, wenn ihr eure Meinung ändert, sagt es mir bitte. Ich könnte eure Hilfe immer gebrauchen. Das könnte ich wirklich.“

In dem Moment, in dem er verstummt, ist die Wache auf die beiden zugegangen und signalisiert ihnen, zu gehen. Leonard geht bereits weg, verabschiedet sich von ihnen, und die beiden sind in einem Moment später wieder draußen. Die Ware bleibt vorerst in Leonards

Händen. Auf der Türschwelle des Lagerhauses stehend, schauen sich die beiden stirnrunzelnd an.

„Das war … anders", sagt Daniel. Asin nickt und reibt sich die Nase.

„Kein Vertrauen. Schlecht", antwortet Asin und Daniel nickt und starrt gedankenverloren auf seinen Streitkolben. Trotzdem würde der Händler ihre Waren nicht stehlen. Das würde seinen Ruf ruinieren. Nach einem Moment zuckt er mit den Schultern und schaut seine Partnerin an.

„Gut, dann wollen wir uns mal bei der Gilde melden, was?", sagt Daniel, und nachdem sie die Wegbeschreibung erhalten haben, machen sich die beiden auf den langen Weg ins Stadtzentrum.

***

Nachdem sie sich ein paar Mal verlaufen haben und Stunden später endlich bei der Gilde ankommen, ist die Sonne bereits untergegangen. Die Gildenhalle in Silverstone bringt die beiden Abenteurer erschrocken zum Innehalten, als sie das große, dreistöckige Gebäude bestaunen, aus dem die Halle besteht. Es nimmt zwei Grundstücke mit zwei separaten Eingängen und einem eingezäunten Hof für das Training ein. Da es schon spät ist, strömen die Abenteurer in rasantem Tempo aus den Eingängen, ohne die beiden schockiert dastehenden Neuankömmlinge auch nur zu beachten. Viele der Abenteurer teilen sich fast sofort nach Osten und Westen auf, um in die jeweiligen Dungeons zu gehen, die in diesen Richtungen liegen.

Asin ist die Erste, die ihren Schock überwindet und ihren Partner anstupst, um ihn in Bewegung zu setzen. Daniel zieht eine Grimasse, lässt den Kopf leicht hängen, als ihm klar wird, wie sehr er wie ein Trottel aussieht, und läuft zum nächsten Eingang. Ein paar Minuten später eilen die beiden Abenteurer wieder hinaus und betreten den anderen Eingang, Daniel errötet vor Scham. Woher sollten sie wissen, dass es einen separaten Eingang für die älteren Abenteurer gab? Es war ja nicht so, als ob ein Schild wie das hölzerne, leuchtend bemalte direkt vor der Tür hing …

In der Questhalle schauen sich die beiden Abenteurer um, die mit ihren Schreibtischen und Aufsehern einerseits vertraut und andererseits so viel größer ist als alle anderen Hallen, in denen sie bisher waren. Das schiere Brummen der Geschäfte, der Abenteurer und Aufseher, die sich in geordneter Weise bewegen, lässt sie an der Tür erneut innehalten, während sie versuchen, sich zu orientieren. Als hinter ihnen eine laute, klare Stimme ertönt, huschen die beiden zur Seite. Eine Bewegung zu ihrer Rechten erregt ihre Aufmerksamkeit, als sie durch die Türöffnung einen ganzen Raum entdecken, der für Quest-Benachrichtigungen vorgesehen ist.

„Wow ...", murmelt Daniel und Asin stimmt ihm wortlos zu. Was für ein Unterschied zu Karlak. Nach einem weiteren Moment schüttelt Daniel den Kopf und geht in den Questraum. Sie mussten sehen, ob es Jobs als Karawanenwächter zurück nach Karlak gibt, am besten früher. Vielleicht hat sich der Händler geirrt?

„Asin Chetan und Daniel Chai? Ja, ich habe hier die Bestätigung für eure Karawanenreise. Gut gemacht. Was eure andere Frage betrifft, ist die Tafel korrekt. Der früheste Wachjob nach Karlak ist in zwei Wochen. Tatsächlich haben wir vier Jobs von Karawanen zur Verfügung — obwohl ich verstehe, dass ihr nach dem schnellsten sucht, der nach Karlak zurückkehrt. Das wäre dann Elijahs Gruppe in zweieinhalb Wochen", antwortet der Aufseher und reibt an dem Tintenfleck auf seinem Finger, während er die Liste vor ihm durchgeht. Daniel und Asin seufzen beide, ihre schwachen Hoffnungen sind zerschlagen.

„Problem?", fragt der Aufseher und die beiden zucken mit den Schultern.

„Dann würden wir uns gerne für die Karawane anmelden. Und es ist kein Problem, es ist nur etwas teuer, hier zu wohnen", fügt Daniel hinzu und denkt schon daran, wie teuer ihr Gasthaus war. Wahrscheinlich müssten sie außerhalb der Stadttore umziehen.

„Macht euch keine Sorgen. Wir haben eine Menge Arbeit für Leute eures Levels. Die meisten unserer Abenteurer weigern sich, unsere erhaltenen Low-Level-Quests zu erledigen, also gibt es immer Arbeitsrückstände." Der Aufseher beugt sich vor, seine Augen glänzen. „Wenn ihr jetzt anfangen wollt, habe ich sogar ein paar Quests …"

„Ähm …" Daniel öffnet den Mund, um „Nein" zu sagen, denn heute Quests anzunehmen, war nicht Teil des Plans. Es war schon ziemlich spät, aber Asin schiebt ihn beiseite und nickt dem Aufseher zu, dessen Grinsen breiter wird.

„Perfekt! Gut, da ihr aus Karlak kommt, habe ich den perfekten Job für euch." Der Aufseher grinst und schiebt einen kleinen Stapel von Questmarkern vor sich her. Asin rümpft die Nase, als sie sie schnell durchblättert und ein leises, verzweifeltes Knurren ausstößt.

„Ich weiß, ich weiß. Abwasserkanäle, aber die haben sich eben angehäuft", antwortet der Aufseher und beugt sich dann verschwörerisch vor. „Ich sag euch was, wenn ihr sie alle nehmt, verzichte ich sogar auf das Pfand für alle bis auf die oberste."

Daniel stemmt sich hoch und Asin reicht ihm die Quest-Notizen, die Daniel stirnrunzelnd überfliegt. Rattenbekämpfung. Rattenbekämpfung. Schädlingsbekämpfung. Rattenbekämpfung. So gehen die Blätter immer weiter. „So viele …"

„Wem sagst du das! Die Wächter fegen die Kanalisation alle paar Wochen, aber sie machen immer nur die Hauptleitungen regelmäßig und den Rest im Wechsel", murrt der Aufseher und schüttelt den Kopf. „Das funktioniert natürlich nicht, wenn man eine Plage in der Nachbarschaft hat."

Asin nickt abwesend, ihre Augen sind auf die Unterseite jeder Quest-Benachrichtigung gerichtet, während sie im Geiste den möglichen Verdienst zusammenzählt. Ihr Grinsen wird breiter, Münzen tanzen in ihren Augen, als sie bedenkt, wie viel sie verdienen könnten.

„Ich weiß nicht; ich meine, die Kanalisation …" Daniel runzelt die Stirn und blickt zu Asin hinüber. Die Catkin würde unter den Gerüchen noch mehr leiden als er.

„Für alle Kanalisation-Quests gibt es auch einen Token für das Badehaus!", fügt der Aufseher hinzu, beugt sich vor und setzt seine

Verkaufsmasche fort. „Es ist wirklich ein gutes Geschäft."

Asin nickt entschlossen, schiebt die Quests zurück und wirft einen Blick auf Daniel. Er zieht eine Grimasse und schüttelt den Kopf, weshalb sie ihn anknurrt. Der junge Abenteurer zieht wieder eine Grimasse und beäugt den Stapel, bevor er nachgibt: „Gut. Kannst du sie nach Ort und Verdienst sortieren und danach, was wir an einem Tag erledigen können? Wir nehmen dann diesen Stapel und eine Karte."

Der Aufseher nickt und lächelt, als er den Stapel zurückzieht, und kommt Daniels Wunsch zügig nach. Asin nickt fröhlich und zählt im Kopf bereits ihren Verdienst zusammen, während Daniel im Geiste murrt. Nachdem sie ihre Questpapiere und die gewünschte Karte zurückerhalten und die Kaution hinterlegt haben, verlassen die beiden schließlich die Gildenhalle, um nach Hause zu gehen.

„Weißt du, wir sollten es morgen ruhig angehen lassen“, brummt Daniel Asin an und wedelt mit dem Stapel an Questpapieren vor ihr herum. „Nicht auf Quests gehen.“

„Geld. Gutes Geld“, sagt Asin und leckt an ihrer Pfote, während sie weitergeht und glücklich mit ihrem Schwanz wedelt.

„Aha. Du lädst zum Essen ein“, sagt Daniel und Asin nickt nur mit dem Kopf, zufrieden darüber, diesen Kampf gewonnen zu haben.

# Kapitel 8

Am nächsten Tag sind sie tief in der Kanalisation, als Daniel grummelnd die Karte hochhält, um sicherzugehen, dass sie an der richtigen Stelle sind. Zufrieden verstaut er die Karte in seiner Lederrüstung, greift über den leuchtenden Manastein hinweg, den er daran befestigt hat, und verspricht sich selbst, dass er seine Rüstung zum x-ten Mal an diesem Tag reinigen lassen wird. Er reibt sich die Nase durch die Stoffverkleidung, froh darüber, dass sie sich die Zeit genommen haben, die verzauberten Tücher zu kaufen, die die Gerüche der Kanalisation reduzierten. Sonst, das wusste er, würde er diesen Tag noch mehr bereuen.

Trotz all seiner Nörgelei bewundert Daniel das Ausmaß der Abwasserkanäle um ihn herum. Der Stadtrat von Silverstone hatte das Geld ausgegeben, um Zwergen-Architekten und Erdmagier anzuheuern, die die notwendigen Abwasserkanäle unter der Stadt gruben. Ein bahnbrechendes Handeln im Vergleich zu vielen anderen kleineren Städten und Ortschaften, in denen sich der Abfall auf den Straßen ansammeln durfte oder bestenfalls spät nachts mit Müllkarren entfernt wurde. Die Erstellung der Abwasserkanäle war ein Projekt, das von den Heilern der Stadt sehr gelobt wurde und auf das sie in anderen Städten immer wieder drängten, was aber oft von der Stadtwache abgelehnt wurde.

Ein kleiner Teil des Arq-Flusses wurde durch die Abwasserkanäle umgeleitet, wodurch die Stadt sicherstellte, dass der angesammelte Abfall ständig weggespült wurde. Da der Arq jedoch mit dem Tauwetter im Frühjahr und den Regenfällen im Herbst seine Höhe veränderte, mussten die Abwasserkanäle so gebaut werden, dass sie sich an die unterschiedlichen Durchflussmengen anpassten. Das sorgte dafür, dass die Tunnel an den meisten Tagen nicht bis zum Rand gefüllt waren, wodurch alle Arten von

Monstern und Raufbolden sie benutzen konnten, was der Grund war, weshalb die Wachen ablehnten und die Abenteurer ständig Arbeit hatten.

Daniel und Asin sind bereits seit zwei Stunden in der Kanalisation, und sie haben die erste Rattenplage entfernt. Teufelsratten sind einheimisch in der Ebene und können zu enormer Größe heranwachsen, wenn sie genügend Nahrung finden, aber sowohl Asin als auch Daniel haben bisher noch keine bekämpft, die größer als einen Meter war – die Schwänze nicht mitgerechnet, die derzeit als Beweis in Asins Rucksack verstaut waren.

Selbst durch das verzauberte Tuch sickerte der Geruch der angesammelten Abfälle hindurch, was Daniel zu kurzen, vorsichtigen Atemzügen zwingt, während er den Weg durch die ausgehöhlten Abwasserkanäle anführt. Die Abwasserkanäle begannen mit einem einzigen, großen Korridor, der sich sofort in ein halbes

Dutzend kleinerer Leitungen aufspaltet, von denen sich jede wiederum in kleinere Tunnel aufteilt. Alle werden von Blei-, Ton- und Metallrohren gespeist, die in die verschiedenen Gebäude über ihnen führen. Während der ursprüngliche Bau der Leitungen äußerst ordentlich gewesen war, hatten im Laufe der Zeit die Ergänzungen und der Abriss von Gebäuden dafür gesorgt, dass neue Abwasserrohre diese kleineren Korridore, die Daniel und Asin durchqueren, nun übersäen. Deshalb müssen sie oft ein wachsames Auge auf das, was über ihnen liegt, behalten und diese ungeordneten Ergänzungen zu den grauen Steinmauern umgehen.

Als sie sich der nächsten Abzweigung nähern, läuft Asin voraus und ergreift Daniels Arm, um ihn zum Stillstand zu bringen. Daniel runzelt die Stirn und blickt zu der Catkin hinüber, die ihr Gesicht mit einem Paar verzauberter Tücher bedeckt, während sie ihren anderen Arm mit einem Paar Wurfmessern hebt. Leicht nickend geht Daniel in die Hocke und wartet darauf, dass sie sich um die Ecke duckt, und ihre Messer blitzen im selben Moment auf.

Daniel folgt kurz darauf und sieht, was sie über dem anhaltenden Tosen des Wassers gehört hat: einen riesigen schwarzen Mistkäfer. Ihre Messer bohren sich tief in das Fleisch der Kreatur und Asin schleicht sich dicht an die Wand, um Daniel vorbeieilen zu lassen, der mit seinem Streitkolben nach ihm schlägt. Der Käfer ist bald erledigt, das Monster ist kaum gefährlicher als ein Koboldhäuptling, und von denen haben die beiden schon eine ganze Menge erledigt. Als das Monster tot ist, tritt Asin vor, zieht ihre Messer heraus und entfernt einen Fühler, bevor sie den leblosen Körper in den Strom der Kanalisation kickt.

Es war den beiden Abenteurern inzwischen ziemlich klar, warum die erfahreneren, fortgeschrittenen Abenteurer der Stadt diese

Quests ablehnten. Die Monster in der Kanalisation waren für erfahrene Abenteurer kaum eine Bedrohung und die Questbelohnungen waren zwar für ein Anfängerpaar wie sie anständig, aber nicht so attraktiv wie das, was man in einem Dungeon verdienen konnte. Nicht zu vergessen, dass sie den ganzen Tag durch die Abwasserkanäle waten mussten.

Daniel schneidet eine Grimasse und geht weiter. Es hat fast zwei Stunden gedauert, bis sie so weit gekommen sind, und sie haben noch mindestens ein halbes Dutzend Stellen zu durchsuchen. Trotzdem geht Daniel ohne ein Wort weiter. Sie haben die Quests angenommen, sie würden sie zu Ende bringen. So taten es echte Profis.

*** 

Stunden später stolpern die beiden in die Gilde und zum nächstgelegenen freien Aufseher-Schalter. Sie werden sofort in den Quest-Raum umgeleitet, die Haupthalle, die dem Dungeon und dem Handel mit Manasteinen gewidmet ist, während Abenteurer und Aufseher den Atem anhalten, als sie vorbeigehen. Auf dem Weg zum Quest-Raum werden die beiden mit angewiderten Blicken und gerümpften Nasen begutachtet. Noch mürrischer als zu Beginn schaffen sie es schließlich, sich zum richtigen Schreibtisch durchzuschlagen, und Asin lässt den Beutel mit Rattenschwänzen und Käferfühlern ohne Aufforderung fallen. Der Aufseher mustert die beiden, schnuppert und nimmt die Questzettel von Daniel schweigend entgegen, schiebt die Tüte beiseite, ohne den Inhalt zu inspizieren.

Minuten später verteilt er ihren Lohn und ihre Badetoken, und die beiden eilen hinaus, um sich, ihre Kleidung und ihre Rüstung gründlich zu waschen. Im Badehaus übergibt jeder von ihnen seine Rüstung und Kleidung an die Diener, damit sie magisch gereinigt werden, bevor sie in ihre jeweiligen Abteilungen der Badehäuser gehen. Asin geht in den Abschnitt für Frauen und wird erneut umgeleitet, da sie aufgrund ihres Fells in ihren eigenen privaten Raum geschickt wird.

Nachdem Daniel sich gründlich gewaschen hat, entspannt er sich mit halb geschlossenen Augen im Warmwasserbecken. Wie die meisten anderen Gebäude war auch das Badehaus in Silverstone größer und pompöser als das in Karlak. Das Warmwasserbecken ist mit weißem Marmor ausgekleidet und liegt neben einem kleineren Kaltwasserbecken, das ähnlich ausgestattet ist: Skulpturen von Blättern und Ranken sind in den Rand der Becken geschnitzt. Die Augen halb geschlossen, achtet Daniel kaum auf die anderen Badegäste, die sich um ihn herumbewegen, bis einer vorbeikommt und ein seliges Stöhnen ausstößt, als er ins Wasser sinkt. Er öffnet ein Auge und bemerkt den großen Bluterguss, der den Oberschenkel und die Hüfte des Mannes bedeckt und teilweise seinen Rücken hinaufkriecht.

„Das sieht schmerzhaft aus", sagt Daniel.

„Ja." Der Mann grinst und wirft Daniel ein Lächeln zu, während er sich im Wasser ausstreckt und mit dem Rücken an der Wand abstützt. Jetzt, wo er mehr Zeit hat, sieht Daniel, dass der blonde Mann mittleren Alters auch zahlreiche andere kleinere blaue Flecken und Kratzer am Körper hat und eine Reihe älterer Narben. „Das Leben eines Abenteurers."

Daniel nickt und reibt sich die Nase, bevor er spricht: „Warum lässt du das nicht heilen?"

Der Mann lacht und schaut sich Daniel genauer an. „Junge, für so etwas Kleines gibt man kein gutes Geld für Heiler oder Tränke aus. Nicht, wenn du für eine gute Ausrüstung sparen willst."

Daniel nickt leicht und senkt den Kopf, als ihm klar wird, dass nicht jeder die Fähigkeit hat, mit Verletzungen umzugehen, wie er es tat. Es ist für ihn so zur Routine geworden, seine oder Asins Verletzungen mit *Kleine Heilung* oder seiner Gabe zu heilen, dass er vergessen hatte, dass nicht jeder Zugang dazu hat. Nach einer kurzen Pause blickt Daniel auf: „Ich könnte das für dich heilen. Ich kenne die *Kleine Heilung*."

Der Abenteurer blinzelt, dann lacht er und streckt eine Hand aus: „Mein Name ist Roy. Und ich wäre dir sehr dankbar, wenn du das tun würdest."

Daniel schüttelt die Hand des Mannes und noch während er Roys Hand hält, führt er seine *Kleine Heilung* aus. Roy atmet tief ein, als der Zauber ihn durchströmt, und entspannt sich dann. Ein breites Grinsen zieht sich über sein Gesicht, als die blauen Flecken auf seinem Körper verblassen. „Na, ist das nicht ein Ding. Du kannst tatsächlich heilen. Sehr nett von dir."

Daniel zuckt mit den Schultern und blinzelt dann, als er bemerkt, dass eine Reihe anderer Abenteurer auf ihn zugekommen sind, über Verletzungen murmeln und auf sie zeigen. Daniel zuckt zusammen, kauert sich bei der Flut von Anfragen ein wenig zusammen und spricht eine schnelle Reihe von Zaubern, bevor er behauptet, kein Mana mehr zu haben. Mit zusammengepressten Lippen sieht Daniel zu, wie die undankbaren Abenteurer davonwaten. Die wenigen Glücklichen, die geheilt wurden, lachen über ihr Glück und die anderen schimpfen leise über den Heiler, der nicht genug Mana hatte, um sie alle zu heilen.

„Und das ist der Grund, warum Heiler nicht umsonst arbeiten." Lachend schüttelt Roy den Kopf über Daniels Schmollmund. „Du wirst dich daran gewöhnen, Junge, ganz bestimmt. Wenn man für alles, was man bekommt, gegen Schädlinge kämpfen muss, fängt man an, alles zu nehmen, was man umsonst bekommen kann, ohne nachzudenken.“

Daniel grunzt, nicht bereit, diese Art von Denken zu akzeptieren, und bereut, überhaupt den Mund aufgemacht zu haben. Als er in der Klinik in Karlak gearbeitet hat, hat er wenigstens denjenigen einen Dienst erwiesen, die ihn brauchten und die für die Leistungen, die sie erhielten, nicht bezahlen konnten. Die Abenteurer waren einfach nur geizig und undankbar.

„Also, du bist ziemlich grün hinter den Ohren für diese Stadt. Zu Besuch?“, sagt Roy, nachdem er Daniel ein paar Minuten lang nachdenklich beobachtet hat.

„Ja“, antwortet Daniel und nickt.

„Mmm ... und du siehst aus wie ein Nahkämpfer mit diesen Muskeln“, sagt Roy und beäugt den breiten Abenteurer neben ihm. „Aus welcher Stadt kommst du?“

„Karlak.“

„Keine Überraschung. Verzeih mir die Frage, aber bist du schon einer Gilde beigetreten?"

„Gilde?" Zögernd beugt sich Daniel vor.

„Ich bitte um Entschuldigung. Ich vergesse immer, dass Karlak keine hat. Kein Wunder, sie kümmern sich selten um Anfängerstädte, zu viele Bullen, die dort nichts zu suchen haben. Abenteurergilden sind einfach ein Haufen von Abenteurern, die auf eine eher formale Art und Weise zusammenarbeiten, um sich gegenseitig zu helfen", sagt Roy und seine Augen funkeln, als er fortfährt. „Zufälligerweise bin ich der stellvertretende Gildenvorsitzende der Red Roses in dieser Stadt. Wir wären sehr dankbar, wenn wir noch einen Heiler hätten."

Daniel blinzelt und schüttelt langsam den Kopf. „Wie ich schon sagte, ich bin nur zu Besuch."

„Natürlich, keine Eile. Wie ich schon sagte, rekrutieren wir normalerweise keine Anfänger, aber du scheinst ein sehr guter Kerl zu sein. Die Gilde kann dich ausbilden, ausrüsten und dich sogar mit ein paar erfahrenen Abenteurern zusammenarbeiten lassen. Es geht nichts über jemanden mit mehr Erfahrung, um dich zu beschützen, weißt du."

„Okay …", sagt Daniel, schiebt sich vom Becken hoch und lächelt leicht zurück. „Gut, ich werde darüber nachdenken."

Roy lächelt weiter, während er nickt: „Sicher. Denk nur daran, dass ich Roy Inverness von den Red Roses bin. Sag einfach meinen Namen, dann weiß man, dass du erwartet wirst."

Daniel steht auf, wickelt das Handtuch um seinen Körper und nickt ruckartig, um sich von dem aufdringlichen Abenteurer zu entfernen. Als er endlich draußen ist, seufzt er und entspannt sich leicht. Gut, das war mal etwas anderes.

***

Daniel hat die Lippen zwischen die Zähne geklemmt, beendet den Brief und setzt den Federkiel mit Erleichterung ab. Er betrachtet die schlampige Handschrift mit Abscheu und schämt sich wieder ein wenig dafür, wie hässlich sie im Vergleich zu der fließenden Schrift der Schreiber aussieht. Dennoch, es war, was es war. Er lässt seine Augen noch einmal über die Worte wandern und fragte sich, ob er etwas übersehen hat.

*Liebe Khy'ra,*

*ich schreibe diesen Brief an dich aus Silverstone. Wir sind gut angekommen und haben uns mit dem Händler getroffen, der die Sachen von Max transportiert. Alles scheint da zu sein, aber leider gibt es für ein paar Wochen keine Karawanen, die direkt nach Karlak zurückkehren. Es scheint, dass wir für die Rückreise noch länger brauchen werden, als wir ursprünglich geplant hatten.*

*Warst du schon einmal in Silverstone? Es ist so viel größer als Karlak. So viel größer als jeder Ort, an dem ich bisher war, um ehrlich zu sein. Es gibt so viel zu sehen und zu tun! Obwohl Asin mich dazu gebracht hat, jeden Tag Quests mit ihr zu machen, haben wir abends immer noch Zeit, ein wenig von der Stadt zu sehen. Ich kann es kaum erwarten, ihr kein Geld mehr für die Rüstung zu schulden.*

*Gestern Abend haben wir uns ein Stück in einem Theater angesehen. In der Stadt ist so viel los, dass sie sogar ein eigenes Gebäude haben, in dem das ganze Jahr über Schauspielgruppen auftreten! Sie spielten „Die sieben Krieger" und es war erstaunlich. Sie hatten sogar einen Musiker, der sie begleitete. Ich wünschte, du wärst hier, um es mit mir anzusehen.*

*Es gibt so viel zu sehen in dieser Welt. Ich bin froh, dass ich diese Quest angenommen habe, auch wenn sie mich für eine Weile ~~von dir~~ weggebracht hat. Sogar die Quests hier sind anders, und wenn wir jemals mit den*

*Abwasserkanälen fertig sind, möchte ich, dass wir ein paar Liefer-Quests annehmen. Sie sind langweilig und harte Arbeit, aber es wird uns eine Chance geben, mehr von der Stadt zu sehen.*

*Wir wurden eingeladen, mit einer Abenteurer-Gruppe, die wir unterwegs getroffen haben, einen fortgeschrittenen Dungeon zu testen. Asin und ich freuen uns darauf, aber ich muss zugeben, dass ich ein bisschen besorgt bin. Dennoch sollten wir mit erfahrenen Abenteurern um uns herum sicher sein — sie haben es 6 Ebenen hinuntergeschafft! Es ist wirklich nett von ihnen, uns herumzuführen. Verrat es nicht, aber ich glaube, einer der Abenteurer ist in Asin verknallt.*

*Ich werde dich in ein paar Wochen sehen. Wenn du diesen Brief erhältst, sind es vielleicht nur noch ein paar Tage.*

Nach dem Durchlesen hält Daniel inne, als er sich fragt, wie er seinen Brief beenden soll. Soll er mit etwas anderem als seinem Namen unterzeichnen? Vielleicht eine Liebeserklärung?

Doch das hat keiner von beiden je persönlich gesagt, und es dem Brief hinzuzufügen, scheint falsch. Auch eine förmlichere Grußformel fühlt sich falsch an. Mit zusammengekniffenen Lippen starrt Daniel auf das Papier und überlegt, was er noch sagen soll. Hatte er überhaupt ein Recht dazu, nachdem er mit einer anderen geschlafen hat? Hatten sie so eine Beziehung, dass solche Dinge eine Rolle spielten? Es schien nicht so zu sein, aber andererseits …

Daniel reibt sich die Schläfen, fasst einen plötzlichen Entschluss und unterschreibt nur mit seinem Namen, dann faltet er den Brief und versiegelt ihn. Ein schneller Zusatz ihres Namens und der Stadt und Klinik reicht. Morgen würde er ihn dem Gastwirt zum Versand übergeben. Viele königliche Boten machten in Gasthäusern Halt, um sich mit persönlichen Lieferungen etwas dazuzuverdienen, und der Gastwirt versicherte ihm, dass er zu einem bestimmten Boten ein gutes Verhältnis hatte. Mit zusammengekniffenen Lippen bläst Daniel die Kerze aus und legt sich auf sein Bett. Die Gedanken an seine Beziehung halten ihn noch eine Weile wach, bevor der Schlaf ihn schließlich einholt.

# Kapitel 9

Am zweiten Tag stehen die beiden vor dem Wandering Rooster und begrüßen Iyas und Tevfik. Niko eilt ein paar Minuten später heraus, macht sich noch immer die Haare nass und versucht, sie so zu stylen, dass sie weniger abstehen. Er grinst und winkt den beiden im Gehen zu. Nachdem sie die letzten Tage damit verbracht haben, die Abwasserkanäle für die Gilde zu reinigen, freuen sich die beiden Abenteurer darauf, den fortgeschrittenen Dungeon zu erkunden.

„Wie ich sehe, habt ihr beide euer Gepäck mitgebracht. Gut! Und die Ölfläschchen und das Weihwasser?", fragt Niko, und als die beiden nicken, grinst er. „Wie gesagt, wir werden euch heute durch die erste Ebene von Porthos führen und vielleicht, je nachdem, wie es läuft, auch durch die zweite Ebene. Porthos ist für Anfänger besser geeignet als Aramis, da Aramis der schwieriger zu bewältigende der beiden Dungeons ist.“

Die beiden nicken auf Nikos Worte hin erneut. Daniel passt seinen Gürtel an, damit sein Streitkolben besser sitzt. Niko wartet einen Moment und schaut zu seinen Freunden, bevor er die Gruppe zum Eingang des Dungeons führt. Der Eingang selbst ist ein einfaches Steingebäude, vor dem eine kleine Gruppe von Wachen steht, die die Türen beobachten und die eintretenden Abenteurer.

„Niko, Iyas.“ Der leitende Wächter nickt ihnen zu, seine Augen huschen zu Tevfik, bevor sie auf Asin und dann auf Daniel landen. „Ergänzungen zu eurer Gruppe?“

„Grady. Ich zeige ihnen nur die erste Ebene. Sie sind registrierte Abenteurer“, antwortet Niko fröhlich.

„Auf eure Kappe. Und auf ihre“, sagt Grady und versucht gar nicht erst, die beiden aufzuhalten. Warum sollte er auch? Ihr Job war es nur, Monster davon abzuhalten, herauszukommen, und Unregistrierte und dumme Kinder davon abzuhalten, hineinzugehen.

Daniel führt die Gruppe in das Foyer des Dungeons und blinzelt, als der schlichte Steinraum von einem silbern leuchtenden Portal unterbrochen wird, wo sich eigentlich eine Tür zum Dungeon selbst befinden sollte. Asin neben ihm stößt einen kleinen Schrei der Überraschung aus und Daniels Kehle wird plötzlich trocken.

„In allen fortgeschrittenen Dungeons gibt es diese Portale", antwortet Iyas und klopft den beiden auf die Schulter, während er sie sanft weiterführt. „Hat mich auch ganz schön erschreckt, als ich das erste Mal eines sah. Keine Sorge, sie funktionieren genauso wie die Portalsteine, die ihr aus Karlak kennt, nur dass sie euch direkt in die ersten Ebene schicken, wenn ihr nicht registriert seid."

„Also gut. Wir sind hier, um Daniel und Asin einen Vorgeschmack auf einen fortgeschrittenen Dungeon zu geben, nicht, um sie zu töten. Also, Daniel und Asin werden in der Mitte sein und mit ihren Langstreckenwaffen arbeiten", sagt Niko. „Ich werde mit Tevfik vorne sein, während Iyas und du die Umgebung auskundschaften werdet. Wenn wir im Dungeon sind, ist mein Wort Gesetz. Wir werden die Steine und andere Beute durch vier teilen, Daniel und Asin teilen sich den vierten Anteil. Noch irgendwelche Fragen?"

Da er keine Antwort erhält, tritt Iyas vor das Dungeonportal, während Daniel seine leichte Armbrust hebt und einen Bolzen einspannt. Als die anderen Gruppenmitglieder ohne Schwierigkeiten im Portal verschwinden, holt Daniel tief Luft und wischt sich die verschwitzten Handflächen an der Hose ab, bevor auch er hineingeht.

Was ihn in der ersten Ebene begrüßt, ist nichts, was Daniel sich hätte vorstellen können. Statt einer kleinen Höhle befinden sie sich in einer einzigen großen, die sich scheinbar kilometerweit unter dem kleinen Vorsprung, auf dem sie stehen, erstreckt. Steingänge sind quer durch die Höhle angeordnet und erheben sich neun bis zwölf Meter über den Boden, kreuzen und treffen auf andere Gänge, die weiter oben zu anderen Steinplattformen führen, oder hinunter, wo sich ein wabernder weißer Nebel bildet. Das Kreischen und Schreien von Vögeln und anderen Tieren hallt wider, zusammen mit dem trägen Knirschen von Stein, wenn sich die Stege von den Plattformen lösen und durch die Luft schwingen, um sich mit anderen Plattformen oder Stegen zu verbinden. Das Licht des managesättigten Steins erfüllt die Höhle, beleuchtet die sinnentfremdende Szene und verleiht allem einen blauen Schimmer.

Selbst nachdem ihm die erste Ebene beschrieben wurde, steht Daniel schockiert am Eingang, während er versucht, die Größe und Absurdität der Dungeonebene zu begreifen. Egal, wie sehr er sich anstrengt: Selbst von seinem erhöhten Aussichtspunkt aus kann er weder das Ende der Höhle noch die Decke über sich sehen.

Asin neben ihm stößt ein Schnaufen und ein leises Knurren der Überraschung aus und flucht leise in Catkin, während sie um sich blickt und ihr Schwanz hin und her peitscht. Auf Nikos Drängen hin trägt sie einen dreifachen Satz Wurfmesser bei sich, um die Verluste auszugleichen, die im Laufe des Tages zu erwarten sind. Selbst jetzt umklammert sie ein Messer in ihrer linken Hand, die Klinge ragt zwischen ihren Fingern hervor.

Nachdem Niko den beiden genug Zeit gegeben hat, ihre Umgebung zu betrachten, nickt er Iyas zu, um ihm zu verstehen zu geben, dass er sich auf den Weg machen soll. Iyas gleitet vorwärts und dreht seinen Kopf ständig, um die Umgebung zu erkunden, ein Pfeil ist in seinem Bogen eingeklinkt. Niko hustet, um die Aufmerksamkeit der beiden zu gewinnen. „Gut, dann kommt mit. Die Monster werden sich nicht von selbst umbringen."

Die Abenteurer scannen im Gehen ihre Umgebung auf der Suche nach Bedrohungen. Nach einem Moment stupst Asin Daniel an und zeigt auf Niko. Daniel runzelt die Stirn und zieht eine Augenbraue hoch, da er nicht sieht, was sie tut. Sie gibt ein Schnaufen von sich, ihr Schwanz schweift wie üblich träge hin und her, während sie auf ihre Augen und dann nach oben zeigt. Daniel nickt langsam, als er versteht, und fängt an, über sich nach Bedrohungen Ausschau zu halten. Es ist keinen Moment zu früh, als Niko grunzt: „Ärger."

Daniel entdeckt die Kobolde einen Moment später; ein Dutzend geschuppte, warzige

Gestalten, die mit ausgebreiteten fledermausartigen Flügeln hinter ihnen hergleiten. Die Monster sind größtenteils schwarz mit rötlichen Krallen, spitzen Ohren und scharfen, nadelartigen Zähnen. Daniel legt sich seine Armbrust auf die Schulter und wartet, bis die Monster auf ihn zukommen. Bei der Geschwindigkeit, mit der sie sich nähern, wird er nur einen guten Schuss haben.

Daniel drückt langsam und sanft den Abzug und denkt daran, dorthin zu schießen, wo der Kobold sein wird, und nicht, wo er gerade ist. Der Bolzen fliegt richtig, als er loslässt, erwischt einen Kobold in der Brust und stößt das Monster zurück. Vor ihm hockt Niko, seine Augen verfolgen die beiden Kobolde, die sich ihm nähern, bevor er sein Schwert zieht. Der Schwertkämpfer aktiviert einen Skill und schlägt so schnell zu, dass die Luft vor ihm zu einer dünnen Linie entlang der Klinge komprimiert wird und eine Welle aus komprimierter und superscharfer Luft in die Kobolde stößt, die es wagen, ihn anzugreifen. Mit zerfetzten Flügeln und Körpern prallen die Kobolde auf den Weg, und das, was von ihren Flügeln noch übrig ist, schlägt kraftlos auf den Boden auf.

„So macht man das!", ruft Niko, während er nach vorne stürmt und sein Schwert in die Körper der Kobolde stößt. „Sonst gehen die Manaseine verloren!"

Daniel hat keine Zeit zu antworten, er kurbelt an seiner Armbrust, während Asin neben ihm steht und ihre Messer auf die Monster wirft, die sich auf die Gruppe stürzen. Tevfik bleibt dicht bei den beiden und tritt nach vorne, um mit seinem Schwert zuzuschlagen, wenn ein Kobold zu nahe kommt. Er verkrüppelt den Flügel, bevor er auf den Hals der Kreatur eintritt. Vor ihnen hat sich Iyas umgedreht und schickt ein paar Pfeile in den Himmel, wobei jeder Pfeil ein Monster zu Fall bringt.

Ohne ein Wort zu sagen, packt Asin Daniel und zieht ihn zu Boden, wobei ein Ball aus heraufbeschworenem Feuer an seinem Kopf vorbeifliegt. Mit weit aufgerissenen Augen lässt Daniel den Bolzen fallen und muss am Boden danach kraxeln, während Tevfik einen weiteren Feuerball mit seinem Schild auffängt und verzauberte Runen zum Leben erweckt, die zusätzlichen Schutz gegen die Hitze bieten. Asin ist auf den Knien, nimmt eine weitere Klinge in ihre Hand und schickt sie direkt in eine Kehle: Die Klinge durchstößt das offene Maul der Kreatur. Der Kobold stößt ein kleines Glucksen aus, fällt zu Boden, und als Daniel schließlich aufblickt, ist die Koboldwelle zur Strecke gebracht.

Niko bewegt sich schnell um die aufgelösten Körper herum, hebt die Manasteine auf und steckt sie ein, während Iyas ein weiteres Auge darauf wirft. „Nicht schlecht, acht Steine und zwei Koboldzähne. Denkt dran, schießt, wenn sie über den Stegen sind."

Asin hüpft hinüber, um sich ein Paar ihrer Klingen zu schnappen, die auf den Weg gefallen sind, während Daniel eine Grimasse zieht, weil ihm klar wird, wie wenig er in diesem Kampf getan hat. Der ganze Kampf war so schnell passiert!

„Iyas", ruft Niko und Iyas geht weiter, um die Gruppe tiefer in den Dungeon zu führen.

***

Die folgenden Stunden haben den beiden jungen Abenteurern die Augen geöffnet, wie groß der Levelunterschied zwischen ihnen und den erfahrenen Abenteurern ist. Jeder Angriff besteht aus mindestens einem Dutzend Kobolde, oft auch mehr, und doch kommt die Dreiergruppe mit erschreckender Leichtigkeit durch die Monster. Die Kämpfer verschwenden nie eine Bewegung, jeder Angriff bringt einen Kobold zu Boden, um ihn zu erledigen. Skills werden sparsam und präzise eingesetzt und oft ausgelöst, um mehrere Monster auf einmal zu erledigen.

So beeindruckend ihre Kampffähigkeiten auch sind, es ist ihr Teamwork, das Daniel und Asin wirklich neidisch macht. Die Gruppe spricht selten, und wenn, dann in der Regel, um Daniel und Asin herumzukommandieren. Ansonsten arbeitet die gut eingespielte Gruppe reibungslos zusammen, zielt nie auf dasselbe Monster und lässt im Kampf keine Lücken in ihrer Verteidigung offen.

„Asin, Daniel, kommt!", ruft Iyas. Daniel schaut auf, verdrängt seine Gedanken über die Kraftunterschiede und eilt nach vorne. Iyas winkt sie zu sich, wo ein neuer Weg beginnt. Vorsichtig streicht er den Dreck beiseite und legt eine Druckfliese frei.

„Seht ihr es? Genau, schau mal." Iyas blickt zurück, um sich zu vergewissern, dass die beiden auf der Plattform sind, geht ebenfalls zurück und wirft einen kleinen, mit Schmutz gefüllten Beutel auf die Fliese. Das Gewicht reicht aus, um die Fliese zu aktivieren, und der gesamte Steg kippt sofort zur Seite, dreht sich auf halber Strecke und wirbelt Schmutz und Geröll in die Luft, bevor er sich wieder zurückdreht.

„Woah!", ruft Daniel. Seine Augen weiten sich, als er sich vorstellt, was mit jedem Abenteurer passiert wäre, der das Pech hatte, von so etwas erwischt zu werden.

„Ja. Federfallverzauberungen sind recht beliebt." Iyas gluckst und wartet darauf, dass sich der ächzende Steg von selbst wieder richtet. Als der Weg sich aufrichtet, spricht er weiter. „Seht ihr, wie der Schmutz, besonders auf dieser Seite, etwas höher ist? Das kommt von dem wiederholten Kippen. Da muss man aufpassen."

Niko wartet, bis die Lektion vorbei ist, bevor er sich räuspert und zur Plattform zurückwinkt. „Ein guter Zeitpunkt, um Mittag zu essen."

Mit einem bestätigenden Nicken entscheidet sich Iyas, die erste Wache zu übernehmen, während die anderen essen. Fast sofort bewegen sich Tevfik und Asin in eine Ecke der Plattform, ihre Schwänze kringeln sich umeinander, während sie leise schnurren.

„Also, was denkst du?"

Daniel erschrickt leicht und blinzelt schuldbewusst zu Niko hoch, als er sich vom Anblick der beiden Liebenden abwendet. „Ähm, … geht mich nichts an."

„Nicht sie, der Dungeon!" Augenzwinkernd stupst Niko Daniel an, der errötet.

„Oh! Natürlich, das ist es, was du meinst." Daniel schiebt den Gedanken beiseite, vom ältesten Chetan gescholten zu werden, bevor er Niko antwortet. „Es ist erstaunlich. Ich hätte nie gedacht, dass es hier so groß sein würde. Und die

Monster, sie sind nicht viel zäher als Kobolde, aber es sind so viele von ihnen! Und diese Verbrennungen tun weh." Daniel reibt sich den Arm und erinnert sich daran, wie Tevfik einen Feuerball nicht ganz auf seinem Schild auffangen konnte und Daniel nur einen Hauch der Explosion abbekam.

„Deshalb haben wir Porthos ausgewählt", sagt Niko. „Die Kobolde sind nicht so stark, und solange wir ihre Aufmerksamkeit auf uns ziehen, solltet ihr zwei ziemlich sicher sein. Besonders mit euren Heilfähigkeiten. Aramis hingegen — nun, die Kulark sind viel schwerer zu bekämpfen. Sie können schneller gleiten, als man denkt, und ihre Schuppen sind extrem hart. Das Schlimmste ist, dass sie dich und Asin zuerst angreifen werden, weil sie sehr empfindlich sind."

Daniel nickt und blickt auf die Aussicht, die sich vor ihnen ausbreitet. In der Ferne glaubt er, ein weiteres Paar Abenteurergruppen ausmachen zu können, aber die Ebene ist so groß und die Wege so zahlreich, dass ein Zusammentreffen mit einem anderen Team erhebliche Anstrengungen und Planung erfordern würde. Daniel fährt sich mit einer Hand durch sein schwarzes Haar und seufzt.

„Denkst du darüber nach, wie weit du gehen musst?", erkundigt sich Niko, als er sieht, wie Tevfik mit Asin aufsteht, um Iyas abzulösen.

„Ein bisschen."

Niko nickt nur und steht auf, um sich mit Iyas zu unterhalten. Ein kleines Lächeln zerrt an Nikos Mundwinkeln, während er aufsteht. Ein Lächeln, das Daniel verborgen bleibt, während er zu seiner Freundin hinübergeht, um den Rest des Tages zu planen.

***

„Also dann, siehst du den großen Kobold dort? Das ist der Aufseher – sie sind weiterentwickelte

Kobolde, und obwohl sie nicht fliegen können, sind sie viel größer und stärker. Sie können auch den Skill *Feuerpfeil* anwenden, was kleinere, aber zahlreichere Feuerpfeile auslöst", erklärt Niko, während er auf den Champion der Ebene zeigt, den sie nach stundenlangem Marsch durch den Dungeon gefunden haben. „Iyas und Asin werden sich um seine Handlanger kümmern. Ich werde den Aufseher direkt bekämpfen, während Daniel sich darauf konzentrieren wird, alle Kobolde zu töten, die Iyas und Asin zu Fall bringen. Tevfik hält mit seinem Schild Wache."

Nach einer Reihe von Nicken zieht Daniel zum ersten Mal an diesem Tag seinen Schild vom Rücken und schiebt ihn über seinen Arm. Er sichert seine Armbrust schnell mit einem Riemen an seinem Bein, bevor er sie in seinen anderen Arm hievt, bereit, sie in einem Moment fallen zu lassen. Daniel plant, den einzelnen geladenen Bolzen abzuschießen und die Armbrust dann sofort für seinen Streitkolben fallen zu lassen. Als er mit seinen Vorbereitungen fertig ist, zeigt Tevfik auf Daniels Schild. „Schütte das Weihwasser darauf."

Nachdem sie mit den Vorbereitungen fertig sind, bewegt sich die Gruppe in leichtem Laufschritt vorwärts. Es gibt keine Möglichkeit, den Aufseher zu überraschen, also ist es besser, das Monster schnell zu erreichen, bevor es weitere Verstärkung rufen kann.

Auf dem letzten Steg auf halbem Weg zum Aufseher hält Iyas an und beginnt, auf die Kobolde zu schießen, die sich ihnen nähern. Asin kommt neben ihm zum Halt, die Wurfmesser vor sich haltend, während Niko die letzten Meter sprintet. Daniel sieht, dass noch nicht alle Kobolde die Seite des Aufsehers verlassen haben, und schießt mit seiner Armbrust auf einen Kobold, der Niko den Weg versperren will.

Die nächsten Minuten verschwimmen für Daniel, als er von einem niedergeschlagenen Kobold zum nächsten rennt und gleichzeitig die ganze Zeit versucht, nach verirrten Feuerbällen Ausschau zu halten. Iyas gibt Daniel ohne Unterbrechung Feuerschutz, seine Hände bewegen sich beim Feuern so schnell, dass sie verschwimmen.

Als die Kobolde nach vorne stürmen, um Daniel in immer größerer Zahl anzugreifen, hebt Tevfik seinen Kopf zur Decke und stößt ein Knurren aus, das Daniel die Haare im Nacken und auf den Armen zu Berge stehen lässt. Er erstarrt für einen kurzen Moment, der ursprüngliche Teil seines Verstandes erinnert sich an andere Bestien, bevor er sie verdrängen kann. Die Kobolde, die Ziele des Skills, haben nicht so viel Glück und erstarren alle von Angst ergriffen für ein paar Minuten, was den Fernkämpfern erlaubt, ungehindert anzugreifen. Iyas lässt sich die Gelegenheit nicht entgehen, seine Hände glühen, während er ständig den Bogen spannt und Pfeile aus grüner Energie auf die Kobolde abfeuert. Asin wirbelt herum und wirft ihre Messer ebenfalls, jeder Schuss zielt auf einen anderen Kobold.

Daniel muss hin und her rennen, und wenn er kann, auf die Kobolde einschlagen und eintreten. Als die Kobolde die Angststarre überwinden, kreischen sie und lenken ihre Aufmerksamkeit auf die größere Gefahr, weshalb sie sich jetzt alle auf Tevfik stürzen. Asin weicht zur Seite aus und wirft einen letzten Dolch, bevor sie die verzauberte Ölflasche herauszieht. Sie sieht zu und schlägt gelegentlich einen Kobold nieder, der ihr zu nahe kommt, bevor sie in Catkin knurrt und den Flakon in die Luft wirft, nachdem sie die Verzauberung ausgelöst hat. Der Kolben zerspringt, schickt flammendes Öl umher und erwischt viele der Kobolde im Explosionsradius. Tevfik, der vorgewarnt war, kauert hinter seinem verzauberten Schild, die Explosion verschafft ihm eine kurze Atempause.

Hinter ihnen sieht Daniel, wie Niko mit seinem Schwert nach oben schneidet und einen Skill auslöst, um den Aufseher vom Boden zu heben. Selbst als die Kreatur zu fallen beginnt, schreit Niko auf und stürzt sich nach vorne, spießt das Monster mit seiner Klinge auf und dreht sich dann in der Hüfte, um die Wunde weit aufzureißen und das Monster zu erledigen.

Daniel hat keine Zeit mehr zuzusehen, als er einen Feuerball von einem niedergestreckten Kobold auf seinem Schild abfängt. Der Hitzewiderstand versengt seine Haare und Augenbrauen. Er stößt vorwärts, lässt seinen Schild auf den Körper der Kreatur fallen und zerquetscht sie, bevor sie wieder atmen kann. Er nutzt seinen abgesenkten Körper, um nach einem anderen Kobold zu schlagen.

Ein paar Minuten intensiven Kampfes später verschwinden die Körper der Kobolde in blauen Lichtmustern, während die Abenteurer zu Atem kommen. Asin reibt sich Salbe ins Ohr, wo ein Kobold sie im Vorbeiflug erwischte, und Niko verarztet sein Bein, während die anderen weitere kleinere Verletzungen untersuchen. Sobald er dazu in der Lage ist, bewegt sich Daniel zwischen die Gruppe und lässt seine Zauber wirken, beginnend mit Niko, der damit fortfährt, ihre Beute einzusammeln. Während er sie heilt, erhält er gemurmelten Dank, und Iyas wirft Tevfik einen wissenden Blick zu, nachdem er geheilt wurde.

*** 

Niko lässt spät am Abend im Wandering Rooster einen Beutel auf den Tisch fallen, auf den die anderen Gruppenmitglieder schon gewartet und getrunken haben.

„Keine schlechte Ausbeute für die erste Ebene", sagt Niko. „Geteilt durch vier, sind das je 1 Gold, 2 Silber und 2 Kupfer. Wie gewünscht, haben wir die Steine, die zu dir passen, nicht getauscht, Daniel, und sie stattdessen als Teil deines Anteils deinem Haufen hinzugefügt." Dann lässt er zwei Kupfermünzen auf den Tisch fallen. „Oh, und hier ist noch etwas übrig. Trinkgeld?"

Er erntet Nicken von seinen Gruppenmitgliedern und eine hochgezogene Augenbraue von Daniel, dem er erklärt: „Wir legen es einfach zum Trinkgeld der Kellnerin dazu, wenn so etwas passiert."

„Oh …" Daniel nickt zustimmend, das Geheimnis des guten Services hier ist also gelüftet. Während Daniel der Erklärung lauscht, hat Asin den Beutel zur Seite gezogen und den Inhalt herausgelegt, schiebt die Steine schnell zur Seite und zählt die restlichen Münzen. Sie erschrickt leicht darüber, wie viel weniger es geworden ist, zumal ihnen noch zwei Steine fehlten.

„Du bist also aufgelevelt, was?“, sagt Iyas und kehrt zu ihrer vorherigen Unterhaltung zurück.

„Ja! Erstaunlich, dass es mit nur einem einzigen Ausflug passiert ist.“ Daniel nickt schnell.

„Mmm … Es gab heute eine Menge Monster. Das ist ein weiterer Grund, warum wir Porthos gewählt haben“, fügt Niko hinzu.

„Welches Skill wirst du wählen?“, fragt Niko neugierig. „Willst du noch einen Heilungszauber nehmen?“

Auch Asin neigt den Kopf zu Daniel und rümpft die Nase, während sie überlegt, was ihr Freund tun wird. Mehr Heilung wäre schön, obwohl Daniel im Moment nur ein mäßig guter Kämpfer war.

„Vielleicht …“ Daniel verstummt; er hat noch nicht allzu intensiv über seine Entscheidungen nachgedacht.

„Nein! Verschwende deinen Skill-Aufstieg nicht dafür. Du kannst Zaubersprüche mit ausreichend Training lernen", erklärt Iyas, und Daniel zieht eine Grimasse.

„Ich wünschte, das wäre so. Allein die Kosten für die Zeit eines ausbildenden Heilers …" Daniel schüttelt den Kopf. „Das ist unmöglich, zumindest für mich."

„Deshalb solltest du unserer Gilde beitreten!", platzt Iyas heraus und schreit dann auf, reibt sich den Fuß und starrt Niko an.

„Gilde?"

„Ja, wir sind alle Teil der Green Robin", antwortet Niko und tippt auf das Abzeichen, das sich auf jedem ihrer Umhänge befindet. Daniel blinzelt, er hat es schon vorher bemerkt, aber seine Bedeutung nicht erkannt. Er hat gedacht, es sei nur ein Gruppenabzeichen – schließlich haben das auch die Anfänger-Abenteurer in Karlak gemacht. „Was denkst du? Interessiert? Du und Asin könntet das ganze Jahr über mit verschiedenen Gruppen in fortgeschrittenen Dungeons spielen und so schneller aufsteigen. Und als Gildenmitglied würde die Gilde euch beim Niederlassen helfen und euren Unterricht bezahlen, genau wie sie es bei Magiern tut."

Daniel runzelt die Stirn und dann verengen sich seine Augen leicht, bevor er zwischen den drei erfahrenen Abenteurern hin und her schaut. In seiner Stimme schwingt Misstrauen mit: „Ihr habt uns eingeladen, weil ihr wolltet, dass wir eurer Gilde beitreten, nicht wahr?"

„Na ja, teilweise. Wir wollten euch aber trotzdem herumführen, wir mögen euch", fügt Niko eilig hinzu.

„Warum?", fragt Asin, die ihren Schwanz von Tevfik abgewickelt hat und nun unter ihrem Stuhl gerade nach unten ragt.

„Na ja, wir …"

„Warum?", wiederholt Asin.

„Daniel ist ein Heiler. Ist es das, was du hören wolltest? Heiler, die keine Priester sind,

sind sehr, sehr selten. Und die meisten Priester sind eine Qual, mit ihnen zusammenzuarbeiten – ihre Fähigkeiten kommen von ihrem Glauben, also je besser der Priester, desto treuer ist er seinem Gott gegenüber. Wir haben schon einmal mit einem Priester aus Mohin zusammengearbeitet, der nie am fünften Tag arbeiten wollte. Also ja, wir wollen und die Gilde will jeden Heiler, den sie finden kann", antwortet Niko verärgert.

Daniel schaut zu Iyas, der nur kurz nickt, während Tevfik leise zu Asin knurrt. Sie erwidert das Knurren mit einem leisen Geräusch und zieht ihre Hand von seiner weg, bevor sie aufsteht und sich hinauspirscht. Daniel schaut zwischen den dreien hin und her, bevor er aufsteht und seiner Freundin hinterhereilt, wobei Niko ihm schnell zuruft: „Denk darüber nach!"

Als sich die Tür schließt, sieht Daniel, wie Niko Iyas ausschimpft, weil er die Gilde so abrupt erwähnt und seine Pläne durchkreuzt hat. Daniel hat jedoch keine Zeit, sich das anzusehen, denn er eilt seiner Freundin hinterher.

„Asin …“

Sie geht weiter, ohne ein Wort zu sagen, ihren Schwanz hinter sich herschleifend, die Schultern hängend. Fußgänger drängeln sich, um der kleinen Catkin aus dem Weg zu gehen, das Glühen und die Anordnung der Messer sind eine klare Warnung für alle.

„Ich wusste es nicht. Ich meine, da war dieser andere Typ, der mich fragte, ob ich seiner Gilde beitreten möchte, aber ich wusste nicht …“ Daniel plappert weiter, um die Stille zu füllen. „Ich meine, sie wissen nicht einmal von meiner Gabe, und sie wollen mich so sehr. Ich frage mich, wie sie reagieren würden, wenn sie es wüssten. Ich schätze, es ist gut, dass die anderen Abenteurer es nicht wussten, aber ich weiß, dass Liev erwähnte, es könnte ein Problem sein …“

Asin stößt ein kleines Knurren aus, und Daniel verstummt. Sie pirscht sich schnell durch die Straßen der Stadt. Nach einiger Zeit sagt sie leise: „Tevfik mag mich nicht. Nur dich."

„Ich glaube nicht, dass das stimmt, Asin", fügt Daniel schnell hinzu. „Ich meine, er beobachtet dich immer …"

„Idiot", sagt Asin, und einen Moment lang fragt sich Daniel, wen sie meint. Er öffnet den Mund, um zu fragen, aber dann erinnert er sich an ihr Knurren, hält den Mund und beendet den Spaziergang zurück zu ihrem Gasthaus schweigend.

# Kapitel 10

„Ich beschwere mich ja nicht darüber, aus der Kanalisation raus zu sein, Asin, aber müssen wir so weit weg Quests machen?" Sie laufen aus der Stadt und Daniel murrt, als er seinen Rucksack hochhebt. Sie sind erst ein paar Tage in Silverstone gewesen, und nun haben sie es schon wieder verlassen, um eine weitere Quest zu erledigen. Diesmal ging es um einen Besuch in einem nahe gelegenen Dorf, um den Bauern bei der Abwehr von angreifendem Ungeziefer zu helfen, während sie das Einholen ihrer Ernte abschlossen.

Es war kein glamouröser Job, er wurde allerdings gut bezahlt, da die Bauern die Abenteurer von den Dungeons weglocken mussten. Glücklicherweise waren die meisten Bauern mit ihren erworbenen Skills in der Lage, große Landflächen zu bewirtschaften und zu betreuen, weshalb sie die Kosten tragen können. Wahrheitsgetreu, aus Asins Sicht, ist der wichtigste Aspekt der Quest ausnahmsweise nicht die Bezahlung, sondern dass sie die beiden aus Silverstone herausbringt und weg von diesem verräterischen, doppelzüngigen Catkin.

Als Daniel sieht, dass seine Partnerin beschlossen hat, ihn zu ignorieren, blickt er zur Seite und entdeckt ein bekanntes Gesicht aus der Gildenhalle. Da er kein Gildenabzeichen an der Gruppe sieht, entschließt sich Daniel, Hallo zu sagen.

„Guten Morgen!", ruft Daniel und die Gruppe der Abenteurer dreht sich zu ihm um. Der etwas dickbäuchige Streitkolbenschwinger mittleren Alters, den er entdeckt hat, mustert Daniel einen Moment lang, bevor er grinst und ihm zuwinkt.

„Ihr seid die jungen Leute aus Karlak", antwortet der ältere Herr und lächelt.

„Ja. Ich bin Daniel."

„Lin. Das sind Ingrid und Jorge." Lin zeigt abwechselnd auf seine älteren Begleiter, ein

Rotschopf in einem alten, aber gut erhaltenen Kettenhemd und ein dunkelhäutiger, speerschwingender Begleiter. „Wollt ihr auch nach Ilquin?"

„Das ist richtig. Die Quest wird sehr gut bezahlt", sagt Daniel.

„Auf jeden Fall. Deshalb machen wir es ja auch. Ich bin beeindruckt, dass ihr es drei Tage in der Kanalisation ausgehalten habt. Die meisten Gruppen geben nach dem ersten Tag auf."

Ingrid schaudert bei der Erwähnung der Abwasserkanäle und Daniel reibt sich die Nase, als der Geruch ihm wieder in den Sinn kommt. Es überrascht ihn nicht, dass die Gruppe von ihren Heldentaten weiß. Abenteurer neigten dazu, schlimmer zu tratschen als Hausfrauen. Immerhin konnte es einen Abenteurer am Leben halten, so viel wie möglich über die Monster und Level zu erfahren, denen man begegnen würde.

„Welchen Dungeon macht ihr sonst?", fragt Daniel mit Neugierde in seiner Stimme.

„Keinen", antwortet Jorge für die Gruppe und als er Daniels überraschten Blick sieht, fährt er fort: „Wir sind Questoren."

„Hm?"

„Wir führen keine Dungeons mehr durch, Daniel. Wir konzentrieren uns nur auf Quests", erklärt Ingrid schnell, ihre Stimme überraschend hoch für eine so hart aussehende Frau. „Das gefährliche Erforschen haben wir schon vor einer Weile aufgegeben. Das ist es, was Questoren sind – Abenteurer, die nur Quests machen."

„Oh …" Daniel verstummt, dann runzelt er die Stirn. „Aber uns wurde gesagt, es würden nicht genug Quests angenommen."

„Nicht auf deinem Level", lacht Lin. „Nur weil wir im Ruhestand sind, heißt das nicht, dass wir Abhol-Quests oder die Kanalisation machen wollen."

„Ist das denn gefährlich?" Daniel runzelt die Stirn und erinnert sich daran, dass Asin heute Morgen an seiner Tür aufgetaucht war und die Aufgabe bereits angenommen hatte.

„Nein, nicht wirklich. Es ist eine längere Quest, da es ein paar Tage dauert, bis die Ernte eingebracht wird, aber insgesamt ist es ziemlich einfach. Die größte Gefahr sind die gefleckten Hirsche, die herumlaufen, und die sind leicht genug zu verscheuchen. Zumindest für uns Abenteurer", verkündet Lin, und Daniel nickt langsam. „Bist du den Hirschen schon mal begegnet?"

„Nein."

„Ha, also gut. Komm; ich erzähle dir von ihnen und der Quest …"

***

„Riecht gut", sagt Asin und geht hinüber, um sich das Essen anzusehen, das die erfahrenen

Abenteurer zubereiten. Lin lacht und zeigt ihr an, Platz zu nehmen, während er die Pfanne umdreht und die dünnen Fleischscheiben in die Luft wirft, bevor er sie wieder auffängt.

„Das ist ein ziemliches Kompliment, wenn Asin so etwas sagt", sagt Daniel und schüttelt den Kopf, als er sieht, wie schnell die Gruppe ihren Schlafbereich aufgebaut hat. Er und Asin hatten gerade ihr eigenes Lager aufgebaut und waren dabei, Holz zu sammeln, und diese drei sind bereits am Kochen.

„Dann setz dich zu uns", sagt Jorge, während er einen Topf mit Wasser zurückbringt, den er über das Feuer hängt. Kaum ist er aufgehängt, nimmt er das Gemüse und wirft es hinein. „Lin bringt immer mehr als genug mit."

„Du würdest auch mehr einpacken, wenn du jemals in einem Schneesturm auf dem Pare Peak stecken bleiben würdest, so wie ich es getan habe. Am Ende haben wir auf unseren Lederwesten herumgekaut, nur um irgendetwas zu essen!", sagte Lin, ein leichtes Lächeln ziert sein Gesicht. „Da habe ich natürlich gelernt, dass das Hirn von Derin-Eidechsen ziemlich gut ist."

„Verdirb die Kinder nicht, Lin", sagt Ingrid und lässt ihr Holzbündel fallen. „Stimmt, wenn du deinen Haufen zu unserem legst, haben wir mehr als genug für heute Abend."

Asin nickt zustimmend und lässt Daniel zurück, während sie der Einladung folgt. Nach einer kurzen Befragung entfernt sich auch Daniel, um das Fleisch mitzubringen, das er kochen sollte, und sieht zu, wie Ingrid das Fleisch mit geschickten Handgriffen in Scheiben schneidet und würzt. Asin legt das Holz ab, stupst das Gewürz an und schnuppert interessiert daran.

„Warum warst du auf dem Pare Peak?", sagt Daniel, sobald er es sich bequem gemacht hat und dem Rauch des Feuers aus dem Weg gegangen ist.

„Eine Quest, natürlich. Dieser junge Adlige wollte eine Eskorte, um den Yeti zu finden." Lin rollt mit den Augen: „Hat zwei ganze Gruppen für drei Wochen angeheuert und gutes Geld dafür bezahlt. Am Ende saßen wir dort zwei Monate lang fest, weil wir eingeschneit waren. Zum Glück wurde die Suche tageweise bezahlt. Ich habe von dieser Quest ein Paar verzauberte Schwerter gekauft." Lin lächelt, seine dunklen Augen erinnern sich an vergangenen Ruhm, bevor er seufzt: „Die gingen ein halbes Jahr später im Kampf gegen einen Steingolem kaputt."

Lin legt das gekochte Fleisch beiseite und legt die frisch gewürzten Scheiben in seine Pfanne, als Ingrid sagt: „Zwei Schwerter! Ich hatte mal ein Set mit voll verzauberten Platten. Ich musste es verkaufen, um all die Heiltränke zu bezahlen, die wir nach einer schlimmen Forschungsreise brauchten, als wir Quinn, unseren Magier, heilen mussten. Heiler sind eine verdammte Abzocke.“

„Wem erzählst du das? Ich bin Questor geworden, weil ich meine gesamte Ausrüstung verkaufen musste, nur um die Rechnung für die Regeneration meines Fußes zu bezahlen“, fügt Jorge kopfschüttelnd hinzu. „Obwohl ich mich wohl auch bei ihm bedanken könnte.“

„Bedanke dich auf jeden Fall bei ihm, wenn du deshalb ein Questor geworden bist“, setzt Lin nach, bevor er sie zu sich heranwinkt. „Gut, die erste Ladung ist fertig, holt eure Teller.“

Die Gruppe hört eine Zeit lang auf zu meckern, während sie sich durch das Brot und Fleisch arbeiten, das zur Verfügung steht. Lin kehrt gelegentlich zum Topf zurück, um die Gemüsesuppe umzurühren und zu probieren. Während alle aufessen, wendet sich Asin den erfahrenen Abenteurern zu: „Warum Questoren?“

Lin hält inne, führt den Löffel halb an seine Lippen, bevor er ihn wieder senkt. Jorge seufzt und reibt an seinem Bart, als Asin ihre Fragen stellt.

„So etwas fragt man normalerweise nicht. Das gilt als unhöflich", sagt Lin.

„Warum?", stachelt Asin ihn an und kratzt sich am Ohr, ihr Schwanz wedelt träge.

„Die meisten anderen Abenteurer halten uns für Versager", erklärt Ingrid. „Ehrlich gesagt sprechen die meisten nicht einmal mit uns."

Asin öffnet den Mund, um noch einmal zu fragen, warum, aber Daniel tritt ihr auf den Fuß. Sie starrt ihn an, sagt aber nichts und wendet sich wieder ihrer Suppe zu. Lin beobachtet die Interaktion zwischen den beiden und seine Lippen verziehen sich amüsiert, bevor er sagt: „Ich war mal Gildenleiter. Nur ein kleiner, wir hatten nur etwa vierzig Mitglieder. Dann hatten wir ein paar schlechte Monate, ein paar unserer Gruppen gingen verloren, andere wurden abgeworben. Irgendwann haben wir uns aufgelöst, und dann, na ja, ich hatte nicht mehr so viel erforscht, seit ich Gildenleiter geworden war, und ich merkte, dass es mich nicht mehr interessierte. Also habe ich einfach angefangen, Quests zu machen."

„Ich kam nicht über die achte Ebene hinaus, egal, was ich versuchte", sagt Jorge und schaut auf seine Suppenschüssel, während er seine eigene Geschichte erzählt. „Ich war immer derjenige, der die Fehler machte, immer derjenige, der das Team zurückhielt. Schließlich beschlossen sie, mich rauszuwerfen, nachdem ich meinen Fuß verloren hatte. Ich fand kein anderes Team, dem ich dauerhaft beitreten konnte. Ich arbeitete an Quests, wenn ich keine Gruppe hatte, oder zwischen den Erforschungen und schließlich, nun ja, hörte ich einfach auf, es zu versuchen."

Asin und Daniel schauen zu Ingrid, deren Lippen sich zusammenziehen, bevor sie sagt:

„Nein." Enttäuscht wenden sich die beiden wieder ihrem Essen zu. Später, als Ingrid gegangen ist und auch sie gehen, murmelt Jorge zu den beiden: „Sie hat ihre Gruppe bei einer Forschungsreise verloren. Sie hat es nie wieder versucht."

Daniel nickt dankend und lädt sie als Gegenzug am nächsten Tag zum Frühstück ein. Als er zurückgeht, kann er nicht anders, als daran zu denken, dass das Abenteurerdasein mehr Wege hat als den einen, den er sich anfangs vorgestellt hat, und dass diese Wege für viele mit Herzschmerz endeten.

***

Wie von Lin vorhergesagt, verlaufen die nächsten Tage ohne Zwischenfälle. Von seinem zugewiesenen Platz aus wischt sich Daniel den Regen aus dem Gesicht, bevor er wieder die Umgebung absucht und bei den Bauern stehen bleibt, die gerade das letzte Feld abräumen. Ein knappes Dutzend Arbeiter hat heute allein drei Felder gerodet, selbst bei strömendem Regen. Die größte Verzögerung gab es bei der Lagerung, als die Karren sich über die schlammigen Straßen quälten, um die Erzeugnisse zu den Lagerhäusern zu bringen.

Wieder einmal lächelt Daniel, als er den Farmern bei der Arbeit zusieht. Er war immer wieder erstaunt, wie so wenige Farmer eine so große Ernte einfahren können – obwohl es realistisch betrachtet nicht anders ist, als dass erfahrene Bergleute deutlich mehr Erz fördern können als Anfänger. Wäre es nicht notwendig, ständig die nächste Generation von Arbeitern auszubilden, würden junge Leute wie er nie eine wichtige Rolle im Bergbau spielen.

„Reh", sagt Asin, die Kapuze fest über den Kopf gezogen, während um sie herum Rinnsale von Wasser heruntertropfen. Sie deutet auf etwas, während sie spricht, und Daniel reißt seinen Blick los. In der Ferne sieht er, wie die Fleckenhirschherde in Windeseile an ihnen vorbeiläuft, jede Bewegung majestätisch. Sie gleiten über den Boden, drehen aber plötzlich ab, als der Geruch von altem und fauligem Blut zu ihnen vordringt. Daniel entspannt sich, greift dann nach seiner Wasserflasche und spürt, wie das lauwarme Wasser seine Kehle anfeuchtet.

„Also, … das ist der letzte Tag, wie es scheint. Wenn wir uns beeilen, schaffen wir es wahrscheinlich sogar noch vor Einbruch der Dunkelheit zurück", sagt Daniel.

„Mmm …" Asin schnurrt.

„Was ich damit sagen will, ist, dass wir ein weiches Bett, warmes Wasser und eine warme Mahlzeit genießen könnten, wenn wir uns dafür entscheiden." Daniel versucht es noch einmal, während er seinen eigenen Mantel fester zuzieht und spürt, wie ihm die Kälte des Regens in die Knochen fährt.

Wieder schnurrt Asin nur.

„Fahren wir heute Abend zurück?", ruft Daniel verzweifelt, und Asin gluckst, schaut zu ihm auf, während sie sich hinhockt und amüsiert mit dem Schwanz wedelt.

„Ja."

„Gut." Daniel nickt fest und streckt sich. „Also, dann ist alles klar?"

Asin nickt und zuckt dann nach einem Moment mit den Schultern. „Dumm. Vorbei jetzt."

„Ich glaube immer noch, dass Tevfik dich um deiner selbst willen mochte, weißt du", fügt Daniel hinzu, aber als er Asins Blick sieht, hält er die Klappe. Bald ist die Arbeit getan und Daniel geht hinüber, um sich von den anderen Abenteurern und den Farmern zu verabschieden, bevor die beiden zurück in die Stadt gehen. Asin hält einen Moment inne und blickt zu Daniel zurück, bevor sie ihm ein Grinsen zuwirft und mit hoher Geschwindigkeit durch den Schlamm losläuft. Daniel knurrt leise, während er sich beeilt, um mit ihr Schritt zu halten. Verdammte Katze.

***

„Daniel!" Niko winkte dem Jungen direkt zu, als er hereinkommt, kalt und mürrisch darüber, dass er das Rennen zurück verloren hat. Asin hatte ihn sehr schnell überholt und schien nicht zurückzublicken, weshalb Daniel nur hinter ihr herlaufen konnte, abwechselnd joggend und laufend. Endlich im Gasthaus angekommen, will Daniel sich nur noch in seinem Zimmer ausruhen, ignoriert Niko und geht die Treppe hinauf.

Auf halbem Weg zur Treppe wird er von Nikos Hand auf seinem Arm gestoppt. Der ältere Schwertkämpfer blickt ernst. „Daniel, ich brauche nur einen Moment. Bitte."

Daniel runzelt die Stirn und nickt dann, als er sich daran erinnert, wie die anderen

Abenteurer ihnen geholfen haben. Er war Niko zumindest die Höflichkeit schuldig, ihm zuzuhören. Im Speisesaal bestellt Daniel schnell etwas Glühwein, um sich aufzuwärmen, bevor er sich an Niko wendet und darauf wartet, dass er spricht.

„Ich weiß, du bist verärgert, dass wir unsere Absichten vor dir versteckt haben. Ich wollte es dir nur erklären", sagt Niko. „Siehst du, es ist unglaublich, einen nicht allein arbeitenden Heiler zu finden. Selbst jemand, der nur über geringfügige Heilfähigkeiten verfügt, kann auf lange Sicht einen Unterschied im Verdienst einer Gruppe ausmachen, und wenn du jemals mächtigere Zaubersprüche lernen würdest, könntest du auch im Alltag einen großen Unterschied machen. Nur wenige Gruppen kommen jemals über einen fortgeschrittenen Dungeon hinaus, ohne einen Heiler in der Gruppe zu haben. Selbst wenn man die Priester mit einbezieht, gibt es nie genug von ihnen, um alle zu versorgen. Einen Heiler zu finden, der ungebunden ist, ist eine große Sache für eine kleine Gilde wie unsere."

„Das habe ich schon verstanden", antwortet Daniel mürrisch.

„Ich denke immer noch, du solltest einer Gilde beitreten, selbst wenn es nicht unsere ist. Es gibt keinen Grund für dich, in einem Dungeon wie Karlak zu arbeiten und bei jedem Durchgang ein paar Silberstücke zu verdienen, wenn du in einem richtigen Dungeon sein könntest. Mit der Hilfe einer Gilde könnten sie dich mit der richtigen Ausrüstung ausstatten und sicherstellen, dass du die richtige Ausbildung bekommst."

„Aus reiner Herzensgüte?"

„Natürlich nicht. Du bist eine Investition, und man würde erwarten, dass du deine Fähigkeiten zum Wohle der Gilde einsetzt. Aber es ist nicht mehr als das, was du im Badehaus getan hast", gibt Niko zu bedenken.

„Oh, das hast du also herausgefunden, was?" Daniel zieht eine Grimasse und Niko nickt.

„Und ich weiß auch, was du für die Reisenden getan hast. Du würdest deine Gaben stattdessen nur für andere Abenteurer einsetzen."

„Du würdest mich aber wie einen Heiler behandeln."

„Das ist es, was du bist. Wir werden dich beschützen und dafür sorgen, dass dir nichts passiert. Das Schlimmste, was einem passieren kann, ist, dass der Heiler getötet wird!", fügt Niko kopfschüttelnd hinzu.

„Stimmt, stimmt", seufzt Daniel, trinkt seinen Wein aus und steht auf. „Vielen Dank dafür, Niko. Ich werde … darüber nachdenken."

Niko nickt enttäuscht. Als er aufsteht, bietet er Daniel einen Aufnäher seiner Gilde an und sagt: „Wenn du es dir anders überlegst, zeige ihn einfach an der Rezeption unserer Gildenhalle vor und nenne meinen Namen. Ich lasse ausrichten, dass ich nach dir Ausschau halte. Und Asin.“

Daniel nickt wieder und steckt den Aufnäher in seinen Beutel, während er die Treppe hinaufgeht. Ein Teil von ihm kann die Vorteile sehen, die Art und Weise, wie der Beitritt zu einer Gilde seine Gabe ausgleichen und seine Träume erfüllen könnte. Allerdings bedeutete es, dass er wie ein kostbares Gut behandelt werden würde, ein Heiler, der niemals verletzt werden durfte. Es würde ihm nicht mehr erlaubt sein, sich in Dungeons zu wagen, die vielleicht etwas zu schwierig für ihn waren, oder gegen Bosse zu kämpfen. Daniel würde ein Heiler sein, und Heiler kämpften nie an der Front.

Dennoch würde er mit diesem Angebot die verlorene Zeit wieder aufholen können. Daniel wusste, dass er für einen Anfänger-Abenteurer zu alt dafür war, diese Reise gerade erst zu beginnen. Obwohl Level und Erfahrung helfen konnten, die Auswirkungen der Zeit abzuwehren, gewann die Zeit doch immer.

Daniel starrt auf die Holzbretter an der Decke über seinem Bett, seine Gedanken drehen sich im Kreis.

# Kapitel 11

„Nein, es ist links", beharrt Daniel und starrt Asin an. „Wer ist derjenige mit der Kartierungs-Fähigkeit?"

Asin funkelt ihn an und deutet nach links unten, bevor sie hinzufügt: „Da schon gewesen."

„Ich weiß, aber die Anweisungen führen uns dorthin. Wir müssen etwas übersehen haben!", bekräftigt Daniel, doch Asin schüttelt entschieden den Kopf.

„Nichts übersehen. Nichts da. Rechts."

„Asin!" Daniel knurrt wieder, und Asin schnieft und hält einen Finger hoch. Als Daniel nachlässt, fährt das Kätzchen fort.

„Einmal versuchen."

„Aaargh! Na gut." Daniel schnauft niedergeschlagen und schiebt den Rucksack, den er trägt, noch einmal hin und her. Während er das tut, lässt ihn das Kratzen, das aus dem Inneren des Rucksacks kommt, erneut frösteln. Asin blickt ebenfalls hinüber, ihr Gehör hat das

Geräusch sofort mitbekommen. „Das mache ich nicht noch einmal."

Asin nickt entschlossen und erschaudert. Liefer-Quests innerhalb der Stadt selbst waren selten – schließlich gab es zahlreiche günstigere Möglichkeiten. Als diese Quest auftauchte, hatte Daniel sie sich schnell geschnappt, um mehr von der Stadt zu sehen. Woher sollten sie wissen, dass es sich bei der Sonderlieferung um eine Kiste mit Umben-Käfern handelte?

Umben-Käfer waren fleischfressende Monster, die sich auf dem nächstgelegenen Wirt ausbreiten, sich in das Fleisch eingraben und Eier legen, aus denen weitere ihrer Art schlüpfen. Und schließlich verkrüppeln und töten sie den Wirt. Wenn das passiert, verlassen die Umben-Käfer den Wirt und suchen sich einen neuen, um den Zyklus fortzusetzen. Sie galten auch als edle Delikatesse, da die Kreaturen sorgfältig in zahlreichen Wirten gezüchtet wurden, um den exotischen, vielschichtigen

Geschmack zu erhalten, den ihre Wirte den Käfern verliehen.

Eine schadenfrohe Asin unterbricht Daniels Gedanken. Sie zeigt auf die Stelle, an der das Zeichen einer gekreuzten Gabel und einer Lampe über dem Namen des Restaurants *The Fork & Lamp* gemalt sind. Daniel schaut noch einmal auf die Wegbeschreibung und knurrt: „Da steht links!"

Bevor Asin antworten kann, reißt ein wütender, glatzköpfiger Mann die Tür auf und schreit: „Du bist zu spät!"

„Die Wegbeschreibung war falsch!", schnauzt Daniel und der Mann knurrt.

„Eure verdammten Ausreden interessieren mich nicht. Dreckige, geldgierige Abenteurer. Ich sollte mich bei eurer Gilde beschweren!", bellt der Mann und greift nach der Kiste, um sie Daniel wegzunehmen. Daniel hält sie fast zurück, bevor er sich daran erinnert, dass er die Kiste so schnell wie möglich loswerden will, und übergibt sie ihm. Ohne ein weiteres Wort stapft der glatzköpfige Mann zurück in sein Restaurant und schreit bereits seine Angestellten an.

„Ich hasse Stadtmenschen", knurrt Daniel, Asin rümpft die Nase und beäugt das Restaurant. Nach einem Moment schüttelt sie den Kopf und deutet Daniel an, den Weg zurück zu zeigen. Es ist unwahrscheinlich, dass sie gut bedient worden wären, wenn sie jetzt hineingingen, um zu essen, was Asin schade fand. Immerhin galt das *The Fork & Lamp* als eines der besten Restaurants der Stadt. Seufzend folgt Asin Daniel auf dem Weg zurück in die Gildenhalle.

***

„Wie wäre es mit dieser hier?", fragt Daniel und hält einen Questzettel hoch, auf dem nach Wachen gefragt wird. Asin liest den Zettel kopfschüttelnd durch und deutet auf den Lohn. Zwei Silber für jeden Abenteurer war sehr mager. Stattdessen tippt sie auf einen anderen, und Daniel liest ihn stirnrunzelnd laut vor. „Alchemist sucht Teilnehmer für seine Experimente. Muss hohe Verfassung haben.“

Asin nickt entschlossen, und Daniel sieht sie zweifelnd an. Sie stößt ein Schnaufen aus und zeigt auf Daniel, bevor sie leise knurrt: „Heilen.“

„Oh! Oh …“ Daniel runzelt die Stirn und tippt mit den Fingern. Gut, es stimmte, dass sie die Experimente mit seiner Heilung und seiner Gabe wahrscheinlich überleben könnten, aber trotzdem … Auf Asins beharrliches Zeigen auf den unteren Teil der Aufgabe, der die Belohnungen anzeigte, die es für jeden Trank gab, für den sie sich entschieden, gibt er schließlich nach. „Na gut, na gut.“

Grinsend hüpft Asin mit dem Questmarker los, um ihn ihnen zuzuweisen, während Daniel weiter die recht umfangreiche Liste der Quests durchgeht.

***

„Eine Catkin!" Der kleine Mensch grinst und zieht an Asins Arm, während er sie zu einem Stuhl führt. „Das sollte ..." Daniel und Asin warten, der Mann dreht sich nach einer Weile um, entdeckt den jungen Abenteurer und winkt ihn ebenfalls zu einem Platz.

„Also, mal sehen ..." Der Mann murmelt vor sich hin und kratzt an seinem Ohr, während er zwischen den Reihen voller Tränke hindurchgeht. Jede ist mit Klebestreifen und einer Reihe von Zahlen und Buchstaben markiert. Schließlich greift der Mensch zu und bringt zwei rosarote Fläschchen herüber. „Nehmt das und trinkt, wenn ich es sage."

Der Alchemist holt einen Notizblock von einem nahegelegenen Sitz und notiert eine Reihe von Worten, bevor er zu dem geduldig wartenden Paar aufschaut. „Na, dann los!"

Asin schnauft aus, ihr Schwanz zuckt irritiert, bevor sie wieder an dem Trank schnuppert. Zumindest roch er nicht schlecht. Sie kippt ihn schnell hinunter, bevor ihr ein Einwand einfällt, es nicht zu tun, und dreht sich zu Daniel um, der vorsichtig an dem Gebräu nippt, wobei ein Teil seines Verstandes seine Gabe für den Fall der Fälle bereithält. Der Alchemist schaut die beiden an, beobachtet sie auf negative Reaktionen.

Ein paar Minuten lang passiert nichts, dann nickt der Alchemist lächelnd. „Gut, gut … Warum ist das lila?"

Daniel blinzelt, und Asin hält sich die Nase zu und weicht dem Abenteurer aus, bevor sie plötzlich merkt, dass auch ihr Magen etwas Luft aufstoßen muss. Sie stößt einen lauten Rülpser aus und beobachtet, wie die lila Rauchwolke aus ihrem Mund entweicht.

„Gut, das ist anders", murmelt der Alchemist und macht sich Notizen. Er ergreift ein Messer und schwingt es in Richtung Asin, die zurückweicht. Als sich niemand rührt, fuchtelt er wieder mit dem Messer herum. „Na los, schneide dich. Muss ich dir alles buchstabieren?"

„Ja", sagt Daniel bissig und nimmt dem Alchemisten vorsichtig das Messer ab. Er krempelt den Ärmel hoch, bevor er sanft in seinen Arm sticht. Blut quillt hervor, während Daniel grunzt und abwartet, was passieren könnte.

„Hmm … Keine Restregeneration. Okay", murmelt der Alchemist und zeigt auf Asin. „Du."

Asin nickt, testet die Klinge auch an ihrem eigenen Arm und stellt keine Veränderung fest. Nach einem Moment kommt der Alchemist mit mehr von demselben Trank zurück und nickt, dass sie trinken sollen. „Einer nach dem anderen", bellt er, als er bemerkt, dass Daniel auch trinken will.

Wieder beobachtet er die junge Catkin, behält ihre Wunde im Auge, während er gedankenverloren an seinem Ohr zupft. Die Wunde heilt langsam, purpurner Rauch strömt aus der Wunde, auch wenn Asin sich wieder aufgebläht fühlt.

„1, 2, 3, 4 … und das war's. Und jetzt du." Der Alchemist deutet auf Daniel, bevor sie die Prozedur wiederholen. Als sie endlich fertig und geheilt sind, schnaubt der Alchemist und kritzelt in seine Notizen. Nachdem er eine Zeit lang ignoriert wurde, räuspert sich Daniel.

„Wie viele noch?"

„Hmm?"

„Wie viele Tränke testen wir noch?"

„Oh, vier weitere mit jeweils sechs Variationen", antwortet der Alchemist abwesend und winkt ihnen zu, still zu sein.

Daniel sackt zusammen und schaut zu Asin, die einen weiteren lila Rülpser ausstößt. Na ja, vielleicht wäre es gar nicht so schlimm.

***

„Ja! Das ist perfekt!", ruft der Alchemist jubelnd, während Asin knurrt und gegen den Schwarm von Fliegen und fliegenden Käfern ankämpft, die sie umgeben.

„Soll das so sein?", fragt Daniel, entsetzt.

„Natürlich! Es ist ein Trank, der Insekten anziehen soll", sagt der Alchemist, verwundert darüber, dass Daniel so etwas Einfaches nicht verstehen konnte. „Du bist dran!"

***

„Das sollte nicht passieren …"

„ACH WAS!", schreit Daniel und klammert sich an den Tisch, während er in der Luft schwebt. So plötzlich, wie er seine Schwerkraft verloren hat, kracht er auch schon wieder auf den Boden. Daniel hält sich den Arm, auf dem er unglücklich gelandet ist, und starrt den Alchemisten an.

„Ich frage mich, was eine doppelte Dosis bewirken würde …?"

***

„Warum hast du das getrunken? Das darf man doch nicht trinken."

„Uaarggh." Asin hätte den Alchemisten angeschrien, aber sie kauert gerade über einem Eimer und kotzt die übelriechende Flüssigkeit aus.

„Nur auftragen. Steht direkt auf dem … oh, richtig. Etikett. Mein Fehler!"

„Uaarggh."

***

„Das hier funktioniert sehr gut", sagt Daniel und grinst, während er den Tisch mit einer Hand anhebt.

„Nein, tut es nicht", murmelt der Alchemist und schüttelt den Kopf.

„Was meinst du? Ich bin so stark", sagt Daniel.

„Es ist kein Krafttrank. Es ist ein …"

„Ein …?"

„Ein Hautpeeling. Es soll die Haut zum Glänzen bringen."

„Warum hast du Asin dazu gebracht, es auch zu trinken?", fragt Daniel verwirrt, während er den Tisch abstellt. Es ist ja nicht so, dass die Catkin viel Haut zum Peelen hätte.

„Wissenschaft!"

***

„Denkt daran, alle Symptome aufzuschreiben, die ihr in den nächsten Tagen spürt", sagt der

Alchemist und drückt den Abenteurern ein Blatt Papier in die Hand. Daniel und Asin nicken beide stumm, die Augen glasig von der Vielzahl der Dinge, die ihnen an diesem Tag widerfahren sind. Als sie schließlich entkommen, schauen sich die beiden an und eilen dann die Straße entlang, wobei ihr schneller Gang am Ende der Straße in einen Lauf übergeht.

Nie wieder!

***

Eine weitere Reihe von Beschwerden hat eine Reihe von Quests hervorgebracht, und die beiden sind wieder im Dunkeln und kriechen durch die Abwasserkanäle. In Wahrheit sind diese Abwasserkanäle nach ihren letzten Quests sogar ziemlich entspannend. Geradlinige und einfache Tötungsjobs sind so viel einfacher.

Als Daniel damit fertig ist, den Rattenkörper vor ihm wegzutreten, runzelt er die Stirn.

Irgendetwas war falsch. Es dauert nur noch einen Moment, bis er erkennt, was das Problem ist – Licht. Licht, das blau glüht und leicht schimmert, als es von dem dunklen Wasser reflektiert wird, das durch die Mitte der Kanalisation läuft, kommt um die Ecke. Jetzt, wo er darauf achtet, bemerkt Daniel auch das Knarren eines Karrens, der sich ebenfalls langsam bewegt.

Asin zischt leicht und zieht ihre Dolche heraus, steckt den Rattenschwanz weg, während sie sich neben Daniel hinstellt. Katzenaugen glänzen in der Dunkelheit und reflektieren das Licht, während sie sich langsam vorwärtsbewegt, schnell gefolgt von Daniel.

Die vermummten Gestalten biegen um die Ecke, eine einzelne hochgewachsene Gestalt führt den Weg an, während hinter ihr ein Karren geschoben wird. Die Gestalt hält eine Hand hoch, als sie Asin und Daniel entdeckt. Sie zieht die Lippen auseinander und zeigt eine Reihe von scharfen, nadelartigen Zähnen. Der Beastkin stößt ein leises Knurren aus, eine Hand wandert zu dem Messer an seiner Seite.

Bevor Daniel nach seinem Schild greifen kann, stößt Asin ein leises Zischen und Knurren aus und antwortet dem Beastkin in ihrer Sprache. Der Beastkin zögert und bewegt sich dann langsam vorwärts, obwohl Daniel nicht entgeht, dass seine Gefährten ein paar Armbrüste gezückt haben.

Zwischen dem Fremden und Asin findet ein paar Minuten lang ein brummiges, knurriges Gespräch statt. Schließlich verliert Daniel die Geduld, stößt seine Begleiterin sanft mit dem Ellbogen an und fragt: „Was ist hier los?"

„Schmuggler", antwortet Asin und gestikuliert in Richtung der Gruppe.

„Oh …" Daniel packt seinen Streitkolben fester, was dazu führt, dass der Beastkin sich anspannt und Asin den Kopf schüttelt.

„Nein, geh. Das geht uns nichts an", beharrt Asin.

„Ich …" Daniel runzelt die Stirn und überlegt. Asin hat technisch gesehen recht – sie sind keine Wachen. Aber sie irgendeine unbekannte Substanz oder Person hineinschmuggeln zu lassen, gefiel Daniel auch nicht. „Was schmuggeln sie denn?"

„Sabu." Die Antwort ist ein tiefes, rumpeliges Knurren, das die Haare in Daniels Nacken zum Kribbeln bringt.

„Oh." Das alkoholische Getränk, das von den Beastkin geschätzt wurde, war sicherlich schmackhaft, aber es schien ein wenig übertrieben, es zu schmuggeln.

„Steuer. Sehr hoch", antwortet Asin auf die ungestellte Frage. Sie runzelt die Stirn und knurrt den Beastkin an, der in Brad antwortet.

„Fünfmal so viel wie Sabu", knurrt der Beastkin und spuckt am Ende zur Seite.

Daniels Augen weiten sich, seine Gedanken wandern zurück zur Größe der Bevölkerung und wie viele es von ihnen gibt. Noch einen Moment lang überlegt er, bevor er seinen Streitkolben langsam in seine Schlaufe zurückschiebt. Der Beastkin sieht die Friedensgeste und gibt seinen Männern ein Zeichen, den Karren weiterzuziehen. Als sie vorbeikommen, hält er an und wirft einen Weinschlauch hinüber, den Asin geschickt auffängt.

Ein kurzes Beschnuppern ist alles, was nötig ist, um den Inhalt zu bestätigen, bevor Asin den Schlauch verstaut. Daniel betrachtet den Schlauch einen Moment lang und fragt sich, ob es eine Bestechung oder eine Geste der Dankbarkeit ist. War das am Ende wirklich wichtig? Er hat seine Entscheidung getroffen. „Komm schon; wir müssen Ratten töten."

# Kapitel 12

„Sicher?“ Asin stupst Daniel erneut an, der junge Abenteurer kämpft darum, sein Gähnen zurückzuhalten. Die beiden sind früh am Morgen aufgestanden, um die Karawane nach Karlak zu treffen, und laufen mit ihrer Ausrüstung auf dem Rücken durch die Stadt. Die zweieinhalb Wochen in Silverstone waren wie im Fluge vergangen, und nun war es Zeit, nach Hause zu gehen.

„Ja.“ Daniel nickt entschlossen. So verlockend das Angebot, einer Gilde beizutreten, auch war, er konnte es jetzt nicht annehmen. Er wollte es vielleicht auch nicht. Er hatte eine Quest, die abgeschlossen werden musste, einen Dungeon, dessen Ende er noch nicht gesehen hat, und eine Freundin, der er etwas gestehen musste. In Wahrheit weiß ein Teil von Daniel, dass er die Entscheidung aufschiebt.

Asin kaut weiter auf dem improvisierten Brotwickel, den sie gemacht hat, zufrieden damit, Daniel die Wahl allein treffen zu lassen. Sie verstand, dass sie bei der Gilde nicht wirklich erwünscht war – sie würden sie nicht ablehnen, wenn sie sich mit Daniel zusammentun würde, aber sie hatten es nicht auf sie abgesehen. Wenn Daniel ging, würde sie ihm folgen – je fortgeschrittener der Dungeon war, desto mehr Münzen gab es schließlich. Wenn er es nicht tat, würde sie irgendwann dorthin gelangen. In jedem Fall weiß Asin, dass ihr sturer Partner sie nicht im Stich lassen würde.

Als sie sich der Karawane nähern, stupst Asin Daniel an und ist zufrieden darüber, dass er das Reden übernimmt. Da sie in einer neuen Stadt sind, hat sie mehr geredet, als sie es gewohnt war. Obwohl sie es Daniel nie sagen würde, war ihre Kehle rau vom Herausquetschen der Worte in Brad. Es war so viel einfacher, in Catkin zu sprechen, und vielleicht war das auch der Grund, warum sie sich so schnell mit Tevfik eingelassen hatte. Ihr Schwanz peitscht wieder, als sie an den Catkin und sein luxuriöses Fell denkt, an die Art, wie er an ihrem Ohr knabberte …

Daniel bewegt sich leise etwas weiter von seiner knurrenden Freundin weg; er hat sich in den letzten Wochen an die gelegentlichen Wechsel ihres Temperaments gewöhnt. Tevfik hatte sie verletzt, mehr als sie zugeben will, und wieder einmal fragt sich Daniel, wie alt seine Freundin wirklich ist. War Tevfik vielleicht ihre erste richtige Beziehung?

Daniel schiebt diese Gedanken beiseite, konzentriert sich auf die anstehende Aufgabe und grüßt den Karawanenmeister, um seine Anweisungen zu erhalten. Es würden ein paar lange Wochen zurück nach Karlak werden.

***

Als sich später am Tag alles beruhigt hat und die Karawane unterwegs ist, ruft Daniel endlich die Informationen zu seinem Status auf. Es war an der Zeit, seine Attribut- und Skillpunkte zu verteilen. Er hat das Thema tagelang vermieden, da er nicht das Bedürfnis verspürt, sich zu beeilen. Die einfachen Low-Level-Quests, die ihnen angeboten wurden, sind mit seinen vorhandenen Skills leicht zu bewältigen gewesen.

Jetzt, wo er nichts mehr zu tun hat, außer die Umgebung zu beobachten und seine Entscheidung, die Angebote der Gilde abzulehnen, zu überdenken, kann er sich auf das Aufleveln konzentrieren.

Zuerst ist es an der Zeit, seine Skills anzupassen. Natürlich könnte er seine bestehenden Fähigkeiten verbessern, indem er sie besser und effektiver machte, aber Daniel ist neugieriger auf die neuen Fähigkeiten, die er erlernen kann.

Nachdem er inzwischen seine Heilungsfähigkeiten verbessert hat und den menschlichen Körper besser kennt, hat er Zugang zu zwei verschiedenen Zaubern – **Heilen ernster Wunden** oder **Zeichen des Heilers**. Ersterer war eine mächtigere Version seines aktuellen Zaubers, der fast sofortige Heilung ermöglicht, allerdings zu höheren Manakosten. Das *Zeichen des Heilers* hingegen beschleunigt lediglich den Heilungsprozess über einen gewissen Zeitraum, wodurch der Zielkörper den Großteil der Heilung übernehmen kann. Er war wesentlich manaeffizienter als einer der beiden Sofortzauber und war sehr beliebt bei Heilern, die ihr Mana sparen mussten. Er hat jedoch das Risiko, nicht zu wirken – wenn der Wirtskörper nicht stark genug ist, kann der Zauber die Wunden nicht vollständig heilen und verbraucht stattdessen einen beträchtlichen Teil der

Ressourcen des Zielkörpers, was den Tod zur Folge hat.

In Bezug auf seine offensiven Skills kann er nun **Schildrausch** erlernen, was eine Weiterentwicklung des Skills **Schildschlag** ist, das er bereits kennt. Anstatt eines statischen Angriffs würde ihm *Schildrausch* erlauben, mit seinem Schild aus der Entfernung anzugreifen. Durch Aufladen der Monster ermöglicht ihm das Skill, einen Betäubungs- und Rückstoß-Angriff hintereinander einzusetzen. Obwohl es nicht so vielseitig wie *Schildschlag* ist, ist *Schildrausch* extrem mächtig gegen einzelne Gegner, und die Betäubungseffekte hielten normalerweise auch länger an.

Seine Skills im Bogenschießen reichen immer noch nicht aus, um ihm irgendwelche Skill-Optionen zu geben, aber er hat mehrere Keulen-Optionen zur Auswahl. **Powerschlag** ist weiterhin verfügbar, während sich zwei zusätzliche Optionen aufgetan haben –

**Zermalmender Schlag** und **Perins Schlag**. *Zermalmender Schlag* ist eine Variante von *Powerschlag*, die weniger Schaden anrichtet, aber zusätzliche Boni gegen mittelstark bis stark gepanzerte Gegner bietet. Der Skill konzentriert sich auf das Zerstören und Durchschlagen von Rüstungen mit reiner Kraft und ist auf höheren Leveln dafür bekannt, dass er sogar physische Schadensresistenzen ignoriert. *Perins Schlag* hingegen sorgt für einen Rückstoßeffekt, der bei richtiger Anwendung ein Monster sogar in die Luft schleudern kann, um Folgeangriffe auszuführen. Einen ähnlichen Skill hatte Niko benutzt, um den Aufseher im Dungeon zu erledigen.

Zusätzlich zu all diesen hat Daniel auch ein paar zusätzliche passive Skills erhalten, darunter **Sprint, Höhere Ausdauer** und exklusiv für ihn die **Stärke des Märtyrers**. Letzterer veranlasst Daniel, die detaillierten Informationen noch einmal aufzurufen und zu überprüfen.

### Stärke des Märtyrers

*Ein einzigartiger Skill, der durch die ständige Anwendung von Berührung des Märtyrers am eigenen. Kombiniert ein angeborenes Verständnis für den Körper des Besitzers mit der einzigartigen Gabe des Anwenders, um die Regenerationsraten zu erhöhen.*

*Skill: Passiv*

*Kosten: N/A*

*Effekt: Der Benutzer erhält eine permanente Lebens- und Ausdauer-Regenerationerhöhung von 10 %.*

Schließlich schließt Daniel die Anzeige wieder und reibt sich am Kinn. Es gibt so viele Optionen zur Auswahl, dass Daniel still dasitzt und versucht, seine Gedanken zu sortieren. Wenn er sich auf seine wahrscheinlichsten Gegner in der nahen Zukunft konzentriert – die Oger –, würden ihm sowohl *Zermalmender Schlag* als auch *Schildrausch* am meisten nützen. Der Einsatz von *Perins Schlag* in Verbindung mit seinen anderen Skills könnte es Daniel jedoch ermöglichen, einem einzelnen Ziel in kurzer Zeit erheblichen Schaden zuzufügen. Tatsächlich könnte *Perins Schlag* mit der Zeit wahrscheinlich zum Dreh- und Angelpunkt seiner Angriffe gegen einen starken Gegner werden.

Allerdings würde ihm das in einem Kampf gegen kleinere Gegner nichts nützen. Wenn er seine *Doppelschlag*-Fähigkeit verbessert, wäre er in der Lage, viermal in schneller Folge anzugreifen, was ihn zu einem viel tödlicheren Gegner gegen mehrere Personen machen würde. Das hätte ihn zum Beispiel gegen die Kobolde deutlich stärker gemacht.

Das Zeichen des Heilers würde immer nützlich sein, besonders im Laufe eines Tages. Es würde dafür sorgen, dass sie in bester Verfassung blieben, während sie kämpften, und wenn sie ihre Gruppe vergrößerten, würde es sogar noch wichtiger sein, da Daniels Manapool sehr begrenzt war.

Wenn er egoistisch sein wollte, könnte er sogar seinen einzigartigen Skill nehmen und seine Gesundheits- und Ausdauerregeneration erhöhen. Die deutliche Erhöhung von beidem würde es ihm bei Dungeon-Levels und im Alltag leichter machen, obwohl es wahrscheinlich die am wenigsten nützliche Gruppenfertigkeit war.

Es war keine einfache Entscheidung und eine, über die sich Daniel nun schon seit Stunden den Kopf zerbricht. Das Schlimmste ist, dass er weiß, dass diese Art von Entscheidungen noch öfter kommen würden, wenn er an Stärke gewann.

***

Später am Abend stupst Asin ihn an und reißt Daniel aus seinen Überlegungen, während er im Feuer herumstochert. „Skills?"

Daniel hält inne und starrt ins Feuer, bevor er ihr schließlich antwortet: „Ich habe mich für *Perins Schlag* entschieden."

### Perins Schlag

*Dieser nach dem Gott der Stürme, Perin, benannte Schlag bündelt die Kraft des Schlags des Anwenders, um einen Rückstoßeffekt gegen sein Ziel zu erzeugen.*

*Skill: Aktiv*

*Kosten: 25 Ausdauer*

*Effekt: Der Schlag des Anwenders verursacht 15 % mehr Schaden und stößt das Ziel zurück. Die Höhe des Rückschlags hängt von der Stärke des Anwenders, dem Keulen-Skill, dem Gewicht und der Größe des Ziels sowie dem Schlagbereich ab.*

„Es ist ein Rückschlag-Effekt, ähnlich wie der von Niko", erklärt Daniel, bevor er fortfährt: „Ich denke, er wäre nützlich gegen die Crawler und Oger, und wenn ich lerne, ihn richtig einzusetzen, sollte er mir auch erlauben, zu kontrollieren, wohin sich die Monster während eines Kampfes bewegen."

Asin nickt nur, während Daniel noch einmal seinen Statusbildschirm aufruft und hofft, dass er die richtige Wahl getroffen hat. Wenn er zurückkäme, würde er Khy'ra bitten, ihm das *Zeichen des Heilers* beizubringen. Es ist ein Zauber, bei dem er sie schon einmal beobachtet hat, und einer der wenigen Heilzauber, die die Elfe kennt. Falls sie immer noch bereit wäre, mit ihm zu sprechen, nachdem er ihr gebeichtet hat, was er getan hatte.

Name: Daniel Chai
Klasse: Level 6 Abenteurer (14 %)
Unterklassen: Level 7 (Bergmann) (14 %)
Mensch (männlich)

**Statistiken**
Leben: 229
Ausdauer: 229
Mana: 168

**Attribute**

Kraft: 22

Beweglichkeit: 20

Verfassung: 28

Intelligenz: 17

Willenskraft: 18

Glück: 13

**Skills**

Waffenloser Kampf: Level 3 (37/100)

Keulen: Level 9 (04/100)

Bogenschießen: Level 2 (18/100)

Schutzschild: Level 7 (84/100)

Ausweichen: Level 5 (12/100)

Kampf-Sinn: Level 5 (98/100)

Wahrnehmung: Level 6 (07/100)

Bergbau: Level 7 (78/100)

Heilen: Level 8 (89/100)

Kräuterkunde: Level 3 (31/100)

List: Level 2 (14/100)

Kochen: Level 3 (21/100)

Singen: Level 2 (14/100)

**Skillfertigkeiten**

Doppelschlag

Schildschlag

Perins Schlag

Kartografie (II)

**Zaubersprüche**
Kleine Heilung (I)

**Gaben**
Berührung des Märtyrers – Der Zaubernde kann sich selbst oder andere durch Berührung und Konzentration heilen und opfert dafür einen Teil seines Lebens. Die Kosten variieren je nach Ausmaß der geheilten Verletzungen.

Daniel schiebt diese Gedanken beiseite, steht auf und geht zum hinteren Teil der Karawane. Er hat seine Entscheidung getroffen. Es ist besser, sich zu beschäftigen, und das bedeutete, anderen zu helfen. Interessanterweise scheinen die Mitläufer aus Silverstone sowohl weniger zahlreich als auch besser ernährt zu sein als zuvor, weshalb Daniel erwartet, dass er weniger zu tun haben wird.

***

Die Tage vergehen mit stiller Reflexion und abendlichen Trainingseinheiten. Die andere angeheuerte Abenteurergruppe war sehr eigenbrötlerisch und weigerte sich, mit Daniel und Asin über das Nötigste hinaus zu kommunizieren. Nachdem er ein bestimmtes Gespräch über die Catkin mitgehört hatte, war Daniel mehr als froh, dass es dabei blieb. Wie immer zuckte Asin nur mit den Schultern und machte mit ihrem Leben weiter, ohne sich von der Beleidigung beeindrucken zu lassen.

Ohne andere Abenteurer, mit denen er trainieren kann, arbeitet Daniel mit den Karawanenwächtern zusammen. Nachdem sich seine kostenlose Heilung herumgesprochen hatte, sprach sogar der Karawanenführer freundlicher mit Daniel – und sei es nur, um sein Magengeschwür zu beruhigen. Die Karawanenwächter waren mehr als glücklich, mit Daniel im Gegenzug für seine Hilfe zu trainieren, ob es nun um magische oder nicht-magische Heilung ging.

Eineinhalb Wochen, nachdem sie Silverstone verlassen haben, trifft die Karawane auf die ersten Anzeichen von Ärger. Die anderen Abenteurer sind abgereist, um eine andere Quest zu erfüllen, und die Karawane ist für ihre Größe nur spärlich bewacht. Der Mangel an Wachen hat dazu geführt, dass Daniel und Asin jeden Abend Wache halten müssen, was ihre kostbare Schlafenszeit einschränkt. Nachdem er geweckt wurde, um seine Runde zu machen, dreht sich Daniel um, um seinen Streitkolben zu holen. Plötzlich trifft ein Pfeil seine Bettrolle. Einen Moment lang hockt Daniel nur da und starrt auf den Pfeil, während er versucht, diese seltsame gefiederte Belästigung zu verstehen.

„Angriff!", brüllt eine der Wachen, und der Schrei bringt Daniel in Bewegung, der automatisch nach seinem Schild greift. Daniel hat in der Hocke seinen Schild vor sich und sucht nach den Angreifern. Er sieht ein gutes Dutzend, das auf ihn zukommt. Ein weiterer Schrei von hinten bringt Daniel zum Umdrehen, und er sieht ein weiteres Dutzend menschlicher Banditen, die seinen Mund trocken werden lassen. Sie sind zwei zu eins in der Überzahl, und viele der Wachen versuchen erst noch wachzuwerden.

Mit einer schnellen Entscheidung stürmt Daniel auf die Gruppe vor ihm zu und hält seinen Schild vor seinen Körper. Auch wenn er das Skill nicht hat, gibt es keinen Grund, warum er seinen Schild nicht als Rammbock benutzen könnte, und so tut er es, duckt sich tief und holt mit seinem Arm aus, während er in seinen Gegner rennt. Ausnahmsweise kommt Daniel seine kürzere Statur zugute, und der schreiende, dreckige Bandit wird über seine Schulter geschleudert und zerschellt auf dem Boden. Nachdem er seinen ersten Gegner erledigt hat, grinst Daniel noch breiter, steht schnell auf und setzt seinen *Doppelschlag* ein, um den Arm und dann das Knie seines nächsten Gegners zu zertrümmern, wobei Blitze den Kampf erhellen. Als der niedergeschlagene Bandit sich umdreht, stürzt sich Asin auf ihn und stößt ihm eine Klinge in die Kehle. Die Klinge bleibt darin stecken, während sie ein Wurfmesser zieht, um Daniel weiter zu unterstützen. Sie zischt vor Wut über das Blut, das ihre Hose überzieht.

Sein zweiter Gegner ist verkrüppelt. Daniel dreht sich und geht schnell auf seinen nächsten Gegner zu, wobei er zum ersten Mal im Kampf *Perins Schlag* verwendet. Daniel schlägt tief zur Seite, der ungeschickte Block des Banditen wird durchbrochen. Der Streitkolben erwischt ihn an der Hüfte und schleudert ihn in die Reihe hinter ihm. Daniel grinst vor Freude über den erfolgreichen Einsatz seines Skills und wischt sich den Speichelfluss aus dem Gesicht, während Asin ihre Messer und eine Kettenkugel in den kämpfenden Haufen wirft, um die Gruppe zu verwirren, bevor sie einen verzauberten Ölkolben in die Masse wirft.

Daniel kann die Hitze hinter seinem Rücken spüren, die von selbst sein Hemd trocknet, als er nach vorne tritt, um mit einem weiteren Banditen fertig zu werden. Er ignoriert die Schmerzensschreie und den Geruch von verkohltem Fleisch. Daniel fängt den ersten Schlag hoch ab und hebt seinen Streitkolben, um zuzuschlagen, aber ein Pfeil knallt in seinen ungeschützten Torso und wirft ihn um. Daniel schreit auf, das grobe Holz des Pfeilschafts gräbt sich in seine Muskeln, während er von seinem Angreifer wegstolpert, ein zweiter Pfeil verfehlt ihn nur um wenige Zentimeter.

Daniels Angreifer folgt ihm, schwingt sein Schwert einmal und dann noch einmal, beide Schläge werden von Daniels Schild abgefangen, hinter dem sich der Abenteurer versteckt. Der Angreifer macht einen Schritt nach vorne, hakt seinen Fuß hinter Daniels ein und zieht, wodurch der Abenteurer auf den Rücken fällt und einen unwillkürlichen Schrei ausstößt, als sich der Pfeil in seiner Brust verschiebt. Als er sich von dem Sturz erholt, sticht der Bandit zu und Daniel spürt, wie die Klinge in ihn hineingleitet und an seinen Rippen entlang knirscht.

Asin hat sich in der Zwischenzeit von ihrem erledigten Gegner weggedreht, muss aber zur Seite ausweichen, als der Bogenschütze immer wieder feuert und dafür sorgt, dass die Catkin den Abstand zu ihrem Partner nicht verringern kann. Sie knurrt, ihre geworfenen Waffen erreichen den feigen Bogenschützen nicht. Asin hat keine Wahl und springt wieder zurück, als der Bogenschütze schießt, und aktiviert beim Messerwurf ihren neuesten Skill *Messerfächer*. Aus ihrem einzelnen Messer werden vier, jedes neu geschaffene Messer spiegelt die Flugbahn des Originals wider, bohrt sich in den Rücken von Daniels Angreifer und drängt ihn weg. Asin rollt sich noch in ihrer Landung ab und kommt hoch, fängt ein nach ihr stechendes Kurzschwert ab, was die Catkin unvorbereitet erwischen sollte. Sie knurrt, die Klinge trifft ihre Schulter, als es ihr nicht gelingt, den Angriff vollständig abzublocken, und ihre jadefarbenen Augen blicken besorgt zu ihrem niedergeschlagenen Partner zurück.

Daniel hält einen kurzen Moment inne und greift nach dem Pfeil, um ihn herauszuziehen. Anschließend wendet er eine *Kleine Heilung* an und wimmert vor Schmerz, als sein Körper die Wunde kraftvoll heilt und schließt. Auch die Einstichstelle in seiner Brust schließt sich ausreichend genug, damit Daniel sich konzentrieren und den Schild über seinen Körper ziehen kann. Es ist keinen Moment zu früh, als ein Pfeil in den Schild eindringt und der Bogenschütze versucht, den niedergeschlagenen Abenteurer zu töten. Daniel ist immer noch verletzt und gezwungen, eine weitere *Kleine*

*Heilung* anzuwenden, bevor er auf die Beine taumeln kann.

Mit fest zusammengepressten Lippen taumelt Daniel zur Seite, beide Kämpfer schwanken leicht von ihren Verletzungen. Als sein Gegner wieder auf ihn zukommt, konzentriert sich Daniel und löst einen *Schildschlag* aus, bei dem er den Schild nach vorne in das Gesicht seines Gegners schlägt, bevor er seinen Gegner mit seinem Streitkolben verprügelt und den Kampf beendet.

Als er merkt, dass Asin von zwei Angreifern bedrängt wird, eilt er ihr zu Hilfe und kann gerade noch einem Pfeil ausweichen. Die kurzzeitige Ablenkung durch den kleinen, kräftigen Abenteurer reicht Asin aus, um sich wegzudrehen und ein Wurfmesser zu ziehen, das einen der Angreifer mit einem *Durchbohrenden Schuss* tief in die Leiste trifft und ihn zu Fall bringt.

Ein Bogenschütze schießt auf die beiden und sein plötzlicher Schrei endet abrupt, sein Leben wird schnell durch einen zweiten Bolzen beendet. Die aus dem Schlaf gerissenen Wagenbauer greifen zu Armbrüsten und Knüppeln, um den Wachen und den Abenteurern endlich zu helfen. Für einen Moment halten die letzten Banditen schwankend inne, als sie erkennen, dass viele ihrer Kameraden gefallen sind.

Daniel hält nicht inne und verpasst seinem Gegner mit *Perins Schlag* einen weiteren brutalen Hieb in den Magen, der den Banditen in die Luft schleudert. Doch Daniel hört nicht auf, auch wenn er selbst nach Luft ringt. Als der Mann in der Luft ist, löst er einen *Doppelschlag* aus und schleudert Hiebe in den Körper; das Blut spritzt in die Luft.

Der brutale Angriff ist der letzte Tropfen für die untrainierte, schlecht ausgerüstete Gruppe. Schreiend fliehen die Banditen zurück in den

Wald und Daniel fällt erschöpft auf den Boden. Seine ganze Kraft ist aufgebraucht und er beginnt, die Verletzungen an seinem Körper zu spüren. Als Daniel sich endlich wieder konzentrieren kann, zapft er seine Gabe an, um die Wunden in seiner Brust endlich zu schließen. Erinnerungen ändern sich, verblassen, aber ausnahmsweise ignoriert Daniel die Kosten für das reine Vergnügen, schmerzfrei zu sein. Nachdem die Wunden endlich geschlossen sind, richtet sich Daniel auf und ignoriert die zahlreichen kleineren Wunden an seinem Körper. Er hat noch andere zu heilen.

Wie immer sind die Nachwirkungen einer Schlacht eine traurige Angelegenheit. Der Geruch von Eisen und entleerten Eingeweiden zieht sich durch das Lager, zusammen mit den erstickten Schmerzensschreien und dem langsamen Wegräumen der Leichen, als die Karawanenwachen zuerst den Schwerverwundeten einen Gnadenstoß verpassen und dann die Leichen der Banditen entsorgen. Niemand hatte etwas dagegen — Banditen waren die unterste Schicht und wurden in Brad sofort getötet, und die Karawane hatte hohe Verluste. Drei Fuhrleute waren im Schlaf erschlagen worden, zwei weitere Wachen waren tot, bevor Daniel sich zu ihnen durchschlagen konnte. Zahlreiche andere tragen Verletzungen davon, zu unbedeutend, als dass Daniel sein Mana oder seine Gabe dafür verschwenden könnte.

Als er mit seinen Heilungen fertig ist, kommt der Karawanenmeister herüber und bietet Daniel einen Drink an. Daniel nimmt ihn dankbar an und hustet leicht, als die Spirituose sich seinen Weg durch die Kehle brennt.

„Großes Pech auf dieser Reise", sagte der Karawanenmeister.

Daniel kann nur nicken und winkt Asin zu sich. Sie schnuppert und nimmt die Flasche, während Daniel einen Finger auf ihrer

Handfläche verweilen lässt und seine Gabe in ihren Körper schickt, um nach Verletzungen zu suchen. Er findet nicht mehr als ein paar behandelte Schnitte und eine Zerrung des unteren Rückenmuskels und lässt sie in Ruhe.

„Danke", fügt der Karawanenmeister hinzu und streicht sich abwesend über den Schnurrbart. „Ohne euch beide wäre es noch schlimmer gewesen."

Asin kann wieder nur nicken, zu müde, um eine Geldprämie vorzuschlagen. Vielleicht später, wenn der Karawanenmeister das Angebot nicht selbst gemacht hat. Denn jetzt gibt es noch Leichen beiseitezuschaffen, Feuer wieder zu entfachen und eine Wache aufzustellen.

***

Als die anderen später in der Nacht schon schlafen, findet Daniel einen Moment der Ruhe.

Mit der Ausrede, er müsse warten, bis sich sein Mana regeneriert hat, kauert er in einer Ecke abseits der Versammelten; die zitternden Hände hat er unter seinen Mantel geklemmt. Daniel zwingt sich, durch seinen Mund zu atmen, der Geruch von Blut erinnert ihn an das, was gerade passiert ist.

So nah. Er war so nah am Sterben gewesen. Hätte sein Gegner um ein paar Zentimeter anders gezielt, hätte er sein Herz durchbohrt. Hätte der Bogenschütze einen Zentimeter tiefer geschossen, hätte der Pfeil seine Leber durchbohrt und ihn wahrscheinlich für den Rest des Kampfes außer Gefecht gesetzt und seinen Tod garantiert.

Daniel versucht zunächst, das Zittern zu stoppen, gibt aber schließlich auf und lässt seinen Körper zittern und beben, während er seine Nahtoderfahrung versucht zu verarbeiten. Sein Verstand spielt den Vorfall wieder und wieder ab, und für einen bitteren Moment wünscht sich Daniel, die Gabe hätte ihm diese Erinnerungen genommen. Verdammtes Ding – es nahm die Erinnerungen an die Abende mit Khy'ra und die abendlichen Gespräche mit seinem Großvater, ließ aber Erinnerungen wie diese und die Verwandlung durch Pearl zurück.

Langsam hört sein Körper auf zu zittern, sein Verstand fühlt sich weniger verwirrt an. Als er aufblickt, sieht Daniel eine Blutspur, und er fragt sich, ob es die eines Banditen oder eines Freundes ist. Verflucht seien sie. Es gab Orks, Monster, Dungeons und mehr, und doch hatten diese Banditen das Bedürfnis, andere Wesen anzugreifen. Es gibt so viele Möglichkeiten, seinen Lebensunterhalt mit Skills zu verdienen, aber irgendwie verspürte dieser Abschaum das Bedürfnis, andere für ihren Lebensunterhalt anzugreifen. Daniel kneift angewidert die Lippen zusammen und knurrt leise. Verdammt sollen sie sein.

***

Tage später hat die Karawane in der Nähe einer Flussbiegung angehalten, geschützt vor dem Regen und vor Angriffen durch eine Baumgruppe und durch den Fluss. Die Gruppe ist jetzt entspannter, der Karawanenmeister hat in der nächsten Stadt, in der sie zusammen mit einer anderen Abenteurergruppe Halt gemacht hatten, Ersatz für die Wachen gefunden. Nach dem Abendessen an diesem Abend geht Daniel zum Fluss, um seinen Wasserschlauch zu füllen, und findet dort Asin allein sitzend vor.

„Asin?"

Als die Catkin ihren Namen hört, kratzt sie sich am Gesicht, bevor sie zu Daniel schaut. Das schwarze Fell ist von Tränen verklebt, die dunkelgrünen Augen fordern Daniel heraus, die Zeichen ihrer Schwäche anzusprechen. Er weiß es besser und setzt sich stattdessen in stiller Gesellschaft neben seine Partnerin.

Als sich die Stille bis zum Zerreißen dehnt, spricht Asin endlich. „Tevfik mochte mich. Ja?"

„Ja, ich denke schon", antwortet Daniel und sie nickt ruckartig.

„Dumm", murmelt sie und fährt die Krallen aus, um ihre Knie zu kneten. Sie starrt sie eine Zeit lang an, angewidert von ihrem eigenen Handeln, weil sie so emotional reagiert und ihm die Schuld gegeben hat. Dabei hatte sie sich wirklich verraten gefühlt. „Ich mochte ihn."

„Ich weiß."

„Keine Zukunft", sagt Asin wieder und reibt sich die Knie. „Dumm."

„Sich zu verlieben?"

„Keine Liebe. Wie", beharrt Asin und blickt Daniel an, der kurz nickt. „Trotzdem dumm."

„Warum?" Daniel runzelt die Stirn und fühlt sich unsicher. Immerhin waren sie vernünftige Erwachsene.

„Weil vorbei. Immer. Ich gehe. Er geht. Dumm“, beharrt Asin und schüttelt den Kopf. „Du, Khy'ra, dumm.“

„Hey!“ Daniel starrt seine Freundin an und hebt einen Finger in ihre Richtung. „Nur weil du nicht einverstanden bist, heißt das nicht, dass es dumm ist. Khy'ra und ich sind erwachsen. Wir wissen, was wir tun.“

„Dumm. Verletzt werden“, stellt Asin erneut fest.

„Vielleicht. Nein, natürlich. Aber dazwischen kenne ich eine kluge, weise, zähe und schöne Elfe“, meint Daniel und schüttelt den Kopf. „Wir wissen, was auf uns zukommt, aber das heißt nicht, dass wir es nicht genießen können.“

„Immer noch dumm.“

„Ja, aber es ist eine gute Art von dumm.“

Asin stößt ein frustriertes Schnauben aus und legt dann den Kopf wieder auf die Knie, wobei sich ihr Schwanz langsam vom Rücken abrollt. „Tut weh.“

„Ja“, seufzt Daniel, unsicher, was er noch sagen soll. Also sagt er nichts.

Nach einiger Zeit steht Asin auf und geht zurück zum Feuer. Als sie vorbeigeht, hält sie inne und sagt: „Danke.“

Daniel starrt wieder ins Wasser, als sie weg ist, und denkt an Khy'ra und das Gespräch, das er führen muss. Dumm. Ja, das war es wahrscheinlich.

# Kapitel 13

„Daniel!" Khy'ra keucht und lächelt zu dem Abenteurer hoch, als er in ihre Klinik eintritt. Die wochenlange Reise mit der Karawane hat sie schließlich ohne weitere nennenswerte Zwischenfälle zurück nach Karlak gebracht. Dieses Mal war die Reise durch zahlreiche Dörfer und ein paar Städte gegangen, aber keine mit Anfänger-Dungeons. Die beiden hatten ihre Zeit in den neuen Siedlungen größtenteils mit Besichtigungen verbracht, wobei jeder Halt nicht länger als einen Tag und oft sogar nur ein paar Stunden dauerte. Leicht verschreckt waren die Wagen schneller als sonst gefahren, und so waren die beiden einen Tag früher in Karlak angekommen. Nachdem sie ihre Waren an einen begeisterten Maxwell abgeliefert hatten, trennten sich die beiden sofort.

Daniel lächelt, tritt nach vorne und schlingt seine Arme um Khy'ra. Er küsst sie leidenschaftlich, bevor er sich wegen seiner plötzlichen Schuldgefühle von ihr zurückzieht. Als sie die Veränderung in seinem Gesichtsausdruck sieht, hält Khy'ra inne und drückt ihn sanft an sich, murmelt: „Was ist los?

„Ich …“ Daniel runzelt die Stirn, sucht nach einem Weg, es zu sagen, bevor er einfach die nackte Wahrheit sagt. „Ich habe mit jemand anderem geschlafen.“

„Oh …“ Khy'ra seufzt und tritt einen Schritt zurück, ihre blauen Augen mustern den Mann. Sie schimmern einen Moment lang, bevor sie spricht. „War sie hübsch?“

„Hm … ein bisschen“, sagt Daniel.

„Ein bisschen“, wiederholt Khy'ra und Daniel nickt. „Wirklich? Nur ein bisschen?“

„Ich war betrunken!“, fügt Daniel mit einer Grimasse hinzu. „Tut mir leid, das ist keine Entschuldigung.“

„Das ist es nicht, aber ich bin nicht böse, dass du mit ihr geschlafen hast“, sagt Khy'ra und lächelt Daniel leicht an. „Wir haben uns schließlich nie etwas versprochen. Und wirklich, ich habe gelebt und werde noch viele Jahre leben. Ich werde noch viel mehr Liebhaber haben als du, mein Lieber, warum sollte ich es dir also missgönnen?"

Daniel blinzelt, dann nickt er leicht und atmet aus. Seine Überlegungen gingen auch in diese Richtung, aber … seine Gedanken geraten durcheinander, als Khy'ra einen Finger hebt.

„Aber ich bin enttäuscht über den Verrat", fährt Khy'ra fort, die blauen Augen leuchten wieder auf.

„Du hast gerade gesagt …", stottert Daniel verwirrt.

„Nicht ich, sondern du." Sie tippt mit dem Finger auf seine Brust und fährt fort: „Du hast es als falsch empfunden, nicht wahr? Es spielt also keine Rolle, ob ich es als falsch angesehen habe, du hast dich selbst verraten. Und darüber bin ich enttäuscht."

Daniel öffnet den Mund und schließt ihn wieder, blinzelt verständnisvoll. Sie hatte recht – er hatte mit seinen Handlungen gerungen. Er hatte schlecht gewählt, und er hatte sich deswegen schuldig gefühlt – und auch wenn sie es nicht als Verrat ansah, war es einer an ihm selbst.

„Oh …“

„Dafür, mein Lieber, muss ich eine angemessene Strafe verhängen“, fährt Khy'ra fort, tritt vor und drückt Daniel sanft an sich, um ihn aus der Tür zu führen. Daniel öffnet den Mund, um ihn dann unter dem festen Blick der blonden Elfe wieder zu schließen. Die Tür schließt sich hinter ihm. Daniel zieht eine Grimasse, starrt auf die leere Klinik und fragt sich, was er tun soll. Immerhin hat er alle nach Hause geschickt.

Im Inneren des Raumes lehnt Khy'ra an der Tür, die Augen halb geschlossen. Sie beißt sich auf die Lippen, dreht sich zur Tür, hebt kurz eine

Hand, bevor sie sie fallen lässt und sich ihrem Schreibtisch und dem wartenden Stapel an Papierkram zuwendet.

***

„Zu spät!", brummt Asin Daniel an, als er am Eingang des Dungeons auf sie zueilt. Er zuckt entschuldigend mit den Schultern, weil er die Nacht allein mit Trinken verbracht hat. Sein Kopf pocht und er ist sich immer noch nicht sicher – waren sie dauerhaft getrennt? Oder nur für diese Nacht? Sollte er versuchen, sie heute Abend wiederzusehen? Seine abschweifenden Gedanken werden gestoppt, als Asin fragt: „Bereit?"

„Ja." Daniel schüttelt den Kopf und zuckt zusammen, gibt schließlich nach und wendet eine *Kleine Heilung* auf sich selbst an, um den Kater zu vertreiben. Es war keine gute Idee, einen Dungeon mit ablenkenden Schmerzen zu betreten, selbst einen so vertrauten wie Karlak. Er schiebt die Gedanken an Khy'ra gewaltsam beiseite und überprüft ein letztes Mal seine Waffen und seine Rüstung und passt seinen Rucksack an, bevor sie schließlich den Dungeon auf der siebten Ebene betreten.

„Meiner?", fragt Daniel, als sie ihren ersten Oger entdecken. Asin gähnt nur und verbirgt ihre Zähne mit ihrer pelzigen Hand. Ohne weiter zu warten, stürzt sich Daniel auf den auf ihn zukommenden Oger und konzentriert sich auf den Kampf.

Er taumelt, unterbricht sein Timing für einen kurzen Moment, um den Schwung des Ogers abzuwehren, und lässt die Keule an sich vorbeiziehen, bevor er zu *Perins Schlag* ansetzt. Der Schlag mit seinem Streitkolben unter dem Monster stößt ihn in den Körper der Kreatur und wirft diese lange genug nach oben, damit Daniel den Rand seines Schildes in den schwebenden Körper schlagen kann. Der Oger fällt runter, wiederholte Schläge landen auf seinem Magen und seinem Zwerchfell, und Daniel nimmt sich die Zeit, mit einem Oberhandschlag auf seinen Kopf zu zielen. Er beugt seine Knie und setzt sein Gewicht für jeden Angriff ein, bevor er den Schlag immer wieder wiederholt und nicht nachlässt, selbst als der Oger versucht, auch ihn zu treffen.

Als Daniel schwer atmend über dem sich auflösenden Körper steht, ruft Asin eine Warnung und zeigt auf ihn. In der Ferne joggt ein Trio von Ogern auf die beiden zu, um Rache zu nehmen. Er schiebt seinen Streitkolben wieder in seinen Gürtel, greift nach seiner Armbrust und lädt schnell einen Bolzen, visiert sie mit der Waffe an, bevor er feuert. Durch stundenlanges Training ist das Laden der Armbrust viel geschmeidiger geworden, wobei Daniels beträchtliche Kraft ihm dabei hilft. Der Bolzen fliegt durch die Luft, schlägt in einen Oberschenkel ein und Daniel flucht, während er die Armbrust erneut spannt. Er hatte auf den Oger rechts von diesem hier gezielt. Konnte er denn gar nichts richtig machen?

Asin tritt vor, um Daniel Zeit zu verschaffen, und wirft ein Paar Klingen, die zu einem Sturm aufblühen, als sie ihren Skill aktiviert. Die Oger ducken und drehen sich und versuchen, den Waffen auszuweichen. Die meisten der Messer verfehlen sie, bis auf ein Paar, das sich in dem unglücklichen, verletzten Oger festsetzt. Die Kreatur stöhnt, Klingen und Pfeil stecken in seinem Körper und verlangsamen merklich seine Bewegung. Daniel zielt und feuert einen weiteren Bolzen ab, der den verletzten Oger erledigen soll, und durch die geringe Entfernung gelingt es ihm zu treffen.

Das verbleibende Oger-Paar erreicht schließlich die beiden Abenteurer und zwingt Daniel, die Armbrust an seine Seite fallen zu lassen und seinen Streitkolben zu zücken. Mit einem leichten Lächeln im Gesicht, weil sie einen der Gegner erheblich verletzen konnten, geht Daniel auf das Monster auf der rechten Seite zu, während Asin nach links ausweicht und ihre Messer mit mehr Sorgfalt wirft.

Ihr Gegner schwingt seine Keule nach ihr und zwingt die junge Catkin, nach vorne und zur Seite auszuweichen und in den entblößten Arm mit ihrer Klinge zu stechen, wobei ihre verzauberte Aura Elektrizität durchschickt und den Arm zwingt zu krampfen.

Daniels Oger bleibt knapp außerhalb seiner Reichweite stehen und schwingt erst den einen, dann den anderen Arm, während er zwei grobe, kurze Keulen schwingt. Da er keine gute Gelegenheit findet, weicht er nach links aus und duckt sich dann nach rechts, um auf seinen letzten verletzten Gegner zu zielen, der sich gerade wieder aufrappelt. Er spürt, wie eine Keule von seinem Schild abprallt, der Schlag schickt ein Beben durch seinen Körper, während der Oger instinktiv ausholt, dann schafft er es an ihm vorbei und stürzt sich auf den letzten Oger.

Er löst seinen *Doppelschlag*-Skill aus, sobald er in Reichweite ist. Daniel steckt den Angriff seines neuen Gegners mit einem Grunzen auf seinem Schild ein und spürt, wie sich sein Arm und seine Schulter zusammenziehen und durch den schweren Schlag vor Schmerz aufflammen. Dennoch bleibt er konzentriert und landet beide Schläge, die an den Einschlagspunkten Elektrizität durch das Monster tanzen lassen, das sofort nach rechts ausweicht. Das Monster atmet aus und umspült ihn mit seinem stinkenden Atem. Dem verletzten Oger fällt es schwer, mit seinem kleineren und schnelleren Gegner mitzuhalten, und für einen Moment findet sich Daniel hinter seinem Rücken wieder. Daniel dreht sich in der Hüfte und legt so viel Kraft in den nächsten Angriff, wie er kann, während er *Perins Schlag* auslöst. Er schlägt seinen

Streitkolben in den Rücken des Ogers, zielt auf seine Niere und wirft ihn auf seine Brüder.

Der Oger stößt einen atemlosen Schrei aus und wirft sich über das andere Monster, bevor er erlischt und zerfällt. Als der andere Oger versucht, aufzustehen, und sich mit einer Hand nach oben stützt, kommt Daniel näher. Der kräftige Abenteurer zielt auf den freien Arm, lässt Schläge auf die zerbrechlichen Unterarmknochen niederprasseln, wodurch das Monster seine Waffe loslässt. Ohne seine zweite Keule wechselt Daniel die Schläge mit dem Monster ab, da er nicht mehr zurückgedrängt wird.

Asin weicht unterdessen jedem Angriff aus, schlägt und sticht auf den entblößten Arm ein, bis dieser schließlich alle Kraft verliert und der Oger seine Keule fallen lässt. Dann fährt sie fort, das Monster zu schneiden und zu stechen, duckt sich unter den immer verzweifelteren Angriffen hinweg, weicht immer nur knapp aus, verlässt sich auf Geschwindigkeit und Geschick. Jeder Angriff lässt Blitze tanzen und die Kreatur immer wieder zusammenzucken. Als ihr Gegner schließlich zusammenbricht, dreht sie sich zu Daniel um, der auf seinen Gegner einprügelt.

Leider machen ihn eine durchzechte Nacht und die Gedanken an Khy'ra langsam und nachlässig. Ein Überhandschlag, der eigentlich leicht zu blocken sein sollte, kracht auf Daniels Schild nieder. Der Block ist nur einen Hauch zu langsam, der Winkel falsch, und statt vollständig abgefangen zu werden, prallt die Keule am Schild vorbei und ab, um einen Schlag auf Daniels Schläfe zu landen. Er taumelt, und bevor er sich erholen kann, trifft ein Schlag mit der Rückhand seine Schläfe und setzt Daniel außer Gefecht.

Asin schreit auf und wirft einen *Durchbohrenden Schuss*, bevor der Oger einen dritten Schlag landen kann. Das Messer bohrt sich in den Arm des Ogers und zwingt ihn, seine

Waffe fallen zu lassen. Sie stürmt nach vorne, um ihren Freund zu schützen.

***

Daniel hat den Geschmack einer toten Ratte im Mund, als er wieder aufwacht. Er hustet, Schmerz schießt durch seinen Kopf, seine zarte Schläfe brummt. Er wimmert und rollt sich leicht zusammen, als der Schmerz ihn überflutet, seine Sicht flimmert. Er bleibt still und konzentriert sich auf seine Gabe, zieht sie aus seinem Inneren, um nach der Ursache seines Schmerzes zu suchen.

Prellungen im Gesicht, ein gebrochener Schädel und eine kleine Schwellung in seinem Gehirn durch eine anfängliche Gehirnerschütterung waren die Hauptursachen. Besser, viel besser, als er erwartet hatte, um ehrlich zu sein. Konzentriert senkt er die Schwellung und näht den Schädel mit seiner

Gabe wieder zusammen, um sich Schmerzlinderung zu verschaffen, bevor er seinen kleinen Heilungszauber anwendet, um die Arbeit zu beenden.

Als Daniel endlich seine Augen vollständig öffnet, sieht er Asin in einiger Entfernung hocken und über ihn wachen. Er erschaudert, erinnert sich an das unangenehme Knacken von Holz auf Knochen, das Aufblitzen von Schmerz, und dann: nichts.

„Du hast mich gerettet", sagt Daniel und bewegt vorsichtig seinen Mund. „Du hast auch einen Heiltrank benutzt, nicht wahr?"

Asin nickt und zuckt dann mit den Schultern. Natürlich tat sie das, sie waren Partner. Das war es schließlich, was sie taten.

„Danke", sagt Daniel und steht auf, sein Körper ist weitgehend geheilt. Abgelenkt zu kämpfen war auf dieser Ebene eine schlechte Idee. Ohne einen kompletten Satz schwererer Rüstung konnte jeder Zufallstreffer Probleme verursachen. Natürlich wäre es wahrscheinlich eine gute Idee, sich einen Helm zu besorgen, aber Daniel war skeptisch, die Münzen dafür auszugeben, wenn er bald einen kompletten Satz besserer Rüstung bekommen würde.

„Bereit?" Asin knurrt und Daniel hält inne, reibt sich das getrocknete Blut an seiner Schläfe.

„Nein, … nicht wirklich", entscheidet Daniel plötzlich und schüttelt den Kopf. „Es tut mir leid, vielleicht können wir es an einem anderen Tag versuchen?"

Asin nickt. Sie ist sich nicht sicher, was es ist, aber Daniel war heute offensichtlich nicht ganz anwesend. Mit einer Grimasse wendet sie sich ab, um sich den Weg zurück zum Eingang des Dungeons zu suchen. Nun gut, dann wird sie eben alleine zurück in die fünften Ebene gehen. Kein Grund, nicht noch mehr Münzen zu verdienen, auch wenn ihr Partner sich den Tag freigenommen hat.

***

„Daniel!", ruft Litzburn, der Waffenmeister des Trainingsgeländes, zur Begrüßung und geht auf den jungen Abenteurer zu. Der große, ebenholzhäutige Waffenmeister lächelt seinen ehemaligen Schüler an und schüttelt Daniels Hand mit seiner eigenen schwieligen und vernarbten. „Bist du hier, um zu trainieren?"

„Ja, ich denke schon", sagt Daniel.

„Das ist keine zuverlässige Antwort." Litzburn gluckst und fährt sich mit der Hand über die kahle Kopfhaut, um sich den Schweiß abzuwischen. „Was ist los?"

„Nichts. Ich habe nur viel um die Ohren." Daniel schüttelt den Kopf und blickt auf die Trainingswaffen. „Vielleicht kümmere ich mich einfach ein bisschen um die Taschen."

„Du bist hier immer willkommen", sagt Litzburn und winkt Daniel zum Abschied zu, während er zu seinen anderen Schülern zurückkehrt.

Nachdem sich Daniel später eingewöhnt und Litzburn den jungen Mann dabei beobachtet hat, wie er zielstrebig die Trainingsposten bearbeitet, geht er hinüber und tippt Daniel auf die Schulter. Der junge Abenteurer ist so in Gedanken versunken, dass er Litzburns Annäherung gar nicht bemerkt. „Das reicht. Du beschämst mich und dich selbst. So lernst du nichts als schlechte Angewohnheiten."

Daniels Lippen verziehen sich, und er lässt den Kopf hängen und reibt sich den Nacken, während er sich entschuldigt: „Tut mir leid."

„Komm. Lass uns reden." Er winkt seinen Unterweisern zu, das Training zu übernehmen, und führt den jungen Abenteurer zu einer nahe gelegenen Bank. Der ältere Mann hat schnell die mögliche Ursache des Problems herausgefunden. „Probleme mit Khy'ra?"

„Ja. Nein. Vielleicht", antwortet Daniel sofort und hält dann inne, um seine Gedanken zu sammeln. „Es ist nicht nur das. Es ist … na ja, kann ich dich um einen Rat bitten?"

„Sicherlich."

Daniel spricht hastig und platzt mit der ganzen Geschichte über die Gilden heraus, darüber, dass er immer wieder gefragt wurde, ob er einer beitreten möchte, und über die möglichen Vorteile, die ihm geboten werden. Er spricht schnell und versucht, die Geschichte zu erzählen, und nebenbei erwähnt er auch seine Probleme mit Khy'ra, wie er sie betrogen hat – aber es war nicht wirklich ein Betrug, oder war es vielleicht doch einer? – und was passiert ist. Am Ende läuft er auf und ab, während Litzburn nur nickt. Es ist gut, dass Daniel mit gesenktem Kopf spricht, denn manchmal zucken Litzburns Lippen und seine Augen funkeln vor Belustigung. Ah, die Tragödien der Jugend.

„Ich würde mir nicht den Kopf zerbrechen. Ich glaube nicht, dass die Elfe dich wegen einer solchen Angelegenheit abservieren wird. Ich glaube, deine derzeitige missliche Lage ist Strafe genug", sagt Litzburn, dessen Lippen erneut zucken, bevor er fortfährt. „Ich glaube, du wirst denselben Fehler nicht noch einmal machen, nicht wahr?"

„Ja. Ähm … Nein? Ich werde diesen Fehler nicht noch einmal machen." Daniel nickt fest. „Es war dumm. Und … nicht so gut."

„Mmm … Du schläfst mit einer Elfe, junger Mann. Und eine, die, wie ich höre, zwischen den Laken noch recht energisch ist. Ich fürchte, wenn du deine zukünftigen Begleiterinnen mit ihr vergleichst, wirst du unweigerlich enttäuscht sein", antwortet Litzburn und klopft ihm dann auf die Schulter. „Zumindest technisch gesehen. Es spricht allerdings viel für deine Leidenschaft."

„Oh. Richtig." Als er realisiert, wovon er spricht, fühlt sich Daniel plötzlich unbehaglich, errötet und blickt zu Boden. „Richtig."

„Was dein Problem mit den Gilden angeht, so würden nur wenige in dieser Halle deinen Umstand als Problem empfinden. Gilden sind selten hinter Nahkämpfern her." Litzburn winkt mit der Hand in der Trainingshalle herum, in der seine Schüler hart an ihren Fähigkeiten feilen. „Trotzdem ist das ein schwacher Trost für dich. Ich selbst bin in dem Moment beigetreten, als ich konnte – allerdings erst, nachdem ich meinen eigenen Anfänger-Dungeon abgeschlossen hatte. Mary hingegen hat viele Jahre gewartet, bevor sie es tat, weil sie es vorzog, auf eigene Faust Abenteuer zu erleben."

„Mary gehört zu einer Gilde?" Daniel wird hellhörig und erinnert sich an seine früheste Freundin und die Besitzerin der Schule, in der er sich befindet.

„Ja, aber ihre würde nicht zu dir passen. Sie ist den Weißen Schuppen beigetreten, und die rekrutieren nur Experten-Abenteurer und aufwärts", antwortet Litzburn. „Wenn du dich entscheidest, einer Gilde beizutreten, solltest du dir darüber im Klaren sein, was sie verlangen und was erforderlich ist, um sie zu verlassen. Jede Gilde muss ihre Satzung und Mitglieder bei der Abenteurergilde selbst anmelden, also ist es immer am besten, direkt mit ihnen zu sprechen."

„Danke", nickt Daniel und steht schließlich auf. Gut, zumindest hat er ein wenig mehr gelernt, aber die Erwähnung der Gilde erinnert Daniel daran, dass es noch jemanden gibt, den er um Rat fragen kann. „Ich denke, ich bin für heute fertig."

„Ja, da stimme ich zu", gluckst Litzburn und klopft dem jüngeren Abenteurer auf die Schulter. „Komm an einem anderen Tag wieder. Wir müssen noch an deiner Form arbeiten."

***

„Guten Tag, Liev." Nachdem er in der Schlange gestanden hat, kann Daniel endlich mit dem schmuddeligen rothaarigen Aufseher sprechen.

Der Mann mittleren Alters schaut auf und reibt abwesend an einem Tintenfleck auf seinen Fingern. „Daniel. Ich sehe, du bist zurück. Bist du gerade zurückgekommen?"

„Nein, wir sind gestern Abend angekommen. Ich hatte gehofft, mit dir sprechen zu können?" Daniel gestikuliert hinüber zu den Tischen an der Seite, und Liev nickt und winkt einem der anderen Aufseher, seinen Platz zu übernehmen.

„Worum geht es hier?" Liev sitzt da, bemerkt Asins Abwesenheit und fragt sich, ob es Probleme bei dem Paar gibt. Es war schließlich nicht ungewöhnlich, dass sich Abenteurergruppen trennten.

Noch einmal spricht Daniel über seine Einladungen, den Gilden beizutreten, und lässt seine Probleme mit Khy'ra aus. Es war ihm immer noch etwas peinlich, dass er die Angelegenheit mit Litzburn besprochen hatte, und er wollte es sicher nicht noch einmal erwähnen, schon gar nicht bei Liev. Nachdem er fertig ist, sitzt Liev schweigend da und starrt den jüngeren Mann an. Er seufzt und reibt die Finger wieder aneinander, um über den Tintenfleck zu schrubben. „Es tut mir leid, Daniel. Ich hätte dich darüber informieren sollen, bevor du gegangen bist."

„Es ist in Ordnung", sagt Daniel sofort.

„Nein, ich hätte dich warnen müssen. Ich wusste, dass lokale Gruppen mit dir zusammenarbeiten wollten, aber ich hatte deine Großzügigkeit mit deinen Heilergaben vergessen. Es war klar, dass das auf deinen Reisen Aufmerksamkeit erregen würde", fährt

Liev fort, bevor er den Kopf schüttelt. „Ich hätte dich warnen müssen.“

„Mich warnen?“ Daniel zieht die Augenbrauen zusammen und blinzelt Liev an, während er über die Worte nachdenkt.

„Ja. Die Gilden, die Abenteurer untereinander bilden, sind sowohl eine große Hilfe als auch ein großes Hindernis“, sagt Liev. „Wir mussten schon mehr als eine Gruppe gewaltsam auflösen, indem wir die Anführer ihrer Mitgliedschaft enthoben und die Abenteurer neu zugewiesen haben. Es ist eine Menge Arbeit, denn einige können mit der Macht, die eine solche Gruppe bieten kann, nicht umgehen. Die Vorteile, von denen sie sprechen, sind wahr, aber viele Gruppen versuchen auch, ihre Mitglieder für diese Vorteile ganz stark zu kontrollieren. Ich hätte mir gewünscht, dass du ihre Aufmerksamkeit noch eine Weile vermeidest, aber es ist geschehen. Für den Moment empfehle ich dir, deine aktuelle Aufgabe zu beenden. Wie auch immer du dich entscheidest, mit mehr Erfahrung und besserer Rüstung wirst du mehr Vorteile haben."

„Soll ich mich dann einer anschließen? Litzburn hat mir das vorgeschlagen."

„Litzburn hat mit seiner Gilde Glück gehabt, bevor er sich zurückgezogen hat. Andere haben nicht so viel Glück", antwortet Liev sofort. „Wenn ich du wäre, würde ich meine Fähigkeiten nicht anderen anvertrauen, egal wie freundlich sie scheinen."

Ein schiefes Grinsen verzerrt sein Gesicht, als Daniel nickt. Richtig. Seine Gabe. Er hat schon wieder vergessen, wie das die Dinge für ihn erschweren konnte. „Danke, Liev."

„Es ist eine große Entscheidung, Daniel. Lass dir Zeit damit", sagt Liev, lächelt und steht auf. „Also, wenn das alles ist …?"

Daniel nickt abwesend und lässt den Mann gehen, während er wieder in Gedanken versinkt.

Keiner dieser Männer hatte ihm geholfen, eine Entscheidung zu treffen. Gut, außer vielleicht was Khy'ra betrifft.

***

„Daniel", lächelt Khy'ra leicht und spricht erst, nachdem sie beobachtet hat, wie Daniel die Wunde am Arm des Schreiners fertig verarztet. Der Schreiner bedankt sich mit einem Kopfnicken und verlässt den Untersuchungsraum, um eine Münze in das Spendenglas zu werfen.

„Khy'ra", antwortet Daniel und bewegt sich leicht. Da er nichts mehr zu tun hatte und müde vom Nachdenken war, ist er in die Klinik gekommen, um zu arbeiten.

„Wie geht es dir?"

„Mir geht es … na ja." Daniel reibt sich den Nacken und streckt zaghaft eine Hand aus.

Khy'ra kommt herüber, nimmt sie, und er lächelt leicht, als er sich entspannt.

„Es … tut mir leid", sagt Daniel.

„Wie ich schon sagte, du musst dich bei mir nicht entschuldigen. Du solltest dich bei dir selbst entschuldigen", sagt sie, beugt sich vor und küsst ihn sanft. „Ich wollte nur, dass du es dir überlegst."

Daniel nickt: „Ja. Ich glaube, ich verstehe, was du sagen wolltest."

„Gut." Sie lächelt leicht und umarmt ihn. „Ich wollte nur Hallo sagen. Es gibt noch eine Menge Arbeit zu tun. Aber wir können reden, heute Abend?"

„Heute Abend", antwortet Daniel, lächelt und erwidert die Umarmung, bevor er sie widerstrebend loslässt.

*****

„Du wurdest also von den Gilden angesprochen. Immerhin wissen sie nichts von deiner Gabe", sagt Khy'ra und schaut von seiner Brust zu ihm auf, während sie auf ihrem Bett liegen.

„Ja, Liev sagt, es wäre das Schlimmste, wenn sie es wüssten", antwortet Daniel. „Es ist wirklich dumm; es ist ja nicht so, als ob ich es während eines Kampfes oder so benutzen könnte."

„Mmm … Du bist zu sehr daran gewöhnt, sie zu haben, Daniel. Deine Gruppe, deine ganze Gilde ständig in Topform zu haben? Kein Gold für Tränke ausgeben zu müssen? Das würde eine große Hilfe sein. Zu viele Gruppen sehen sich gezwungen, entweder teilweise verletzt oder müde zu arbeiten oder große Summen für Tränke auszugeben. Und auf längeren Streifzügen in fortgeschrittenen Dungeons? Deine Gabe wäre ein Lebensretter", sagt Khy'ra. „Du hast hier eine Menge Macht und viele Möglichkeiten."

Daniel nickt langsam und lässt abwesend seine Hand über ihren nackten Rücken gleiten; er spürt die glatte Haut unter seinen Fingern: „Du meinst also, ich sollte einer Gilde beitreten?"

„Mmm … Ich denke, du solltest damit nicht aufhören. Und dass du dich an deine frühere Lektion erinnern solltest."

Daniel hält inne, seine Hand schwebt einen Moment lang. Frühere Lektion? Oh … Als er zu verstehen beginnt, werden seine Gedanken von weichen Lippen unterbrochen. Richtig – einige andere Dinge haben Vorrang.

# Kapitel 14

„Guten Morgen, Asin", grüßt Daniel seine Freundin, die schon früh aufgestanden ist und am Eingang des Dungeons auf ihn wartet. Sie nickt zur Begrüßung, schnuppert einmal und lächelt leicht. Daniel seufzt, als er merkt, dass seine Überraschung von ihren überlegenen Sinnen verraten worden war. Er greift in seinen Rucksack und holt das Sandwich für die Catkin heraus, das die gestapelte Delikatesse aus Speck und Schinken sofort verschlingt.

Als sie fertig ist, sagt Daniel: „Ich denke, wir sollten uns erst einmal auf die siebte Ebene konzentrieren. Looten wir so viele Steine wie möglich. Wenn wir Liev nach dem Umrechnungskurs der beiden Klasse-B-Steine für die kleineren Steine fragen, können wir uns darauf konzentrieren, nur die kleineren zu bekommen. Ich denke, das wird sicherer für uns sein als das Risiko, auf, na ja, tieferen Ebenen einzugehen. Was denkst du?"

Asin nickt zustimmend. Die gestrige Erfahrung hat sie eindringlich daran erinnert, dass Können und Taktik zwar den Unterschied ausmachen, sie aber beide nicht ausreichend ausgerüstet und ausgebildet sind. Ein kleiner Fehler könnte in einer Tragödie enden.

Entschlossen gehen die beiden noch einmal hinunter auf die siebte Ebene, mit der Absicht, die Oger nur für ihre Steine zu looten. Keine riskanten Angriffe, kein Drängen. Langsam und gleichmäßig würden sie vorgehen.

***

„Juhuu!" Schreiend rennt der halbnackte Abenteurer vor den beiden her und stürzt sich auf ein paar Oger, die die beiden zuvor angegriffen hatten. Seine Freunde, die hinter ihm herlaufen, rufen ihnen eine schnelle Entschuldigung zu, während sie die beiden überholen, um ihren Freund zu unterstützen.

„Hey!" Daniel grummelt und senkt seine Armbrust. Verdammt noch mal. Das war schon das zweite Mal an diesem Tag, dass diese Gruppe eine ihrer Beute stiehlt.

Asin schreit ebenfalls wütend auf, ihr Schwanz peitscht seitwärts, während sie beobachtet, wie die fünf Abenteurer die Oger aufteilen. Der halbnackte Krieger mit dem übergroßen Schwert nimmt es mit einem einzelnen Oger auf, während seine Freunde den letzten attackieren und ihn schnell verkrüppeln und töten. Sie arbeiten reibungslos zusammen, bedrängen den Oger ständig und greifen ihn so an, dass sich das Monster nie ganz auf ein einzelnes Mitglied konzentrieren kann.

Der halbnackte Krieger hingegen ist voller Tatendrang und mit wenig Geschicklichkeit bereit, sich Schlag um Schlag mit dem Oger zu messen. In der Tat scheint der Oger schlimmer angeschlagen zu sein, da der Abenteurer bei jedem Hieb leicht zittert und ein leichter roter

Nebel von seinem Körper aufsteigt, als er verletzt wird.

„Gehen“, sagt Asin nach einem Moment und schüttelt den Kopf. Sie könnten genauso gut weiterziehen, in der Hoffnung, eine andere Gruppe zu finden. So ärgerlich es auch war, der heutige Tag war noch in Ordnung gewesen. Daniel nickt und wägt anhand seiner Minikarte ab, in welche Richtung sie gehen müssen, bevor er weitergeht. In dieser Richtung gibt es ein paar kleine Höhlen, in denen sich oft der Champion der Ebene aufhielt.

Das Paar wandert schweigend weiter, achtet auf den Boden und die Umgebung. Asin muss Daniel noch davon abhalten, in eine versteckte Grube zu laufen, was sie mit einem Lachen quittiert. Auf seine Entschuldigung hin rümpft sie nur die Nase, und Daniel umgeht die Falle leise vor sich hin grummelnd. Hinter ihm grinst Asin, obwohl sie weiß, dass ihr Freund die offene Erde unter der Grasschicht, die die Falle bedeckt, nicht riechen kann. Die Menschen und ihre erbärmlichen Nasen.

Als sie sich den Höhlen nähern, beginnen Asins Ohren zu zucken. Sie bewegt sich schnell vorwärts und überholt Daniel, während sie den Boden vor ihnen nach weiteren Fallen absucht, da sie nun weiß, wohin sie gehen muss. Bald darauf entdecken sie den Oger-Champion selbst und die Truhe hinter ihm. Der Oger-Champion ist über drei Meter groß, in eine Lederrüstung gekleidet und trägt ein Paar Metallhandschuhe, die seine Arme bedecken. Als sie sich nähern, brüllt der Champion herausfordernd und stürzt sich auf die beiden.

Daniel hebt seine Armbrust und feuert sofort. Der Bolzen gräbt sich in den Torso der Kreatur. Der Treffer verlangsamt das Monster nicht einmal, als Asin zur Seite rennt und ein Messer mit *Durchbohrendem Schuss* auflädt. Sie wirft das Messer und setzt sofort mit *Messerfächer* nach, während sie ein weiteres Messer loslässt und sich darauf konzentriert, Daniel Zeit zu verschaffen, um seine Armbrust erneut zu laden und abzufeuern. Der Oger-Champion lässt sich jedoch nicht ablenken und fängt das erste Messer mit seinem Stulpen ab. Er ignoriert die beiden Messer, die ihn anschließend treffen, und stürmt auf Daniel zu.

Als es nur noch drei Meter entfernt ist, springt er und schwingt seine Faust, um Daniel zu zerquetschen. Anstatt das Monster zu blocken, lässt sich Daniel fallen und rollt sich ab, wobei er seine Armbrust loslässt, um auf die Beine zu kommen. Schnell richtet Daniel seinen Schild und Streitkolben aus und beginnt, das Monster zu umkreisen, um eine ungeschützte Stelle zu finden, während Asin die Kreatur weiterhin mit Messern bewirft.

Der Champion knurrt, ignoriert die lästige Catkin und die Messer, die aus seinem Rücken ragen, als er wieder nach vorne springt, die rechte Faust schwingt und dann fast sofort mit einer geraden Linken nachsetzt. Daniel weicht dem ersten Schlag aus und ist dann gezwungen, Schild und Streitkolben zusammenzulegen, um den zweiten zu blocken, wobei er durch die schiere Kraft des Schlages rückwärts stolpert. Noch während er versucht, wieder auf die Beine zu kommen, tritt der Oger nach vorne und holt erneut mit der Linken aus, was Daniels eiligen Schutz zerschmettert und ihn auf den Boden schleudern lässt. Als Daniel Blut aus einem Schnitt in seinem Mund spuckt, kämpft er sich auf die Beine, seine Augen funkeln vor zurückgehaltener Angst.

Der Oger tritt nach vorne, Asins Kettenkugel landet einen Treffer und wickelt sich um die Beine der Kreatur. Das bringt den Champion ruckartig zum Stehen und zwingt ihn zum Stolpern, während kleine Blitze zwischen seine Beine springen. Asin setzt sofort mit einem *Durchbohrenden Schuss* nach, das geworfene

Messer stürzt in das tragende Glied der Kreatur und zwingt den Oger zu Boden.

Daniel rollt sich schnell ab und schafft es gerade noch, nicht zerquetscht zu werden, während ihm der ungewaschene Geruch des Champions entgegenweht. Daniel kniet sich hin und sieht den Ellbogen, mit dem sich der Oger abstützt. Er steht auf und löst *Perins Schlag* aus, der das Glied in den Boden schmettert. Der Schlag bricht den Ellbogen und zwingt den Oger endgültig in die zu Boden. Daniel greift den Arm sofort wieder mit einem weiteren Paar von Skill-unterstützten Schlägen an.

Der Arm zuckt, der Champion holt aus und erwischt Daniel in der Seite. Der Abenteurer verdreht seinen Körper und rollt sich mit dem Schlag so gut er kann. Daniel ist schwach auf den Beinen und gezwungen, eine *Kleine Heilung* bei sich selbst anzuwenden, während er sich von den vielen schweren Schlägen, die er abbekommen hat, zusammenflickt.

Während Daniel sieht erholt, stürmt Asin nach vorne, um dem Monster keine Chance zum Aufstehen zu geben. Sie duckt sich dicht an den Oger heran, stößt ihre Messer in die Rückseite der freiliegenden Oberschenkel der Kreatur und versucht, den Gegner zu lähmen. Weiße Funken fliegen, und der Champion entleert gezwungenermaßen seinen Darm, da die Elektrizität ihm seine Körperfunktionen raubt. Der unerwartete Angriff lässt Asin zusammenzucken, da sie von dem plötzlichen giftigen und unerwarteten Ansturm überfallen wird. Sie ist für einen kurzen Moment abgelenkt und bemerkt nicht das Bein, das ihr in die Seite schießt, bis es zu spät ist und sie auf den Boden kracht, wobei ihr Arm durch den Aufprall bricht.

Der verkrüppelte Champion kämpft sich auf die Knie und brüllt trotzig, als der vollständig erholte Daniel auf ihn zustürmt. Er duckt sich unter dem rechten, auf ihn zukommenden Schlag, springt in die Luft und löst einen

*Schildschlag* aus, bei dem er seinen Schild direkt auf den Nasenrücken des Ogers knallt. Während der Oger sich die zertrümmerte Nase hält, wirft Daniel seinen Körper in den nächsten Angriff, der gegen die Schläfe des Monsters trifft und den Kampf beendet.

Asin humpelt herüber und gibt einen leisen Schmerzensschrei von sich, um Daniels Aufmerksamkeit zu erregen. Er richtet dann zuerst ihren Arm, bevor er sie heilt. Sie wimmert und spürt das Knirschen der Knochen, als er ihr verletztes Glied wieder richtet, bevor der kühle Schwall des Zaubers über ihre entzündeten Nerven rollt. Trotz des Schmerzes beobachtet sie den Höhleneingang und den Manastein in der Truhe, falls Diebe in roten Umhängen auftauchen. Nachdem er das Wenige, was er im Moment tun kann, erledigt hat, eilt Daniel hinüber, um ihre Beute einzusacken. Dann kehrt er zurück, um der Beastkin wieder zu helfen.

„Genug für heute?", fragt Daniel, sein Mana ist aufgebraucht.

„Ja", nickt Asin und humpelt langsam vorwärts. Ihr Arm fühlte sich brüchig an, wie immer nach einer Heilung, und der Bluterguss an ihrer Hüfte ist noch nicht ganz verheilt.

„Hier, lass mich das reparieren …" Daniel weitet seine Gabe aus, und Asin zischt ihn an, als sie begreift, was er vorhat. Sie weiß zwar nicht, was genau die Gabe ihn kostet, aber sie versteht, dass alle Gaben einen Preis haben. „Asin …"

„Klein. Mir geht es gut", betont Asin und zwingt sich, weniger zu humpeln.

„Asin …" Daniel stupst sie an, und sie schaut ihn grummelnd an. „Wir sind Partner."

„Mana. Später", beharrt Asin, hält inne und fügt hinzu. „Monster Gift".

„Ähm …"

„Kämpfe Monster. Verwenden Gift", versucht Asin erneut.

„Okay", seufzt Daniel, geht ein paar Schritte weiter und bleibt dann stehen. Seine Armbrust! Er eilt zurück, holt sie und überprüft sie auf Schäden, während er wieder zu seiner Freundin geht, die sich an der Seite reibt. Er ist zwar nicht glücklich mit ihrer Entscheidung, aber zumindest hat sie einen Kompromiss geschlossen. Und das könnte er auch.

Als sie zurückgehen, sehen sie die Gruppe von Abenteurern von vorher, obwohl einer von ihnen fehlt. Als sie näher kommen, sehen sie, dass die Gruppe eine Reihe von Seilen zusammenbindet und um die nun freigelegte Grubenfalle herumsteht.

„Problem?", fragt Daniel, als er sich ihnen nähert, Neugierde überkommt ihn.

„Unser Freund ist in die Grubenfalle gefallen, aber er ist okay", antwortet ein hammerschwingender Abenteurer für die Gruppe. „Er hat sich beeilt, um zum Champion zu kommen, und na ja …"

Asins Ohren zucken, als sie die vertraute Stimme des halbbekleideten Abenteurers hört, der die Gruppe zur Eile auffordert. Offensichtlich hatte der Sturz dem zähen Abenteurer wenig geschadet. Sie stupst Daniel an und signalisiert ihm, weiterzugehen, und Daniel nickt und wendet sich ab.

„Hey, seid ihr zwei gerade vom Champion gekommen?", fragt eine weibliche Abenteurerin, ihre Stimme hoch und melodisch, während sie ihren Teil des Seils weitergibt.

„Ja", antwortet Daniel.

„Verdammt, nur ihr beide? Und ihr seid kaum verletzt!" Bewunderung erfüllt ihre Stimme, als sie die beiden anschaut. „Ihr müsst ein ziemlich hohes Level haben."

Daniel zuckt mit den Schultern und Asin sagt nichts, obwohl sich ihr Schwanz leicht amüsiert kräuselt.

„Scheiße. Jetzt müssen wir Omrak erzählen, dass ihr den Champion getötet habt", stöhnt ein anderer Abenteurer. Bei dieser Aussage schauen alle seine Freunde niedergeschlagen drein. Während die Gruppe diese schlimme Nachricht verdaut, machen sich die beiden auf den Weg.

„Wir könnten ihn dort lassen …" Asin hört diesen letzten Vorschlag, während die beiden davonhumpeln.

***

An diesem Abend sitzen Daniel und Asin im Spinning Top und teilen sich nach einem harten Arbeitstag ein Essen. Es war eine gute Ausbeute für ihr Level, und die beiden feierten mit einem guten Essen und Trinken. Sie starren auf ihre nun leeren Teller, betrachten den angebotenen Apfelkuchen und fragen sich, ob noch ein Stück in sie hineinpasst.

Die beiden sitzen gerade in der Ecke, als ein Geräusch die Aufmerksamkeit der beiden erregt. Der große, halb bekleidete Mann im Pelz schreit vor Freude auf, schreitet herüber und grinst breit. „Ich habe euch gefunden!"

Daniel runzelt die Stirn, lehnt sich in seinem Stuhl zurück und lässt eine Hand in seinen Schoß fallen. Auch Asin macht keine offensichtliche Bewegung, obwohl sich ihr Schwanz träge hin- und herbewegt. Auch wenn es komisch war, war es nicht ungewöhnlich, dass Abenteurer Vergeltung für gestohlene Tötungen suchten. Als der Abenteurer sich ihnen nähert, ist Daniel überrascht, wie jung er ist — schätzungsweise kaum älter als sechzehn, sein Gesicht faltenfrei und noch im Wachstum, das Haar blassgelb. Der Abenteurer bewegt sich fließend, obwohl man ihm die Begegnungen vom Vortag an seinem hemdlosen und muskulösen Oberkörper ablesen kann. Dennoch scheinen die blauen Flecken den übermütigen Jungen kaum zu bremsen.

„Ja?", fragt Daniel und stellt fest, dass der Abenteurer ihn um fast dreißig Zentimeter überragt. Und er ist vielleicht noch nicht einmal ausgewachsen!

„Ich wollte die beiden mächtigen Abenteurer treffen, die den Champion allein besiegt haben. Auf solche Tapferkeit muss man anstoßen! Ich bin Omrak, Sohn von Losin", spricht der Jüngling, seine Stimme so laut, dass es fast ein Schrei ist. Er deutet mit einer Geste auf die nächstgelegene Kellnerin. „Kommt, serviert diesen Helden ein Getränk. Ich werde ein Ale nehmen."

„Laut!", schimpft Asin und reibt sich die Ohren.

„Das ist es sehr wohl, nicht wahr? Das ist eine gute Taverne!", antwortet Omrak, seine Lautstärke ändert sich nicht. „Und wer seid ihr, ihr Helden?"

„Ich bin Daniel, und das ist Asin", antwortet Daniel und deutet mit einer Geste auf seine Begleiterin, bevor er fortfährt. „Und sie hat von dir gesprochen."

„Ah." Omrak hält inne und senkt seine Stimme zu einem Bühnenflüstern: „Ist das besser?"

Asin rollt mit den Augen, als die Kellnerin mit drei Bechern rüberkommt, einer gefüllt mit Sabu und die anderen beiden mit Ale. Mit einem Blick auf Asins Getränk sagt Omrak: „Was ist das für eine lila Mischung?"

„Sabu. Das ist ein traditionelles Beastkin-Getränk", antwortet Daniel und blickt auf den Becher, bevor er lächelt und sich leicht entspannt. „Danke für den Drink."

„Ganz und gar nicht. Glückwunsch zum Töten des Champions. Wie ich sehe, haben sich meine Gefährten geirrt – ihr Helden seid völlig unverletzt. Ihr müsst wirklich mächtige Krieger sein", sagt Omrak.

„Ähm … nein. Wir sind genesen", antwortet Daniel, während Asin ihren Teller sauber kratzt.

„Ja. Natürlich könntet ihr Helden euch sehr viele Heiltränke leisten. Sie sind hier extrem teuer, nicht wahr?“, sagt Omrak wieder und reibt sich an der Seite. „Ich selbst habe schon einige kaufen müssen.“

„Uns ist dein … besonderer Kampfstil aufgefallen“, antwortet Daniel und nutzt dann die Gelegenheit, um hinzuzufügen. „Da war ein roter Nebel, der von dir ausging, während du gekämpft hast?“

„Die Kampfwut! Es ist ein Skill für unsere Krieger, aber er ist nicht so nützlich gegen einen einzelnen Gegner“, stellt Omrak grinsend klar. „Ihr Südländer habt so etwas nicht. Er gibt einem zusätzliche Kraft und tötet den Schmerz des Kampfes.“

„Das ist ziemlich praktisch“, nickt Daniel und begreift, woher Omrak kommen muss. Weiter nördlich, hinter den Grauen Bergen, war ein tiefes Tal, das das Land halbierte, in dem zahlreiche kleinere Stadtstaaten existierten. Weiter nördlich von diesen Stadtstaaten trennte ein kleines Meer ihre Länder von Squalak. Die gebirgigen Länder, die dieses Land ausmachten, waren dafür bekannt, dass sie diejenigen, die weiter südlich von ihnen in einem weniger rauen und kalten Klima lebten, Südländer nannten.

„Kommt, lasst uns anstoßen!" Omrak deutet auf ihr Getränk, und Asin seufzt und hebt ihr Getränk an, wie es auch Daniel tut. „Auf große Helden. Mögen unsere Namen in die Sterne geschrieben werden!"

Sie trinken aus ihren Bechern und schauen Omrak an, der lange Zeit grinsend dasteht. Als es ungemütlich wird, hustet Daniel und fügt hinzu: „Willst du dich zu uns setzen?"

„Ja!" Omrak schnappt sich einen Platz in der Nähe und setzt sich hin. „Kommt, ihr Helden, lasst uns von unseren Abenteuern erzählen."

Asin rollt wieder mit den Augen, hält aber inne, als Omrak eine Münze auf den Tisch fallen lässt, während er die Kellnerin heranwinkt. „Ich brauche Essen und mehr Getränke für meine Freunde!" Gut, vielleicht könnte Asin bleiben, wenn er bezahlte. Kostenlose Getränke sind kostenlose Getränke.

***

Eine Woche später gehen die beiden in Maxwells Laden. Es war eine lange Woche, in der sie immer wieder auf der siebten Ebene für Manasteine arbeiteten, aber sie hatten endlich genug verdient, um die Kosten für die beiden fehlenden B-Klasse-Steine zu decken und auch, um ihren Lebensunterhalt für ein paar weitere Wochen zu bestreiten.

„Na endlich! Ich dachte, ihr zwei würdet nie fertig werden", brummt Maxwell, nimmt den Beutel und starrt auf die darin enthaltenen Steine. Er prüft sie sorgfältig und nickt zufrieden. Diese Steine würden mehr als genug sein, um den Ofen anzutreiben, während er an seinem Meisterwerk arbeitete. „Holt ihr dann meine Giftsäcke?"

„Ja", antwortet Daniel und lächelt leicht. „Wir fahren in zwei Tagen los."

„Zwei Tage!" Maxwells Stimme hebt sich. „Warum braucht ihr so lange?"

„Wir brauchen Karten, Ausrüstung, Proviant", sagt Daniel. „Wir haben auch unser Leben zu leben, weißt du. Seit wir von eurer Reise zurück sind, waren wir jeden Tag unten im Dungeon."

„Trotzdem …"

„Zwei Tage. Wenn wir Glück haben, bekommen wir die Säcke ganz einfach und sind in ein paar Tagen zurück. Dann ist es endlich geschafft", sagt Daniel und fährt dann nach einer Pause fort. „Kann ich die Teile sehen?"

Maxwell protestiert nicht weiter, seufzt und winkt Daniel herüber. Seit Daniel zurückkam, hatte er Maß genommen und die Rüstungsteile für Daniel gebaut, wobei er jedes fertige Stück hinten lagerte. Obwohl die Teile größtenteils fertig sind, müssen noch letzte Anpassungen vorgenommen werden, wenn Daniel die Teile anziehen will, um sicherzustellen, dass die Rüstung bequem sitzt und einen vollen Bewegungsumfang zulässt. Als Daniels Blick auf den Helm fällt, streckt er die Hand aus, um ihn sanft zu streicheln, bevor er Max anschaut.

„Könnte ich vielleicht eine Anzahlung darauf machen? Ich habe nicht wirklich einen Helm …", fragt Daniel zaghaft. Das war schließlich außerhalb ihres Vertrags. Maxwell runzelt die Stirn und schaut dann noch einmal zu dem Jungen, bevor er den Kopf schüttelt.

„Nein." Als er Daniels niedergeschlagenes Gesicht sieht, hält er ihn ihm vor die Nase. „Du kannst ihn behalten. Ich vertraue dir. Jetzt zieh ihn an und lass ihn mich anpassen."

Grinsend nimmt Daniel zuerst die Panzerkappe von Maxwell und setzt dann den Helm auf. Der kegelförmige Helm bedeckt den größten Teil von Daniels Gesicht und lässt nur seine Augen und seinen Mund frei, die unteren

Wangenschützer ragen ein Stück nach unten. Asin nickt zustimmend, ihre Lippen zucken leicht, als Daniel sich unbehaglich hin und her bewegt, während Maxwell Kinnriemen und Passform überprüft. Wenn Daniel schon einen Helm tragen und seine Sinne einschränken würde, könnte er auch gleich in die Vollen gehen.

Maxwell nimmt den Helm von Daniels Gesicht ab und macht sich sofort daran, ihn anzupassen. Daniel geht zu seiner Freundin hinüber und murmelt: „Du?"

„Nein." Asin schüttelt den Kopf und tippt sich dann an die Ohren. „Nichts hören. Nicht riechen. Nicht sehen. Schlecht. Sehr schlecht."

„Mmm …" Daniel grunzt und zuckt dann nach einem Moment mit den Schultern. Es war ihre Wahl, doch je heftiger der Kampf wurde, desto schwieriger wurde es für sie, allen Schlägen auszuweichen.

Asin sieht und riecht seine Besorgnis und kichert. Sie tippt erneut an ihre Schläfe: „Verzauberung. Schutz. Kaufen bald. Daniel bezahlt mich."

Daniel runzelt für einen Moment die Stirn und setzt schließlich zusammen, dass sie von dem Geld, das er ihr schuldete, stattdessen einen Schutzzauber kaufen würde. Etwas beruhigter klopft er abwesend auf seine Brieftasche. Drei Viertel seines Verdienstes ständig zu verschenken und die Manasteine verdienen zu müssen, bedeutete, dass er in diesen Tagen mager lebte. Trotzdem würde sich eine maßgeschneiderte Rüstung lohnen, das spürt er in seinen Knochen. Maxwell ruft ihn zu sich, und Daniel eilt zu ihm, während Asin sich gelangweilt von ihnen verabschiedet. Sie haben ihr Treffen in zwei Tagen angesetzt, bis dahin hat sie noch viel zu tun.

***

„So bald schon", sagt Khy'ra niedergeschlagen und dreht langsam ihren Löffel in der Suppenschüssel vor ihr. Als sie am Abend im Spinning Top sitzt, verdaut die Elfe die Information, dass Daniel schon wieder abreisen wird.

„Diesmal wird es nur kurz dauern!", antwortet Daniel ihr eilig und drückt ihre Hand. „Und ich habe morgen frei, wenn du es schaffst …"

Khy'ra wirft Daniel ein kleines Lächeln zu, unwillig zu erklären, dass es sein baldiges Verlassen von Karlak ist, das der Elfe zu schaffen macht. Die erfahrene Elfe und ehemalige Abenteurerin wusste, dass es mit Daniels neuen Rüstung nur noch ein paar Monate dauern würde, bis er mit dem Dungeon und damit auch mit dieser Stadt fertig war. „Morgen … Ich habe morgen früh Besprechungen, aber ich kann mir den Rest des

Tages freinehmen", sagt sie fest. Wenn sie ihn schon verlieren würde, konnte sie es genauso gut genießen, solange sie es konnte. Das war schließlich ihre Art.

„Das ist toll! Ich muss sowieso noch ein paar Einkäufe für die Reise machen", sagt Daniel, drückt ihre Hand und lächelt. „Ich habe auch etwas, das ich dir in meinem Zimmer zeigen möchte." Khy'ra lacht und als Daniel realisiert, was er gesagt hat, errötet er. „Nein, es ist ein Helm!"

Das bringt Khy'ra nur noch mehr zum Kichern, und Daniel gibt einfach auf und lässt den Kopf hängen. Elise, angezogen vom Anblick der kichernden Elfe, hebt eine Augenbraue.

„Daniel hat einen Helm, den er mir zeigen will. In seinem Zimmer", kichert Khy'ra.

Elise, die den Scherz offensichtlich nicht so lustig findet wie die Elfe, schnaubt und geht weg. Das mildert Khy'ra's Kichern nur wenig, obwohl sie wieder nach Daniels Hand greift und sie drückt. Morgen würde reichen, und so viele Morgen, wie sie eben bekommen konnte.

# Kapitel 15

Der Perlenwald liegt südwestlich von Karlak und ist technisch gesehen immer noch Teil von Brad. Allerdings macht die Anwesenheit der Querk-Spinnen und anderer Monster den Besitz des Waldes mehr zur Theorie als zur Tatsache. Er erstreckt sich über Hunderte von Kilometern und umfasst Ländereien sowohl in Brad als auch in den Grenzgebieten, in denen die Orkstämme unkontrolliert umherziehen.

Doch so gefährlich es auch war, in der Nähe des Waldes zu leben, die leichte Versorgung mit Holz und Monsterteilen für alchemistische Lösungen trieb das Wachstum kleiner Grenzdörfer und der für den Lebensunterhalt benötigten Farmen voran. Irgendwann war der Wald so weit abgeholzt, dass ein neues Fort und ein neues Dorf entstanden und das alte nur noch ein weiteres Grenzdorf war.

Ein solches Dorf hatten Asin und Daniel besucht, bevor sie in den Wald selbst reisten.

Anstatt durch die Wildnis auf der wilden Suche nach den Querk-Spinnen und den benötigten Giftsäcken zu ziehen, haben die beiden beschlossen, örtliche Jäger für die Informationen zu bezahlen. Querk-Spinnen waren gefährlich und ihre Giftsäcke waren sehr begehrt, jedoch gab es wesentlich leichteres Wild, das gejagt werden konnte. So war es für diese Jäger einfacher, bekannte Verstecke zu meiden, was Abenteurern wie Asin und Daniel die Möglichkeit gab, Karten wie die, die sie gerade durchsuchten, zu erwerben.

Den Kopf über das Dokument gebeugt, murmeln Asin und Daniel leise, während sie die zusammengekratzte Karte überblicken. Leider war keiner der Jäger, mit denen sie gesprochen hatten, kartenkundig, und das Dokument in ihren Händen, konnte nur durch eine sehr weit gefasste Definition des Begriffs gerade noch als Karte bezeichnet werden. Zweimal schon hatten sich die beiden auf der Suche nach dem ersten

Versteck im Wald verirrt, aber zumindest erlaubt Daniels eigene Fähigkeit es ihm, schnell ein Verständnis für den Grundriss ihrer Umgebung in seinem Kopf zu entwickeln. Mit der Zeit würden sie sich sicherlich wesentlich besser im Wald zurechtfinden.

Asin zuckt mit den Ohren und tritt schnell von Daniel weg, um ihr Messer zu ziehen. Sie dreht sich langsam um, ihr Blick geht nach links. Daniel folgt ihr schnell, nachdem er die Karte weggestopft hat. Noch während er nach seinem Streitkolben greift, springt eine kleine graue Kreatur mit drei Beinen zum Angriff nach vorne, nur um in der Luft von Asins Klinge abgefangen zu werden. Sie fällt knochenlos zu Boden, doch hinter ihr kommen noch mehr Monster.

„Graue Mus", murmelt Daniel unbewusst, während er in die Hocke geht, um einen besseren Winkel zum Zielen auf die sich schnell bewegenden nagetierartigen Kreaturen zu bekommen. Wie ihr Name schon sagt, waren die Nagetiere grau, etwa eine Handbreit groß und mit einem Paar extrem scharfer Vorderzähne ausgestattet. Obwohl die grauen Mus einzeln nicht gefährlich waren, waren sie aggressive Schädlinge, die sich schnell vermehrten und bereit waren, größere Beute zu erlegen. Dennoch war es ungewöhnlich, zwei ausgewachsene Humanoide anzugreifen.

Als Daniel nach der ersten Mus schwingt, die sich ihm nähert, wird er durch das laute Knacken eines Astes weit hinter der Flut an Kreaturen abgelenkt. Die anvisierte Mus bleibt nicht einmal stehen, sondern flieht an Daniel vorbei, während ihr natürlicher Feind im Wald auf sie zustürmt.

Der Tento Gulo schießt nach außen, sein langer brauner Körper schmiegt sich an den Boden, während rankenartige, mit Stacheln besetzte Tentakel eine nach der anderen ausfahren, um die unglückliche Mus in sein langes, rüsselartiges Maul zu befördern. Das braun-schwarze Monster mit seinem langen, schlanken Körper und dem überdimensionalen Kopf knirscht mit seinen nadelscharfen Zähnen auf jede Mus ein, die in seinem Maul landet, und reißt seine unglückliche Beute auseinander.

Asin, die einen letzten Dolch in eine Mus geworfen hat, sieht zu, wie das unglückliche Nagetier ebenfalls aufgespießt und zum Maul des Gulo gebracht wird, wobei ihre Klinge noch in seinem Körper steckt.

Der Gulo hält in seiner Verfolgung inne und starrt die beiden Abenteurer an, die Tentakel peitschen um ihn herum. Daniel bleibt in der Hocke und beobachtet das Monster, während Asin ein Paar Wurfmesser bereithält. Für ein paar angespannte Momente starren sich beide Parteien an, bevor der Gulo langsam zurückweicht und dabei seine gefangene Beute zum Maul schiebt.

Erst als die Kreatur endlich weg ist, entspannen sich die beiden Abenteurer und lachen sich gegenseitig an. Ein Kampf mit dem Monster brachte wenig – schließlich waren sie nicht hier, um Gulo-Teile zu sammeln. Besser, sie bleiben bei ihrer Aufgabe.

***

Als sie sich endlich dem Standort der ersten Querk-Spinne nähern, drängt Asin Daniel, ihr die Führung zu überlassen. Jetzt, wo sie in der Nähe sind, waren ihr besseres Bewusstsein und ihre Wahrnehmung der Umgebung wichtig, zumal Querk-Spinnen dafür bekannt waren, ihrer Beute aufzulauern.

Asin führt Daniel auf einem Umweg, umgeht den unebenen Boden und tritt auf Äste, wenn es ihr möglich ist. Daniel folgt ihren Bewegungen genau, während er Ausschau nach weiteren Gefahren hält. Erst nach zehn Minuten bleibt Asin stehen und deutet hinunter auf eine bestimmte, unscheinbare Stelle. Das wäre also die neue Höhle der Querk-Spinne.

Die Querk-Spinne lebte in Höhlen im Boden mit kleinen Türen. Aufgrund ihrer Größe und Tödlichkeit verlegten die Spinnen diese Höhlen jedoch oft an neue Orte, um neue Beute zu „überlisten". Sie waren sogar dafür bekannt, dass sie falsche Höhlen anlegten, um ihre Beute langsam zu ihrem wahren Standort zu führen, wo sie bereit waren, aus dem Boden zu springen, zu beißen und ihr Gift in ihre Beute zu injizieren. Als Vorsichtsmaßnahme haben beide Abenteurer Fläschchen mit Gegengift in Karlaks Apotheke gekauft, aber keiner von ihnen war scharf darauf, es zu benutzen.

Wie geplant geht Daniel langsam um die Ecke der Erdhöhle, bevor er sich aufstellt. Asin geht auf sein Signal hin langsam vorwärts; ihr Schwanz rollt sich unter ihrem Körper zusammen, während sie sich darauf vorbereitet, wegzuspringen. Als die Spinne angreift, ist sie so schnell, dass Daniel ihre Bewegung kaum sieht. Die Falltür wird nach oben geschoben, während sich das Spinnentier auf die Beine stellt und seine Reißzähne in Asin versenkt.

Asin springt zurück, das gelbbraune, stämmige Spinnentier landet an ihrer vorherigen Position. Von der Größe her ist die Spinne nur halb so groß wie sie, sie misst kaum einen Meter vom Bauch bis zum Brustkorb, aber ihre starken Kiefer glänzen durch das Gift. Der Überraschungsangriff ist fehlgeschlagen, und die Spinne beginnt, in die Sicherheit ihrer Höhle zurück zu huschen.

Daniel bewegt sich jedoch, springt von der Seite nach vorne und schlägt mit *Perins Schlag* auf den Unterleib ein. Das Monster ist zu schnell, und statt die Kreatur in die Luft zu schleudern, zertrümmert er nur eines der sechs Beine. Das verlangsamt die Spinne kaum, und bevor die Abenteurer erneut angreifen können, hat sie ihre

Falltürabdeckung über ihrer Höhle zugezogen. Als Daniel hinübergreift, um daran zu ziehen, schnauzt Asin ein „Nein".

„Ba'als Kotze", flucht Daniel und tritt einen Schritt zurück von der Falltür. Sie können nicht wissen, ob das Monster wieder angreift, die Falltüren wurden mit der Seide der Kreatur verstärkt. Es wäre sinnlos, zu versuchen, sie ohne verzauberte Waffen zu zerstören. „Es tut mir leid, Asin. Ich hätte schneller sein müssen."

Asin nickt ruckartig und bekommt ihre Atmung unter Kontrolle. Die Spinne war schnell. Sie führt Daniel über einen sicheren Weg hinaus und entfernt sich von der Höhle. Es war unwahrscheinlich, dass die Spinne heute wieder herauskommen würde.

✱✱✱

Daniel schnaubt, als eine weitere Spinne sicher unter ihrer Falltür verschwindet, was den jungen

Abenteurer vor Wut erzittern lässt. Er zwingt sich, sich ein wenig zu beruhigen, und geht niedergeschlagen davon, während Asin sich vom Waldboden aufrappelt und Schlamm und Blätter von ihrem durchtrainierten Hinterteil klopft.

„Das funktioniert so nicht", sagt Daniel, und Asin kann nur kurz nicken. In anderthalb Tagen hatten sie nur drei solche Spinnen gefunden und zwei von ihnen nicht töten können. Bei der dritten waren Daniels Angriffe so stark gewesen, dass er versehentlich den Giftsack zerquetscht hatte.

Erschöpft starrt das Paar dorthin, wo sich die Spinne weiterhin versteckt. „Lass uns erst mal eine Pause machen."

Asin kann nur nicken und lässt sich von Daniel zu einem nahe gelegenen Bach führen, wo sie sich zum Mittagessen niederlassen. Die beiden sind still, während sie über ihre Pläne nachdenken und versuchen zu überlegen, wie sie ihre Taktik ändern können. Bei diesem Tempo würde es Wochen dauern, bis sie die drei Giftsäcke sammeln könnten.

***

Einen Tag später kauern die beiden vor einem neuen Spinnenversteck. Daniel geht wieder zur Seite und hockt sich hin, während Asin den Köder vorsichtig anstupst. Sie haben den größten Teil des gestrigen Tages und des heutigen Morgens gebraucht, um ihren Köder zu finden, obwohl sie das Glück hatten, gleich drei Spalthorn-Kaninchen zu fangen. Eines der Kaninchen hat ein Seil um den Körper gebunden und Asin stupst es an, um es zur Falltür der Spinne zu bewegen.

Ohne Vorwarnung wird die Falltür zur Seite geschoben und die Spinne stürzt sich mit ihren Reißzähnen auf das unglückliche Kaninchen. Gift wird in die graue, sich windende Kreatur gepumpt und der Widerstand des Kaninchens wird geringer. Als die Spinne beginnt, in ihren Bau zurückzuklettern, zieht Asin an dem um einen nahen Baum geschlungen Seil. Die Spinne kommt halb in der Höhle ruckartig zum Stehen, während Asin sich gegen das Monster stemmt.

Bevor die Spinne das Kaninchen befreien und aus ihrer Falle entkommen kann, stürmt Daniel nach vorne. Diesmal zielt er aber nicht auf die Spinne, sondern auf die Falltür, die die Spinne noch mit zwei Beinen festhält. Mithilfe von *Perins Schlag* auslöst, schlägt er die Falltür zur Seite, reißt sie aus dem Griff der Spinne und lässt sie in die Ferne fliegen. Die Spinne lässt das Kaninchen fallen und dreht sich, um Daniel anzugreifen.

Daniel fängt den Angriff hoch auf seinem Schild ab, lässt ihn tief sinken und seine Knie den Schock absorbieren, bevor er einen *Schildschlag* auslöst, der die Spinne in die Luft schleudert. Als sie landet, macht er einen vorsichtigen Schritt zur Seite und zerquetscht ein

Bein, wobei sein Streitkolben das spindeldürre, haarige Anhängsel zerbricht.

Asin klettert ebenfalls nach vorne und duckt sich tief, wodurch sie mit ihren Messern an beiden Beinen auf ihrer Seite schneiden kann. Sie trifft und beschädigt beide Beine, aber als die Kreatur sich wieder dreht, findet sie sich schnell mit Spinnenseide bedeckt, mit der sich die Querk-Spinne verteidigt und die aus ihren Spinndüsen herausgespuckt wird. Die Seide ist klebrig und zäh, schränkt ihre Bewegungen ein, und Asin stöhnt vor Schmerz, als sie versucht zu entkommen.

Daniel stürzt sich auf die Spinne, als er sieht, dass seine Gefährtin in Gefahr ist, und erzwingt die Aufmerksamkeit des Monsters, während er an den Beinen der Kreatur arbeitet. Er bleibt in der Nähe, schubst die Kreatur und schlägt ihr auf den Kiefer, als sie versucht, den jungen Abenteurer beiseitezuschieben, und zwingt das Monster, sich mit den Beinen zu wehren. Er verkrüppelt ein weiteres Bein und bald darauf ein drittes, weshalb sich das Monster nicht mehr so schnell bewegen kann. Als es zur Seite krabbelt und versucht zu entkommen, stürzt sich Daniel auf die anderen Beine des Monsters, um sie zu zertrümmern, weshalb die Kreatur vor Wut schnattert.

Daniel duckt sich grimmig lächelnd zurück und schaut zu seiner Freundin hinüber. Zuerst hustet er, dann muss er schließlich ein wenig lachen. Um sich zu befreien, muss Asin das befallene Fell abschneiden und um die Seide herumhacken, wo sie sich an ihrem Körper und ihrer Kleidung festgesetzt hat. Die zufälligen ungleichmäßigen Fellflecken und die klaffenden Löcher rund um ihren Mantel und ihr Hemd bringen Daniel zum Grinsen, eine Aktion, die Asin dazu bringt, ihn wütend und bestürzt anzufauchen.

Endlich wieder befreit, pirscht sich Asin direkt an Daniel vorbei, wobei sie darauf achtet, die verbleibende Seide zu meiden, um das Monster anzugreifen. Wieder fokussiert auf die vorliegende Aufgabe, arbeitet Daniel daran, den Unterleib zu zerquetschen, um dem Monster ein Ende zu bereiten, wobei er darauf achtet, den Kopf mit den Drüsen zu vermeiden.

Das Monster ist tot und Asin macht sich sofort daran, es vorsichtig aufzuschneiden, um den Giftsack herauszuholen, ohne ihn zu beschädigen. Sie schnauft wütend, schüttelt das Blut aus dem Fleisch und untersucht den Giftsack, bevor sie ihn als beschädigt verwirft und nun noch langsamer arbeitet, um den zweiten zu entfernen. Das ist erfolgreicher, und Asin schnurrt glücklich, wobei ihr Schwanz abwesend wedelt.

Grinsend hält Daniel den verzauberten Aufbewahrungsbeutel für Asin hin, die die Drüse sorgfältig darin verstaut. Selbst verzaubert wäre die Drüse nur für sieben Tage haltbar, aber ohne ihn würde sich das gesamte Gift innerhalb eines Tages zersetzen. Trotzdem kann sich Daniel ein Grinsen nicht verkneifen, als er die kahle Stelle an ihrem Schwanz sieht, wo Asin die Seide abreißen musste.

„Das ist einer", sagt Daniel, und Asin nickt. Bei der nächsten Spinne würde sie vorsichtiger sein müssen. Es war ja nicht so, dass sie viele Kleidungsstücke bei sich trug.

***

„Bist du fertig mit Lachen?" Daniel zieht eine Grimasse und zerrt an der Seide, die ihn fesselt. Zwei Spinnen, ein Sack und ein Tag später ist Daniel in Spinnenseide gefangen. Sein Schild klebt an seinem Körper, seine Beine sind mit Spinnweben umschlungen und er liegt auf dem Boden, kann sich nur ein kleines Stück hin und her rollen.

Asin kichert, schüttelt den Kopf und wünscht sich einen Moment lang, es gäbe eine

Möglichkeit, diesen Moment für alle Zeiten festzuhalten. Daniel stöhnt und lehnt seinen Kopf einfach zurück auf den Boden.

„Asin!"

***

„Das macht ein Silber für jeden", lächelt der Ladenbesitzer und deutet auf den Satz Auflösungstränke auf dem Tresen.

„Ein Silber!" Daniel würgt. „Die kosten in Karlak nur 20 Kupfer!"

„Stimmt, stimmt."

„Also, 20 Kupfer, richtig?"

„In Karlak. Hier ist es ein Silber." Der Ladenbesitzer lächelt wieder. „Nimmst du sie oder nicht?"

„Aaarrggghh!" Daniel fischt die sechs Silbergroschen heraus und schnappt sich die Tränke, sobald er bezahlt hat. Sie haben ihre ersten beiden Tränke verbraucht und verschwendeten bereits einen halben Tag mit der Rückreise, nur um einen neuen Vorrat zu besorgen. Sie konnten es sich nicht leisten, noch mehr Zeit zu verlieren.

***

„Mein … Gesicht!" Daniel krallt sich mit einer Hand an der Seide fest, die an seinem Gesicht klebt, und muss sich daran erinnern, nicht mit der anderen Hand zu greifen, als er merkt, dass er die erste nicht mehr bewegen kann. Der Angreifer, der Daniel bei seinem ersten Angriff ausgewichen ist und ihn besprüht hat, krabbelt zum nächsten Baum und schleift den jungen Abenteurer über den Boden. Daniel kramt nach seinem Beutel, als er über eine Wurzel stolpert, und ringt um Atem durch den Mundwinkel. Seine Hand schließt sich um den Trank, er löst den Stopfen, um ihn über die Spinnenseide zu gießen.

Als die Spinne den nächstgelegenen Baum erreicht, durchbohrt ein verschwommener, blau umrandeter Dolch ihren Körper. Er ist zu aerodynamisch, um die Kreatur festzuhalten, aber er lässt die Spinne zusammenzucken und verlangsamt ihren Vorwärtsdrang lange genug, damit Daniel den Trank über die Seide gießen kann. Sie beginnt sich sofort aufzulösen, während Daniel mit dem Netz und dem Atem ringt.

Asin hört nicht auf und wirft ein Messer nach dem anderen auf die Spinne. Verärgert dreht sich die Spinne herum und greift Daniel an. Die langen Reißzähne in ihrem Kopf schließen sich um beide Beine des Abenteurers. Nur ein Reißzahn schafft es, den Lederpanzer an Daniels Bein zu umgehen, gleitet an der Rüstung vorbei und injiziert Gift in seinen Körper. Selbst als Asin ein weiteres Messer in ihren Körper stößt und Daniel dagegen schlägt, lässt die Spinne nicht los und pumpt immer mehr Gift in ihn. Als sie stirbt, gelingt es Daniel schließlich, die letzte Seide von seinem Gesicht zu reißen und mit beiden Händen die Kiefer auseinanderzuziehen.

Asin krabbelt rüber und reicht ihm einen Trank gegen die Lähmung, die Daniels Körper durchströmt. Zitternd rollt er sich auf der Seite zusammen und erbricht die Hälfte seines Mageninhalts. Nachdem Asin sich bei Daniel vergewissert hat, dass es ihm gut geht, schleppt sie die Leiche weg und untersucht die Spinne, um ihre Giftsäcke zu finden. Sie zieht eine Grimasse, als sie feststellt, dass einer zerquetscht und der andere nur halb voll ist. Sie legt ihn beiseite und rechnet im Geiste nach. Heute war der vierte Tag, seit sie es geschafft hatten, ihren ersten Sack zu bekommen. Noch ein Tag und er würde verfaulen, also mussten sie entweder heute noch einen bekommen oder riskieren, nicht genug zu haben. Eine Zeit lang beobachtet sie Daniel, der immer noch zittert, bevor sie hinübereilt, um nach ihrem Köder zu sehen. Es war nur noch ein letztes Kaninchen übrig, bevor sie mehr lebende Köder finden mussten.

Das würde schwierig werden.

***

„Letzte Chance." Asin deutet auf die Karte und hält das Kaninchen hoch. Nachdem sie mit dem größten Teil der leicht zugänglichen Höhlen durch waren, würden die beiden entweder alte Höhlen wieder aufsuchen oder tiefer gehen müssen, wenn sie erneut scheiterten. Daniel zieht eine Grimasse, nickt, fährt sich mit der Hand durch die Haare und stellt fest, dass sie sich in der restlichen Spinnenseide verfangen haben. Mit zusammengekniffenen Lippen holt er sein Stiefelmesser hervor, um das Seidenknäuel herauszuschneiden, und wirft es zur Seite. Wenigstens musste er sich in nächster Zeit nicht um einen Haarschnitt kümmern.

„Dann machen wir das besser richtig", knurrt Daniel und rollt sein Handgelenk und seinen Streitkolben. Das tagelange Trampeln durch den Wald, das Jagen von Spinnen, die sich vielleicht noch an den auf der Karte markierten Stellen befinden, das Fangen und Schleppen von lebenden Tieren und dann die kurzen Minuten des Kraxelns, Kämpfens und manchmal auch des Gewinnens haben den Abenteurer kurzatmig gemacht. So viel Arbeit für so wenig Gewinn. Kein Wunder, dass die meisten Abenteurer einen so hohen Preis für diese Säcke verlangten — es war nicht allzu schwierig, sondern vielmehr lästig.

Flanke, Kaninchen, Angriff und Schmettern. Diesmal klappt alles reibungslos; die Spinne wird erwischt und ihre Falltür weggeschleudert. Asin duckt sich diesmal ganz nah heran und attackiert die hinteren Beine, während Daniel daran arbeitet, die Spinne abzulenken. Er blockt meistens ab und greift nur ab und zu an, wenn er freie Bahn hat, jedoch zu vorsichtig, um aggressiv zuzuschlagen.

Das Monster ist lahmgelegt, Daniel grinst und streckt sich, als Asin zischt. Er wirbelt herum und seine Augen weiten sich, als er das Wolfsrudel hinter ihnen entdeckt. Sie geben ein leises Knurren von sich, und Daniel schleicht sich langsam um das Monster herum zu Asin, die ein Paar Dolche vor sich hält. Die Wölfe knurren erneut und bewegen sich langsam vorwärts, während sie das Paar von der Spinne wegdrängen. Keiner der beiden Abenteurer will diesen Kampf beginnen – sie sind in der Unterzahl und müde.

Sobald sie ein Stück entfernt sind, schauen sich die beiden an, während sie ihre Rucksäcke aufsetzen und anfangen, wegzulaufen. Eine Zeit lang herrscht Schweigen, während sie Abstand zwischen sich und die Meute bringen, bevor einer schließlich flucht.

„Ba'als Kotze!"

# Kapitel 16

Zweieinhalb Wochen später betreten ein paar müde und schmutzige Abenteurer die Stadt Karlak. Die Wachen nicken Daniel anerkennend zu, als er halbherzig zur Begrüßung zurückwinkt und den Eintrittspreis bezahlt. Die beiden Abenteurer stapfen hinein, Asins Schwanz hängt tief und wedelt untröstlich hin und her, ihre Ohren angelegt.

Die beiden horchen nur einmal auf, als sie an einem Essensverkäufer am Straßenrand vorbeikommen. Der Geruch von langsam gedrehten Fleisch weckt ein wenig Interesse. Daniel geht hinüber und kauft der Dame ein halbes Dutzend Stäbchen ab, bevor er sie an Asin weiterreicht, die ihr Essen wortlos hinunterschlingt.

In Maxwells Laden stolziert der Waffenmeister hin und her und schreit seine Lehrlinge an. Als er die beiden sieht, öffnet er den Mund, um sie für ihre Verspätung auszuschimpfen, hält dann jedoch inne. Sein Blick streift über ihre müden, gezeichneten Gestalten. Asin hält wortlos die Tasche hoch, die Maxwell sofort ergreift. Sie zischt: „Eines Tages", bevor sie sich davonschleicht. Maxwell braucht einen Moment, um den kryptischen Satz zu entschlüsseln.

Daniel nickt ebenfalls und wartet darauf, dass Max den Inhalt überprüft, bevor er losgeht. Er ist zu müde, um die Verzögerung zu erklären. Die letzten paar Wochen waren eine Hölle aus Pech, schlechter Planung und noch mehr Pech. Nachdem sie die Spinne an die Wölfe verloren hatten, mussten die beiden den ersten Sack wegwerfen. In den darauffolgenden Tagen hatten sie sich bemüht, weitere Querk-Spinnenhöhlen zu finden. Als sie endlich alle drei Beutel eingesammelt hatten und zurückeilen wollten, rutschte Daniel beim Überqueren einer Holzbrücke ins Wasser und durchnässte sich und den Beutel. Als sie es endlich geschafft hatten, den Beutel aus dem Wasser zu fischen, waren alle drei Beutel verdorben, wodurch die beiden gezwungen waren, erneut mit dem Sammeln zu beginnen.

Kein Wunder also, dass Worte gefallen waren, von denen keines nach dem Vorfall freundlich oder nett war. Der Rest der Quest war in einer angespannten, meist schweigenden Atmosphäre verlaufen. Wenn Asin nicht darauf bestanden hätte, den Beutel zu tragen, wäre sie sofort nach Betreten der Stadt weggegangen. So aber hatten sich die beiden darauf geeinigt, die Existenz des jeweils anderen für die nächsten drei Tage zu ignorieren.

Daniel stolpert in das Spinning Top und winkt Elise zu. Sie kommt herüber, zieht eine Grimasse und murmelt ihm etwas zu. Er starrt sie eine Zeit lang ausdruckslos an, bevor er langsam aufsteht und zum nächsten Gasthaus am Ende der Straße geht. Daniels Zimmer war für diese Woche freigegeben worden, deshalb hatte Elise es vermietet. Sie war nun ausgebucht und konnte ihn nicht mehr unterbringen.

Stöhnend plumpst er in sein neues Zimmer und starrt auf die abblätternde Farbe und die wasserbefleckte Decke. Sein Atem kommt keuchend heraus, dann schließt er die Augen, die Erschöpfung holt ihn schließlich ein. Als er einschläft, geht ihm ein letzter Gedanke durch den Kopf.

„Ich brauche ein Bad.“

***

Die Morgendämmerung kommt zu früh: Die helle Morgensonne sickert durch die zerbrochenen Fensterläden und weckt Daniel. Er stöhnt und rollt sich auf die Seite, um langsam aufzustehen, und macht sich auf den Weg zum Frühstück. Das Frühstück ist überraschend anständig, der Brei sättigend und warm und die Beilagen aus Speck und Pilzen schmecken himmlisch. Entschlossen, wieder ein Mensch zu werden, geht Daniel nach oben, um sein Handtuch und Kleidung zum Wechseln aus seiner Tasche zu holen. Heute würde ein Besorgungstag werden, einer, der mit vielen kleinen Aufgaben gefüllt ist, die sich nach ein paar Wochen im Wald angesammelt haben. Er muss seine Socken stopfen, Kleidung und seinen Körper waschen, Waffen richtig pflegen, kaputte Ausrüstung ersetzen und weitere Besorgungen machen. Heute Nacht … Heute Nacht würde er Khy'ra sehen, verspricht er sich selbst.

Ein paar Tage später treffen sich die beiden in Maxwells Laden. Asin steht an der Ecke und schenkt ihrem Freund ein leichtes Lächeln mit geneigtem Kopf. Dinge wurden gesagt und die Beziehung war angespannt, aber er war ihr Freund. War sie immer noch seine? Das erwidernde Lächeln von Daniel und die angebotene Tasse Tee beantworten ihre Fragen, und ihr Schwanz entspannt sich und dreht sich zurück, um wieder müßig zu schwingen. Ein leichtes Flackern der Enttäuschung durchfährt Asin, sie hat auf mehr von Elises himmlischer Küche gehofft als auf Tee, aber Tee würde reichen.

Daniel bemerkt es nicht, seine Aufmerksamkeit ist von dem „Geschlossen"-Schild gefesselt. Als sie an die Tür klopfen, herrscht minutenlanges Schweigen. Ein zweites Klopfen bringt einen gehetzten Lehrling dazu, die Tür zu öffnen, nur um sie mit einem geflüsterten „Nicht jetzt!" wieder zu schließen.

Als Daniel erneut die Hand hebt, wird die Schranke mit einer Endgültigkeit fallen gelassen und die beiden bleiben in der frühen Morgenkühle stehen. Daniel zieht eine Grimasse und starrt Asin an, die seinen Blick erwidert, bevor sie mit den Schultern zuckt. Gut … Dann eben nicht jetzt.

***

„Das ist … nett", sagt Daniel, während er sich bückt und den Manastein von dem Oger aufhebt. Asin nickt fest und streckt sich, während sie über die grasbewachsenen Ebenen der siebten Ebene blicken. Es war schön, wieder auf der siebten Ebene zu sein.

Das Questen war notwendig, sogar wichtig gewesen. Sie haben mehr von der Welt erfahren, in einem neuen Dungeon gekämpft, neue Abenteurer kennengelernt und würden Daniel schließlich seinen ersten kompletten Satz an maßgeschneiderter Rüstung besorgen. Es war wichtig gewesen, aber der Dungeon war viel weniger frustrierend. Selbst die sechste Ebene und die Höhlen wirkten jetzt nostalgisch, schwierig, aber zumindest kamen sie immer weiter voran. Questen war wichtig, aber im Moment war Daniel froh, ein echter Abenteurer zu sein, der Dungeons erforscht und sich den

Monstern stellt, die Ba'al auf die Welt losließ, wann immer er konnte.

„Nächste?" Daniel deutet mit seinem Streitkolben, bevor er ihn auf seiner Schulter ruhen lässt. Seine Augen funkeln amüsiert, als Asin fertig ist mit dem Dehnen und nickt. Sie kratzt abwesend an einer kahlen Stelle Fell, das durch den Kampf abgerissen wurde. Als sie seinen Blick auffängt, wirft sie ihm ein leichtes Funkeln zu, bevor sie aufgibt, weiterläuft und ihm die Zunge herausstreckt. Selbst der Verlust ihres Fells würde sie heute nicht traurig stimmen – sie waren zurück und taten, was sie tun sollten.

***

Drei Tage später finden die beiden endlich die Tür zu Maxwells Werkstatt offen vor. Drinnen sitzt nur ein einzelner müder Lehrling an der Theke, der kaum in der Lage ist, seinen Kopf aufrecht zu halten. Als er die beiden entdeckt, führt er sie mit einer Geste tiefer in den Laden zum eigentlichen Schmiedeteil, ohne von seinem Platz aufzustehen. Es war schmerzhaft, ganz unten auf der Karriereleiter zu stehen, dachte sich der Lehrling, während er sich zu einem Lächeln für den nächsten Kunden zwang.

Daniel hüpft praktisch vorwärts, als sie hinten ankommen. Als er Max entdeckt, der sich einen Brustpanzer vor die Brust hält, ihn sanft streichelt und die eingelegten Silberrunen poliert, hält er inne. Selbst für ihre ungeschulten Augen können die beiden den Unterschied und die Sorgfalt in der Handwerkskunst zwischen der Arbeit vor ihnen und ihrer eigenen Ausrüstung erkennen. Max beachtet die beiden weiterhin nicht, und nach einiger Zeit räuspert sich Daniel.

„Oh, du bist es, Junge!", sagt Max, als er aufblickt, die Augen liegen tief und sind rot umrandet. Ehrfürchtig legt er den Brustpanzer ab und winkt Daniel zur Seite. „Gut, dann passen wir das mal für dich an.“

Ein paar Minuten später ist Daniel vollständig in seine Rüstung eingekleidet und muss eine Reihe von Gymnastikübungen machen. Max stellt Fragen und überprüft die Passform während des gesamten Prozesses, obwohl Daniel sich gelegentlich räuspern muss, um die Aufmerksamkeit des Rüstungsmachers wieder auf sich zu lenken. Nach mehrmaligem An- und Ausziehen ist Max schließlich mit der Passform zufrieden. „Gut, … gut. Das war's.“

Daniel nickt langsam, dreht seine Hüften und seinen Oberkörper und wippt dann sanft auf und ab. Er grinst; die Rüstung ist so gut angepasst, dass sie kaum Geräusche macht. Er nickt Max fest zu und reicht ihm die Hand. „Vielen Dank!“

„Gern geschehen.“ Max schüttelt seine Hand und blickt dann zur Seite, wo die verzauberten Armschienen liegen. „Weißt du, ich könnte dir die abkaufen und sie für dich weiterverkaufen. Ich würde nicht mal eine Provision nehmen."

Daniel öffnet den Mund und schließt ihn wieder. Er starrt auf seinen ersten magischen Gegenstand überhaupt. Er streckt die Hand aus und lässt seine gepanzerten Finger über sie gleiten, bevor er langsam nickt. Das war das Leben eines Abenteurers, nicht wahr? Man nimmt, was nützlich ist, und legt ab, was nicht nützlich ist. Er wollte, nein, er musste vorankommen.

Max ruft seinem Lehrling ohne Zögern zu, dass er die Armschienen zur Reinigung wegbringen soll. Offensichtlich musste ein wenig Arbeit geleistet werden, bevor er es wagen würde, diese Arbeit in seinem Laden zu zeigen.

Er wendet sich zu Asin und grinst sie an. „Ich habe auch eine Kleinigkeit für dich." Er greift nach hinten und zieht einen kleinen, dünnen Metallkragen mit einem separaten

Plattenteil, der vorne herunterhängt, heraus. Er ist überhaupt nicht breit und wölbt sich vorne und hinten leicht nach unten, um mehr Bewegungsfreiheit zu garantieren. Asins Augen weiten sich, als sie ihn annimmt, weil das Teil so leicht ist. Als er ihre Reaktion sieht, grinst Max. „Ich hatte etwas Stahl übrig."

Asin nimmt das Teil, schnallt es schnell an und justiert die Lederriemen, damit es richtig sitzt. Max schaut es sich an und nickt nach einem Moment; er ist mehr als zufrieden mit der Passform. Als Asin mit den Fingern über den Kragen streicht und sich dabei über die Kosten wundert, ein solches Stück von Tharuk verzaubern zu lassen, sagt sie nur ein kurzes „Danke".

„Gern geschehen." Er lächelt wieder, seine Hand ruht unbewusst auf dem Brustpanzer neben ihm. „Und jetzt raus mit euch!"

Das Paar verlässt schnell den Raum, da sie wissen, wie launisch Max sein kann, besonders nachdem er die letzten Tage mit wenig Ruhe verbracht hat. Ein Blick ist alles, was die beiden brauchen, bevor sie schnell zum Dungeon traben. Zeit, ihre neuen Spielzeuge auszuprobieren!

***

„Los geht's, großer Junge!" Grinsend hebt Daniel seinen Schild und seinen Streitkolben, während er vorwärts rennt. Sie haben extremes Glück gehabt, denn sie waren kaum zwei Stunden, nachdem sie sich auf die siebte Ebene begeben haben, buchstäblich über den Oger-Champion gestolpert. Brust und Champion im Blick, stürzen sich die beiden sofort auf die Kreatur vor ihnen.

Daniel kommt knapp außerhalb der Reichweite des Oger-Champions zum Stehen und weicht dem Schlag aus, der vor ihm niederschwingt und eine Kerbe in den Boden gräbt. Hinter ihm wirft Asin eine Reihe von Messern, die sich vervielfältigen, in den Champion schneiden und ihn ablenken. Daniel stürzt sich sofort nach links, schwingt seinen Streitkolben in die Seite der Kreatur und spürt, wie ein Knochen knackt, als *Perins Schlag* ihn erwischt. Doch noch während das Monster vom Boden abhebt, versetzt es Daniel einen Rückhandschlag, wobei die Keule in die Seite des Abenteurers kracht.

Der Knüppel knallt hart in seinen Körper, fegt ihn von den Füßen und zwingt Daniel, sich um sein Gleichgewicht zu bemühen. Er grinst, ein Hochgefühl durchströmt ihn, als er merkt, dass er kaum verletzt ist – der Schlag selbst hätte seine Rippen ernsthaft verletzen, wenn nicht sogar brechen müssen. Selbstbewusster als je zuvor stürmt Daniel zurück, als Asin ein weiteres mit blauer Energie gefülltes Messer wirft, das sich als *Durchbohrender Schuss* in das Auge des Ogers bohrt.

Die Kreatur bäumt sich vor Schmerz auf und klammert sich an ihr zerstörtes Auge. Daniel stößt mit seinem Schild gegen das Monster und löst einen Schildschlag in der Rippengegend aus. Das Monster beugt sich vor und ermöglicht es Daniel, mit einem Paar Skill-erweiterter Schläge zuzuschlagen, während Asin näher kommt und den Champion lahmlegt. Das Monster fällt zu Boden, gelähmt und unter Schmerzen, und ist schnell erledigt.

Asin und Daniel starren auf die blauen Lichter, die sich langsam auflösen, und schütteln amüsiert den Kopf. Es schien seltsam, dass eine so einfache Änderung einen solchen Unterschied machen würde, aber mit weniger Sorge, verletzt zu werden, fand Daniel sich selbst aggressiver. Das nahm auch den Druck von Asin, die sich nun darauf konzentrieren konnte, Schaden zuzufügen und den Champion abzulenken. Es war ein Dominoeffekt, der es ermöglicht, dass ein zuvor schwieriger Kampf so viel einfacher wurde.

Nachdem sie ihre Messer wiedergefunden hat, macht Asin Anstalten, die Manasteine aufzuheben, bevor sie ein bestätigendes Nicken von Daniel erhält. Es ist an der Zeit, sich auf den Weg zur achten Ebene zu machen.

***

Drei Stunden später keucht Daniel, als er über den beiden Oger-Leichen steht. Die achte Ebene hat die gleiche Geografie wie die siebte – weites, offenes Land mit blau leuchtenden Höhlenwänden. Allerdings kamen die Oger mindestens in Paaren und manchmal sogar zu viert. Die Kämpfe waren schwieriger, da die Oger sich oft gruppierten und Daniel in einem verzweifelten Versuch angriffen, um ihn zu überwältigen. Oft war Daniel gezwungen, in der Defensive zu bleiben und die Monster mit sich zu ziehen, während Asin einen von ihnen erledigte und den Druck so weit abbaute, dass Daniel zurückschlagen konnte.

Er dreht seine Schulter, zwingt sich, seinen Atem zu verlangsamen, und versucht, sein Herz zu beruhigen. Diese letzte Gruppe hat es geschafft, ihn vom Boden zu fegen, und er hat ein paar gute Minuten zusammengerollt damit verbracht, von den riesigen Monstern verprügelt zu werden. Seine neue Rüstung und seine vorsichtige Positionierung haben es ihm ermöglicht, zu überleben, obwohl sein ganzer Körper schmerzte. Er reibt sich einen blauen Fleck im Gesicht und konzentriert sich darauf, eine *Kleine Heilung* anzuwenden, während Asin die Steine einsammelt und sein Körper wieder zusammenwächst. Wieder geheilt schenkt er seiner neuen Benachrichtigung endlich Aufmerksamkeit.

### *Level-Aufstieg!*

*Abenteurer Level 7*

*Du hast 5 Attributpunkte gewonnen.*

Endlich! Er hat es geschafft, die verlorene Stufe zu überwinden, und stieg endlich wieder auf. Er würde vielleicht nicht Level 10 vor dem Ende des Dungeons erreichen, aber zumindest war er auf dem Weg dorthin. Es gab noch eine Menge Arbeit, und er hatte sicherlich das Gefühl, dass sie mehr Zeit damit verbringen mussten, dieses Level zu bearbeiten, aber bald, bald, würden sie fertig sein!

Name: Daniel Chai
Klasse: Level 7 Abenteurer (0 %)
Unterklassen: Stufe 7 (Bergmann) (14 %)
Mensch (männlich)

**Statistiken**
Leben: 243
Ausdauer: 243
Mana: 177

**Attribute**
Kraft: 23
Beweglichkeit: 21
Verfassung: 29
Intelligenz: 18
Willenskraft: 18
Glück: 14

**Fertigkeiten**
Waffenloser Kampf: Level 3 (38/100)
Keulen: Level 9 (74/100)
Bogenschießen: Level 2 (48/100)
Schutzschild: Level 8 (24/100)
Ausweichen: Level 6 (09/100)
Kampf-Sinn: Level 6 (17/100)
Wahrnehmung: Level 6 (27/100)
Bergbau: Level 7 (78/100)
Heilung: Level 8 (98/100)
Kräuterkunde: Level 3 (31/100)
Schleichen: Level 2 (14/100)
Kochen: Level 3 (29/100)
Singen: Level 2 (14/100)

**Skillfertigkeiten**
Doppelschlag
Schildschlag
Perins Schlag
Kartografie (II)

**Zaubersprüche**

Kleine Heilung (I)

**Gaben**

Berührung des Märtyrers - Der Zaubernde kann sich selbst oder andere durch Berührung und Konzentration heilen und opfert dafür einen Teil seines Lebens. Die Kosten variieren je nach Ausmaß der geheilten Verletzungen.

# Kapitel 17

Magie zu lernen war seltsam, vor allem, wenn die vorherige Erfahrung mit dem Erlernen von Magie durch einen Skill-Aufstieg geschah, dachte Daniel. An diesem Abend sitzt der schwarzhaarige Abenteurer gegenüber von Khy'ras Esstisch und mit zusammengekniffenen Augen beobachtet er, wie sie den Zauber langsam wieder webt, um jede Änderung der Formel und des Manaflusses zu erkennen. Als sie mit dem Zauber fertig ist, lässt sie die Magie verpuffen, sackt nach hinten und reibt sich die Schläfen.

Es gab drei Abschnitte beim Erlernen eines magischen Zaubers. Zuerst kam das Wissen über die Materie — eine Voraussetzung, um zu verstehen, wie die Magie mit der Substanz oder dem Individuum funktioniert. Das war der Grund, warum fortgeschrittene Zaubersprüche gesperrt waren, bis man ein höheres Level des zugrundeliegenden Skills erreicht hatte.

Zweitens kam die Zauberformel, die eine Kombination aus alchemistischer Formel, Denkweise und Methode des Manawebens war. Schließlich kam das persönliche Flair – die Art und Weise, wie ein Schüler lernte, den ersten und zweiten Teil des Wissens in seinem eigenen Verständnis von Mana anzuwenden. Da natürlich jeder Lehrer sein persönliches Flair hatte, erforderte der Prozess des Zauberstudierens, dass ein Schüler nicht nur den Zauber lernte, sondern auch, wie sein Meister ihn anwandte und wie er die Teile, die nicht mit seinem speziellen Verständnis und seiner Fähigkeit mit Mana funktionierten, entfernen konnte.

Ein gängiges Sprichwort besagt, dass Magieanwender genauso viele Jahre mit der Suche nach einem Lehrer verbrachten wie mit dem Erlernen der Magie selbst, weshalb Lehrer bei Schülern besonders wählerisch waren. Eine schlechte Übereinstimmung konnte Monate, wenn nicht sogar Jahre an vergeudeter Mühe für beide Parteien zur Folge haben.

Leider hat Daniel weder die Zeit noch das Geld, um einen geeigneten Lehrer zu finden. Er hat nur eine besonders großzügige, schöne Elfe, die bereit war, einen Date-Abend zu Hause zu verbringen und einen Zauberspruch immer wieder zu sprechen, damit er versuchen konnte, ihn zu lernen. Fokussiert versuchte es Daniel erneut und stieß langsam das Mana aus, während er sich an die geheime Formel erinnerte.

„Ja … Nein, zu viel, nur ein wenig …", flüstert ihm Khy'ra aufmunternd zu, während sie zusammenarbeiten.

Eine Stunde später ist Daniel fertig, sein Mana ist aufgebraucht. Khy'ra lächelt, schiebt ihn zurück in seinen Sitz und lässt sich auf seinen Schoß plumpsen. „Gut! Sehr gut."

„Arghh … Ich bin kaum über die erste Sequenz hinausgekommen", murmelt Daniel, während er seine Arme um ihren Körper schlingt, sie sanft drückt und ihren Hals krault.

„Das war unsere erste Lektion", betont die Elfe und beugt sich dann herunter, um seinen Atem an ihrem Ohr kitzeln zu lassen. „Beim nächsten Mal wirst du es besser machen. Übe einfach weiter."

Daniel nickt, bereits abgelenkt durch die weiche, angenehme Präsenz auf seinem Schoß. Er knabbert an ihrem Ohrläppchen, während Khy'ra nach Luft schnappt und sich leicht windet. Diese Art von Unterricht hatte mit Sicherheit gewisse Vorteile.

***

„Asin", ruft Khy'ra entsetzt und stürzt nach vorne, um die junge Catkin in die Arme zu schließen. „Was ist passiert?"

Asin beginnt zu knurren und zu schnurren und antwortet Khy'ra auf Catkin, während

Daniel fassungslos dasteht und sich fragt, was die Aufregung soll. Als Khy'ra einen von Asins Armen und den Fleck mit dem nackten Fell streichelt, bevor sie auf einen anderen zeigt, kommt langsam die Erkenntnis. Die beiden unterhalten sich weiter in Catkin, knurren und schnurren sich gegenseitig an, während sie losgehen. Daniel folgt ihnen schnell. Seine Versuche, Catkin zu lernen, sind kläglich gescheitert. Sein Ohr war nicht in der Lage, die Unterschiede in den Wörtern so gut zu erkennen, um überhaupt mit dem Lernen anfangen zu können.

Daniel beschließt mitzugehen, ohne sich zu beschweren, und wird auf halber Strecke etwas munterer, denn die Gruppe hat die Stadt schon vor einer Weile verlassen. Khy'ras nicht ganz so versteckter Blick und ihr schnelles Grinsen reichen aus, um ihn wissen zu lassen, dass er der Mittelpunkt der Unterhaltung ist, obwohl keine der beiden Frauen geneigt zu sein scheint, ihn weiter aufzuklären. Daniel kann allein gelassen nur darüber grübeln, was sie wohl für den Rest ihres Spaziergangs über ihn sagen werden.

„Tharuk!", ruft Khy'ra ihrem Freund zu und wartet, bis der Zwerg seine Werkstatt verlässt, bevor sie ihm zuwinkt. Nach stundenlangem Marsch kommt die Gruppe schließlich an dem einsamen Gebäude an, das die Werkstatt und das Zuhause des Zwerges bildet. „Ich habe Besuch mitgebracht."

Tharuk lacht laut und winkt der Elfe zu, bevor er Asin und Daniel zur Begrüßung zunickt. Asin verbeugt sich leicht, während Daniel winkt. Beide atmen die Luft ein, als sie das Mittagessen auf dem Herd riechen.

„Aye, Mädchen. Ich erinnere mich. Das Mittagessen ist fast fertig", antwortet Tharuk und winkt sie herein. Er kehrt in seine Küche zurück, während die Gruppe um seinen überladenen Küchen- und Werkstatttisch Platz nimmt. Asins Nase zuckt, sie katalogisiert gedanklich die Gewürze, die verwendet werden – Bloor, Zimt, Kardamom, Hunik-Salz, Entenfett.

Während sie zusammensitzen, flüstert Daniel zu Khy'ra: „Worüber habt ihr gesprochen?"

„Mädchenkram", sagt Khy'ra.

„Ihr habt gelacht!"

„Das haben wir", antwortet Khy'ra und weigert sich, mehr zu sagen.

„Gut, Mittagessen! Holt eure Teller, ihr Faulpelze!", ruft Tharuk aus der Küche und zieht damit die Aufmerksamkeit der Gruppe auf sich. Das Mittagessen ist ein angenehmer, schmackhafter und sättigender Eintopf, der mit dem frisch gebackenen Brot, das Tharuk aus dem Ofen holt, schnell verzehrt wird. Erst als sie sich dem Ende nähern, lenkt Tharuk das Gespräch wieder auf den Grund ihres Kommens. „Also, ich habe gehört, einer von euch hat einen Auftrag für mich?"

Asin nickt und hält den Stahlkragen für Tharuk hoch. „Schutzschild."

Tharuk hebt eine Augenbraue, nimmt den Ringkragen in die Hand und schaut ihn sich an. Er brummt vor sich hin, als er das Stück testet, kneift die Augen zusammen und streicht mit den Fingern darüber, bevor er langsam nickt. „Gute Arbeit. Handwerk und Material auf Meisterebene. Damit kann ich sicher arbeiten. Eine Schildverzauberung ist allerdings kostspielig, teurer als die meisten."

Asin nickt. „Habe Münze."

Tharuk hebt eine Augenbraue, bevor er den Kragen sanft ablegt und seinen Bart streichelt, wobei er Asin anschaut. „Nun, da du eine Freundin von Khy'ra bist, kann ich es für fünfzehn Gold machen."

Daniel hustet, seine Augen weiten sich, und Khy'ra seufzt, ergreift seine Hand und steht auf. „Dann lassen wir euch zwei mal allein."

Asin nickt nur und starrt Tharuk weiter an, während sie zischend sagt: „Vier."

„Vier! Bei Vier müsste ich mein Haus verkaufen! Elf", sagt Tharuk und macht dann in der Stille, in der Asin ihn anstarrt, eine Geste zur Seite. „Kuchen?"

Als Daniel von Khy'ra herausgezerrt wird, ruft er klagend: „Ich wollte auch Kuchen."

***

„Der Dungeon ist geschlossen!", ruft eine Stimme im Spinning Top, in dem Daniel endlich wieder ein Zimmer hat. Als er später am Abend mit Asin und Khy'ra zum Abendessen im Speisesaal sitzt, erregt der Schrei die Aufmerksamkeit aller.

„Was?"

„Nein …"

„Das ist nicht möglich!"

„Was hat er gesagt?"

„RUHE!", schreit Elise und geht zu dem Straßenjungen, der die Nachricht überbracht hat. Sie stößt ihn gegen die Brust, damit er seine Nachricht wiederholt. Als er fertig ist, rennt er schon zum nächsten Gasthaus, nachdem er von Elise ein Trinkgeld bekommen hat. Sie wendet sich an alle, die warten. „Die Türen des Dungeons sind geschlossen. Abenteurer können hinausgehen, aber niemand kann hineingehen. Aus dem Dungeon kommt auch eine Menge Lärm, es knirscht und kreischt."

Ein Schweigen legt sich über das Gasthaus, viele Abenteurer schauen sich auf der Suche nach einer Antwort gegenseitig an. Schließlich fallen alle Augen auf Khy'ra und warten darauf, dass die weise und langlebige Elfe spricht. Sie lächelt alle an und winkt leicht, bevor sie mit ihrer milden Stimme spricht. „Er ändert seine Konfiguration. Das passiert manchmal mit Dungeons, obwohl es selten ist. Er wird wieder öffnen."

Die Abenteurer, die Wachen und die anderen Gäste entspannen sich leicht.

Ken ruft zurück und stellt eine Frage: „Wie lange?"

„Ich weiß es nicht. Es ist unterschiedlich. Vielleicht ein Tag, vielleicht eine Woche, vielleicht ein paar Monate." Khy'ra zuckt mit den Schultern, bevor sie hinzufügt: „Es hängt davon ab, wie viel sich verändert. Je länger er geschlossen ist, desto mehr wird er sich verändert haben."

Diese Aussage lässt einige Abenteurer unbehaglich wanken. Viele verdienten ihren Lebensunterhalt mit der Arbeit im zweiten Sektor der Ebene, dem Einreißen von Crawlerwänden und dem Einsammeln von Crawlerbeuteln. Es war gutes Geld, das für diese erfahrenen Abenteurer wenig Risiko barg, und eine Veränderung im Dungeon könnte den Verlust ihrer Lebensgrundlage bedeuten.

Daniel und Asin tauschen besorgte Blicke aus. Ihre Reisen und die Quest-Bedürfnisse haben sie dazu gebracht, sich mehr auf ihre Ersparnisse zu verlassen, als ihnen lieb war. Erst in den letzten Wochen hatten sie begonnen, ihre verbrauchten Münzen zu ersetzen. Eine lange Pause konnte für beide schwierig sein. Ohne ein Wort zu sagen, stehen sie beide auf und gehen zur Tür, wobei Daniel zuerst einen schnellen Kuss von Khy'ra erhascht, bevor sie von anderen Abenteurern bedrängt wird.

Am besten mal nachsehen, welche Quests verfügbar waren, bevor sie alle weggeschnappt wurden.

***

„Omrak?" Daniel runzelt die Stirn und geht hinüber zu dem großen Krieger, der missmutig neben der Questtafel in der Abenteurergilde steht. Eine Woche nach der Schließung des

Dungeons war die Tafel nun leer, da die Abenteurer sich darum bemühten, die wenigen Jobs zu bekommen, die es gab, um ihre Münzbeutel zu füllen. Traurigerweise haben nur wenige Abenteurer viel Geld gespart – ihr Lebensstil sah selten langfristige Pläne vor.

Bei seinem Namen dreht sich der junge Abenteurer um und blinzelt Daniel und Asin mit einem angestrengten Lächeln an. „Morgen, ihr Helden!"

„Wo ist deine Gruppe?", fragt Daniel, während er sich umschaut, und Omraks Gesicht verzieht sich wieder.

„Gegangen", murmelt er und zieht dann seine breiten Schultern nach hinten. „Sie sind nach Peel gegangen."

„Aufgelöst?", verdeutlicht Asin und Omrak nickt leicht, sein Gesicht ist müde.

Auf Daniels Stirnrunzeln hin fügt Omrak hinzu: „Meine Gruppe war der Meinung, dass ich zu rücksichtslos kämpfe. Ich benutzte zu viele Gesundheitstränke.“

Eine Erinnerung an den lachenden Krieger, der stehend mit Ogern Schläge austauscht, blitzt in den Köpfen der beiden Abenteurer auf. „Warum trägst du keine Rüstung?“

„Ich habe keine Münzen.“ Omrak zieht eine Grimasse, sein Blick verweilt sehnsüchtig auf Daniels heutiger Lederrüstung. „Es ist unmöglich. Ich kämpfe, so hart ich kann, und egal, auf welchem Level ich bin, ich kann nie genug verdienen!“

Daniel öffnet den Mund und schließt ihn dann wieder, unsicher darüber, was er sagen soll. Asin schenkt ihm ein leichtes, schelmisches Lächeln, bevor sie zum Abschied winkt. Da es heute Morgen wieder keine Aufträge gibt, hat sie andere Aufgaben zu erledigen. Daniel nickt seiner Freundin zum Abschied zu, während Omrak weiter auf die Tafel starrt. „Gut, ich denke, ich sollte mich an die Arbeit machen.“

„Arbeit?“, sagt Omrak.

„Ich bin erst einmal in der Klinik“, antwortet Daniel und fügt dann mit Blick auf Omrak hinzu: „Weißt du, ich habe gehört, dass Levi in der Nähe der Docks immer nach starken Hafenarbeitern sucht, die beim Entladen der Kähne helfen.“

„Danke! Ich werde mit diesem Levi sprechen. Es ist nicht die Arbeit von Helden, aber auch Helden müssen von etwas leben.“ Ohne weiter zu warten, stürmt Omrak mit einem breiten Grinsen im Gesicht hinaus. Daniel schaut der verschwindenden Gestalt des großen Nordländers etwas verwirrt hinterher. Gut, er sollte sich besser auch an die Arbeit machen.

***

Der ferne Schrei eines neugeborenen Babys und das Knarren von altem Holz sind die einzigen Geräusche, die die Stille der Nacht durchbrechen. Daniel sitzt an Khy'ras Küchentisch, trinkt im Dunkeln eine Tasse Tee und starrt nichtsahnend in ihre Küche. Der Schlaf hat sich ihm heute Nacht wieder verwehrt, seine Gedanken wollen nicht zur Ruhe kommen, selbst wenn er mit seiner Freundin im Bett liegt.

Er hat die Entscheidung schon seit Wochen vor sich hergeschoben, die drängende Frage, ob er einer Gilde beitreten sollte. Zuerst hat er es nur aufgeschoben, bis er seine Quest abgeschlossen hatte. Dann hat er es aufgeschoben, um seine neue Rüstung zu ‚testen'. Dann hat er sich damit herausgeredet, dass er bei Khy'ra kostenlos einen neuen Zauber lernen würde. Tagsüber, wenn er in der Klinik arbeitete, ergaben diese Ausreden durchaus Sinn. Aber spät in der Nacht, ohne Dungeon in der Stadt und ohne Arbeit, die ihn beschäftigte, fühlten sich seine Ausreden wie das an, was sie waren: Ausreden.

Er zögert eine Entscheidung hinaus, weil er keine treffen will. Er wusste, wusste wirklich, dass er keine Lust hatte, ein Questor zu sein, der nur von den Erträgen der Quests lebte, wie andere. Er wollte auch kein Abenteurer sein, der lebenslang einen Abschnitt des Dungeons immer und immer wieder bearbeitete wie ein Farmer. Diese beiden Entscheidungen fielen ihm leicht.

Aber einer Gilde beizutreten, Teil von etwas Größerem zu werden, das war schon schwieriger. Er konnte diese Möglichkeit nicht einfach so abtun. Gilden würden es ihm ermöglichen, zu wachsen, schneller stärker zu werden. Er wäre nicht auf seine Freundin angewiesen, müsste nicht um Münzen kämpfen, um seine Waffen und Rüstungen zu ergänzen. Er würde mehr Gruppenmitglieder haben, mehr Training, mehr Möglichkeiten.

Und doch … Und doch.

„Daniel?“ Khy'ra betritt den Raum und zieht ihren Bademantel zu, als sie sich zu seiner vom Mondlicht beschienenen Gestalt umdreht. Als er sie sieht, erscheint ein unwillkürliches Lächeln auf Daniels Gesicht. Er streckt eine Hand aus, und sie nimmt sie, gleitet mit Leichtigkeit auf seine Beine, während er sie an sich drückt. Sie beugt sich hinunter und gibt ihm einen Kuss, bevor sie murmelt: „Probleme?“

„Ich … denke nur nach“, antwortet Daniel und umarmt sie erneut, wobei er seinen Kopf auf ihre Schulter legt. Khy'ra nickt leicht und bleibt still, bis Daniel selbst das Schweigen bricht. „Ich habe wieder über die Gilden nachgedacht.“

„Oh“, antwortet sie leise, während Khy'ra darum kämpft, ihren Tonfall neutral zu halten. Sie wusste, dass dieser Tag kommen musste, aber trotzdem …

„Es ergibt einfach Sinn, weißt du?“, sagt er klagend. „Es gibt so viel zu gewinnen. Mir geht es im Moment gut, es geht mir gut, aber … es ergibt Sinn!"

„Mmmhmm", antwortet Khy'ra und beißt sich in der Dunkelheit auf die Lippe, um nichts Falsches hinzuzufügen.

„Ich wollte nur …" Er umarmt sie wieder und starrt in die Dunkelheit. „Seit Kindheitstagen wollte ich ein Abenteurer sein, weißt du. Ich hörte all die Geschichten, merkte mir all die Namen. In die tiefsten Dungeons zu gehen, die härtesten Monster zu bekämpfen, der Beste zu sein und alle in Sicherheit zu bringen. Das war es, was Helden taten. Und ich kann das. Ich muss das mit einer Gilde machen. Kein Held wächst jemals ohne eine Gilde, eine starke Gruppe an seiner Seite. Ich weiß das. Aber …" Daniel schüttelt den Kopf, flüstert das Letzte. „Ich will nicht gehen."

„Weil du Angst hast?" Khy'ra dreht sich um und begegnet endlich Daniels Blick. „Oder weil du dich wohlfühlst?"

„Ich bin … glücklich“, antwortet Daniel ihr nach einigem Nachdenken, seine Lippen verziehen sich. „Ich bin glücklich, lerne mit dir und Asin. Ich kämpfe mich langsam durch. Ich hasse Quests, aber selbst dann, wenn wir fertig sind, ist es so befriedigend.“

„Dann ist das deine Antwort“, sagt Khy'ra.

„Aber …“

„Daniel. Ein Ratschlag von einer alten … Abenteurerin“, sagt Khy'ra und lächelt leicht. „Wenn du auf dein Leben zurückblickst, sind es nicht die Geschichten, an die du dich erinnerst. Oder die Dungeons, die ihr besucht habt, oder die Monster, die ihr besiegt habt. Es sind deine Freunde und deine Kämpfe. Ihr habt Zeit. Zeit, einer Gilde beizutreten. Zeit, um besser zu werden. Ich weiß, es sieht nicht so aus, aber du hast Zeit. Genieße sie, solange du kannst.“

Langsam nickend lehnt sich Daniel an sie. Ein kleiner Teil von ihm fragt sich immer noch, ob das die richtige Entscheidung ist, aber … er war glücklich. War es nicht das, was jeder wirklich wollte? Selbst wenn er gehen musste, konnte er hier vielleicht noch ein wenig länger glücklich sein.

***

Der Bote platzt durch die Tür der Klinik und keucht, bevor er seine Nachricht verkündet: „Er ist offen!"

Daniel öffnet den Mund und schließt ihn dann wieder, seine Augen leuchten vor Aufregung. Er wirft einen Blick auf seine letzte Patientin und wendet dann eine *Kleine Heilung* an. Die offene Wunde an ihrer Hand schließt sich. Daniel grinst und schnappt sich seinen Mantel vom Kleiderbügel. Als er nach draußen eilt, sieht er die Empfangsdame an, die lacht und Daniel entlässt. Sie versteht, dass sie ihn nicht aufhalten kann. Schließlich war jeder hier ein Freiwilliger.

Als er weiterläuft, reiht sich Daniel in einen Strom anderer Interessierter ein. Er bemerkt natürlich andere Abenteurer, aber es gibt auch zahlreiche andere Bürger, die mitgehen. Die fast dreiwöchige Schließung der größten Einnahmequelle der Stadt hat vielen den Lebensunterhalt gekostet, und so ist das große Interesse nicht unerwartet.

Als Daniel endlich den Stadtplatz erreicht, findet er ihn bereits überfüllt vor. Er knurrt leicht, unfähig, sich vorzudrängen oder etwas zu sehen. Nach einer Weile sind leise Geräusche zu vernehmen, und die Menge verstummt langsam, als der Hauptmann der Wache aufsteht und schreit.

„Der Dungeon ist offen. Bisher wurde noch niemand hineingelassen. Alle Abenteurer müssen die Abenteurergilde aufsuchen, um ihre Eintrittsnummer zu erhalten. Der Eintritt wird ab morgen gewährt. Jetzt geht nach Hause!“

Als die Nachricht weitergegeben wird, beginnen andere Wachen dem Befehl zu folgen und die Menge vom Stadtplatz zu leiten. Fragen werden abgewiesen, und langsam schafft es Daniel, sich einen Weg zur Gildenhalle zu bahnen. Als er sich nähert, sieht er eine vertraute Gestalt, die auf einer Statue hockt und sich das Fell an der Hand leckt.

„Asin!"

Die Catkin starrt ihn an, winkt dann und lässt sich zu ihm hinunterfallen. Ihr Grinsen wird breiter, als sie Daniels aufgeregtem Blick begegnet. Der Dungeon ist offen!

###

**Ende**

# Anmerkung des Autors

Wenn dir das Buch gefallen hat, hinterlasse bitte eine Rezension und Bewertung. Es ist nicht nur ein großes Lob, es hilft auch dem Verkauf und überzeugt mich, mehr von dieser Serie zu schreiben!

Erlebe die weiteren Abenteuer von Daniel und Asin, die sich neuen und spannenden Herausforderungen stellen:

- Die Seele eines Dungeons (Buch 3 von Die Abenteuer in Brad) https://books2read.com/die-seele-eines-dungeons

Bitte schaue dir auch meine anderen Serien an, die System-Apokalypse (ein post-apokalyptisches LitRPG) und Verborgene Wünsche (eine Urban-Fantasy-GameLit-Serie):

- Das Leben im Norden (Buch 1 von
  Die System-Apokalypse Serie)
  https://books2read.com/das-leben-im-
  norden

- Eines Gamers Wunsch (Buch 1 von
  Verborgene Wünsche Serie)
  https://books2read.com/eines-gamers-
  wunsch

- Ein Tausend Li: Der Erste Schritt
  (Buch 1 von Ein Tausend Li Serie)
  https://www.mylifemytao.com/foreign-
  language-editions/german/ein-tausend-li/

Weitere tolle Informationen über LitRPG-Serien
findest du in den Facebook-Gruppen:

- Deutschsprachige                LitRPG
  https://www.facebook.com/groups/deuts
  che.litrpg/

# Über den Autor

Tao Wong ist ein begeisterter Fantasy- und Sci-Fi-Leser, der seine Zeit mit Arbeiten und Schreiben im Norden Kanadas verbringt. Er hat viel zu viele Jahre damit verbracht Kampfsport in vielen Formen zu betreiben und nachdem er sich zu oft etwas gebrochen hatte, verbringt er nun seine Zeit damit, über Fantasy-Welten zu schreiben.

Wenn du ihn direkt unterstützen möchtest, hat Tao jetzt eine Patreon-Seite, auf der Previews all seiner neuen Bücher zu finden sind!

- https://www.patreon.com/taowong

Für Updates zur Serie und seinen weiteren Büchern (und speziellen One-Shot-Geschichten), besuche bitte die Website des Autors: http://www.mylifemytao.com/

Weitere Bücher von Tao Wong auf Deutsch:
https://www.mylifemytao.com/foreign-
language-editions/german/

Abonnenten von Taos Mailingliste erhalten exklusiven Zugang zu Kurzgeschichten aus den Universen Thousand Li und System Apocalypse: https://www.subscribepage.com/taowong

Oder besuche die Facebook-Seite von Tao: https://www.facebook.com/taowongauthor/

# Über den Herausgeber

Starlit Publishing ist in vollem Besitz von Tao Wong und wird von ihm betrieben. Es ist ein Science-Fiction- und Fantasy-Verlag, der sich auf die Genres LitRPG und Kultivierung konzentriert. Der Fokus liegt auf der Förderung neuer, aufstrebender Autoren des Genres, deren Schreiben die bestehenden Stereotypen herausfordert und gleichzeitig eine rasend gute Lektüre bietet.

Für weitere Informationen über Starlit Publishing: https://www.starlitpublishing.com/

Du kannst dich auch in die E-Mail Liste von Starlit Publishing eintragen um über neue, spannende Autoren und Buchveröffentlichungen informiert zu wird: https://starlitpublishing.com/newsletter-signup

www.ingramcontent.com/pod-product-compliance
Lightning Source LLC
Chambersburg PA
CBHW070234200726
48293CB00005B/1616